NARRATI

Marie Vareille

Ti ricordi di Sarah Leroy?

Traduzione di Sara Arena

Rizzoli

Pubblicato per

Rizzoli

da Mondadori Libri S.p.A.

ISBN 978-88-17-18561-5

Titolo originale dell'opera:
DÉSENCHANTÉES

Prima edizione: gennaio 2025

Realizzazione editoriale: Studio editoriale Littera, Rescaldina (MI)

Ti ricordi di Sarah Leroy?

A tutte le mie amiche, per la loro presenza e il loro sostegno nel corso degli anni, e in particolare a Diane, che ha illuminato la mia infanzia con la sua straordinaria fantasia, la sua straripante immaginazione e il suo spietato umorismo.
A Pauline, che mi chiama tutti i martedì, che scrive le mail di compleanno più belle e che ha sempre dato prova di un'affidabilità indefettibile.

Chi non è più tuo amico non lo è mai stato.
Aristotele

Non sai mai fino a che punto sei forte,
fino al giorno in cui essere forte rimane
l'unica possibilità.
Bob Marley

SARAH

Quelli che ti dicono che prima di morire vedi sfilare davanti agli occhi i tuoi ricordi, evidentemente non sono mai morti. Io vedo solo un controsoffitto di sughero, livide luci al neon e sagome col camice che mi spingono a tutta velocità verso un ascensore, urlando parole che non capisco. Ricordi, non ne ho più. Non si rimugina sul passato quando non si ha più un futuro. Credimi, mi piacerebbe che sfilassero i ricordi, anche solo per guadagnare un po' di tempo con te. Mi piacerebbe rivedere la mia infanzia su uno schermo, con colori seppiati, magari con qualche salto e crepitio, come se il film della mia vita fosse stato girato negli anni Trenta. Si intitolerebbe Ricordi di Sarah, storia di una bugia. *Portate i popcorn, buio in sala.*

Invece no. Niente. Cervello in pausa. Terrore. Nessuna immagine che riaffiora. Una sola cosa conta: adesso. L'istante presente. È la prima volta nella mia vita che colgo appieno questo concetto. Lo contemplo con stupore mentre mi scivola tra le dita, a ogni secondo che passa, un granello di sabbia, una goccia d'acqua salata. Un pezzetto di oceano prezioso, inafferrabile. Qualche minuto di futuro, ecco tutto ciò che mi resta. E tu non conoscerai mai la verità. La mia verità.

Ingresso nell'ascensore.

Diventerò una notizia di cronaca. Si vede che era destino. Si parlerà di me durante le cene, tra il formaggio e il dessert. «Ti ricordi di Sarah?» Sarò un brivido lungo la schiena delle persone che mi hanno conosciuta. Un ricordo sgradevole. La spiacevole prova matematica che no, non succede solo agli altri.

Uscita dall'ascensore. Vomito sul camice rosa.

Non ho mai conosciuto la paura, quella vera, prima di adesso.

One. Two. Three. Il mio corpo, trasferito su un tavolo operatorio. Un mucchio di biancheria sporca. Già un cadavere.

Non ho mai conosciuto il dolore, quello vero, prima di adesso.

Datemi il colpo di grazia. Facciamola finita. Essere morta non può essere peggio di così.

Le voci si confondono, lontane. Nella schiena, una sensazione di metallo gelido. Sento i gabbiani, il fragore delle onde. Sulla pelle, l'umidità e il sale.

Un ultimo granello di sabbia mi scorre tra le dita. Un ultimo pensiero per te.

The end.

Avrei preferito morire nella mia lingua madre.

LATO A
LE DISINCANTATE

Documento di lavoro
Caso Sarah Leroy – anno 1992

Abbiamo tutte una parte di responsabilità in quello che è successo a Sarah Leroy. Anch'io vi ho partecipato, sebbene ci siano voluti vent'anni per capire e accettare il ruolo che ho avuto in questa storia. Non vi svelerò la mia identità, non è questo il mio scopo e, ad ogni modo, non voglio che si pensi che racconto la verità per scagionarmi, per accusare gli altri invece che me, o anche solo per mettermi in mostra. Credo che la verità debba essere scritta da qualche parte. Per noi, per Sarah, e forse per voi. Perché finalmente, a prescindere da un qualunque perdono, si possa convivere con quello che abbiamo fatto.

Anche se tutti probabilmente penseranno il contrario, all'epoca noi avevamo una morale. Non il genere di morale che ci impedisse di mentire alla polizia, alle nostre famiglie, o a noi stesse. Il genere di morale che ci si inventa a quindici anni, quando non ci si è ancora rassegnati all'assenza totale di giustizia in questo mondo. È in nome di quella morale, dunque, che vi scrivo oggi, vent'anni dopo gli eventi.

La fotografia che accompagna queste pagine è stata scattata qualche giorno prima della scomparsa di Sarah Leroy. Da sinistra a destra, potete vedere Angélique che, lo sa Dio, di angelico non aveva niente, Morgane, che oggi sarebbe definita una ragazza «ad alto potenziale», Jasmine, caritatevolmente ribattezzata «la figlia della domestica» dai giornali e dal rapporto della polizia, e infine Sarah Leroy. A meno che non abbiate passato gli ultimi vent'anni ibernati in un igloo in Groenlandia, è chiaro che è inutile presentare Sarah Leroy.

So che vi piacerebbe sapere chi sono, ma in realtà questo non ha alcuna importanza. Noi siamo un'entità, siamo le «Disincantate». Come in grammatica, e nella vita, il maschile prevale sul femminile, così nella nostra storia il «noi» ha sempre soppiantato l'«io», ed è per questo che mi permetto di scrivere a nome di tutte.

Nessuno può aspettarsi che oggi qualcuno ricordi in modo del tutto affidabile quel che è accaduto l'estate della scomparsa di Sarah Leroy. Per parte mia, la settimana scorsa ho tirato giù dalla soffitta la pila di quaderni a spirale Clairefontaine che usavo per tenere il mio diario personale, un esercizio a cui mi sono dedicata quotidianamente, o quasi, dalla prima media fino alla fine dei miei studi. Ho riletto tutto ciò che aveva a che fare con il periodo che ci riguarda.

Ma cominciamo dall'inizio.

Sarah Leroy non ha incrociato Angélique per la prima volta in seconda liceo, sezione B, all'istituto Victor Hugo. Non si sono odiate naturalmente al primo sguardo perché erano «il giorno e la notte», come hanno detto i media quando Angélique è stata interrogata in commissariato. Angélique e Sarah si sono incontrate in un cimitero quando avevano sette o otto anni. E probabilmente non si sarebbero mai avvicinate se quel primo incontro fosse avvenuto in altre circostanze. È vero che non avevano nulla in comune. Con questo intendo dire che Sarah era figlia di borghesi, mentre i genitori di Angélique erano indebitati fino al collo.

Tuttavia, i cimiteri sono territori neutri e generatori di empatia, motivo per cui hanno potuto fare conoscenza senza preconcetti. A differenza di Angélique, quel giorno Sarah aveva una buona ragione per trovarsi nel cimitero di Bouville-sur-Mer: seppellivano sua madre. Angélique, invece, era lì perché, cito, «adorava i cimiteri». Personalmente, avrei trovato questo hobby abbastanza inquietante, ma Sarah non ci ha fatto troppo caso.

Sarah era in quella fase del lutto che chiamano «negazione». Emergeva ogni mattina dal sonno convinta di aver fatto un brutto sogno, stupita che a svegliarla fosse stato il suono stridulo della sveglia e non le braccia calde di sua madre. Suo padre, Bernard Leroy, ha dovuto portarla in chiesa per il funerale in piena crisi di nervi. Piangeva così forte che non si sentiva il prete. Alla fine sua nonna ha deciso di accompagnarla fuori e Sarah è scappata via di corsa. I suoi passi l'hanno condotta al cimitero. Se non siete mai stati a Bouville-sur-Mer, sappiate che quel cimitero esiste ancora. È abbarbicato in cima a una scogliera bianca a picco sul Canale della Manica, non lontano da Cap Gris-Nez. Nei giorni di bel tempo, si può vedere fino in Inghilterra.

Seduta a gambe incrociate su una lapide, accanto a una cappella coperta di muschio, Angélique indossava un impermeabile giallo troppo grande. Il primo sentimento che Sarah ha provato nei suoi confronti è stata una violenta invidia, come un pugno nello stomaco, all'idea che la madre di Angélique doveva averle gridato di coprirsi bene prima di uscire. Alcune persone avevano ancora una mamma premurosa che si preoccupava di evitare loro una broncopolmonite. Sarah no. La vita era troppo ingiusta.

Tuttavia, Sarah avrebbe presto imparato che i genitori di Angélique non erano tipi da preoccuparsi di cose così futili e banali come una broncopolmonite. Ma, in quel momento, quell'impermeabile da adulto le è sembrato il simbolo dell'amore immenso che le era stato appena strappato via. Le sue lacrime sono raddoppiate. Per la rabbia, ha scagliato un sasso in direzione di quella sconosciuta che non sapeva di essere tanto fortunata. Angélique si è voltata. Ha osservato a lungo Sarah mentre singhiozzava. Poi si è alzata dalla lapide, l'ha presa tra le braccia e l'ha stretta forte a sé. Aveva l'odore del mare e della cioccolata calda. Sarah ha sentito il suo respiro calmarsi. È rimasta per un bel pezzo tra le braccia di quella ragazzina di cui non sapeva nulla e che nondimeno era la prima a offrirle qualcosa che somigliasse a un po' di conforto.

«Chi è morto?» ha chiesto Angélique, scorrendo con lo sguardo il vestito e i collant neri della sua interlocutrice.

«La mamma» ha mormorato Sarah.

«Oh. Mi spiace.»

È calato il silenzio, poi Sarah, tra un singhiozzo e l'altro, ha balbettato: «Sai chi è stata la prima donna ad attraversare la Manica a nuoto?».

Angélique ha fatto segno di no con la testa. Non vedeva il collegamento.

«Gertrude Caroline Ederle, nel 1926. Un'americana. È partita da Cap Gris-Nez ed è arrivata a Dover in quattordici ore e trentuno minuti. Ha battuto il record mondiale maschile dell'epoca di un'ora e cinquantanove. Me lo ha raccontato mamma. Sapeva un sacco di cose interessanti.»

Benché non avesse trovato l'informazione particolarmente appassionante, Angélique ha annuito, impressionata da quello sfoggio di cultura tanto inutile quanto strano, date le circostanze. Poi ha preso la mano di Sarah e l'ha guardata con grande serietà.

«Mi dispiace, la vita a volte è davvero terribile, soprattutto per le femmine. L'unica soluzione è la solidarietà, me l'ha detto Fanny.»

«Chi è Fanny?»

«Mia sorella maggiore.»

Sarah non aveva la minima idea di cosa significasse il termine «solidarietà», ma suonava come una successione di note musicali, una scala piena di speranza di cui aveva davvero bisogno in quei tempi difficili, così ha chiesto ad Angélique: «Potresti venire al funerale con me?».

«Sì, certo!» ha esclamato lei, come se le avessero appena proposto di andare a prendere un gelato.

Angélique era entusiasta dell'opportunità di vedere, forse, un morto dal vivo. Sono andate tutt'e due a mettersi accanto al buco di terra fresca preparato per accogliere la bara. Hanno aspettato in silenzio. Angélique asciugava di tanto in tanto le lacrime di Sarah con un fazzoletto di carta usato trovato in fondo alla tasca del suo impermeabile. Poi le campane si sono messe a suonare e il corteo grigio dei membri della famiglia, preceduto dalla bara, è entrato nel cimitero come un volo di lugubri corvi.

«È troppo triste, ti presto il mio walkman» ha sussurrato Angélique. «L'ho rubato a mia sorella.»

Senza aspettare la risposta di Sarah, ha piazzato le cuffie

sulle orecchie della sua nuova amica e ha alzato il volume al massimo.

Ed è così che tutto è cominciato: Angélique, vestita con un impermeabile giallo come il sole che le arrivava alle caviglie, mentre teneva la mano di Sarah, stordita dal dolore, il tutto con *Sensualité* di Axelle Red in sottofondo.

OGGI
FANNY

Con la mano contratta sul telefono, Fanny rilesse per l'ennesima volta il messaggio che aveva ricevuto.

Numero sconosciuto – 9.43
Mamma è morta ieri.
Funerale martedì alle 10.

Fanny non parlava con sua sorella da anni, ma sapeva che il messaggio poteva provenire solo da Angélique. Alzò lentamente la testa. Attraverso il vetro del suo ufficio, vedeva i colleghi agitarsi nell'effervescenza mattutina. *Mamma è morta*. Quando l'aveva vista l'ultima volta? Per il terzo compleanno di Oscar, più di nove mesi prima. Marie-Claire si era offerta di tenere il nipote per una settimana l'estate successiva, e Fanny per poco non era scoppiata a ridere. Poi, quando aveva capito che la proposta era seria, aveva gentilmente rifiutato. Non si ricordava nemmeno più con quale pretesto. Avevano litigato e non si erano più sentite. Le tremavano le mani. *Mamma è morta*. Avrebbe voluto chiedere cosa bisognava fare. Poteva parlare con qualcuno, forse? No. Non si mescolano lavoro e vita privata. Le colleghe di Fanny non erano sue amiche. Meno che mai da quando era stata promossa vice-caporedattore della rivista ed era considerata la futura direttrice editoriale dell'online.

Aveva bisogno di un caffè. Posò con cura il telefono sulla scrivania ordinata in modo impeccabile, quasi fosse un oggetto rovente che rischiava di esplodere da un momento all'altro. Attraversò l'open space con la strana sensazione di procedere al rallentatore in un acquario, accompagnata dai clicchettii delle tastiere.

«La Megera si prenderà l'online, è sicuro, e licenzierà metà della squadra.»

La frase le arrivò ben distinta, come un boomerang in piena faccia. Una conversazione da pausa caffè come tante, di cui era evidentemente l'oggetto. Sua madre era morta e i suoi colleghi la soprannominavano «Megera». Grazie e buona giornata anche a voi.

La conversazione tra Nathalie e Jeanne si interruppe di colpo nel momento in cui notarono la sua presenza. Facendo finta di niente, Fanny premette il pulsante «espresso senza zucchero» e aspettò che il bicchierino si riempisse. Un odore leggero e piuttosto piacevole di panico e caffè invase l'atmosfera. Fanny tornò a chiudersi nel suo ufficio senza rivolgere loro la parola: non aveva tempo da perdere con quel genere di pettegolezzi. E poi, sua madre era morta, il che, oggettivamente, era comunque più grave che sentirsi dare della strega da due colleghe invidiose.

Qualche minuto dopo, tuttavia, andò in bagno e si osservò allo specchio. Non aveva messo su peso. Manteneva il suo indice di massa corporea sotto il 19 da anni. Megera

era grassa? Probabilmente no, ma doveva essere brutta. Tutte le streghe erano brutte. Esaminò la sua schiena, dritta, gli occhi nocciola piuttosto comuni, ma ingranditi da un trucco preciso e delicato, la pelle liscia, il vestito color malva di ottimo taglio. Nulla, nel riflesso dello specchio, faceva pensare da vicino o da lontano a una strega. L'insulto non poteva riferirsi al suo aspetto fisico. Grazie al cielo, era la sua personalità che stavano attaccando. Fece spallucce. Certo, Fanny non era né dolce né particolarmente gentile, per mancanza di tempo, soprattutto, ma da lì a chiamarla strega... Ambiziosa, rigorosa, professionale, sarebbero stati termini più adatti.

Tornò nel suo ufficio e, mentre stava per rimettersi al lavoro, il telefono, che non aveva osato toccare da quando aveva letto il messaggio, squillò. Fanny rispose. Convocazione urgente alla scuola di Lilou, la sua figliastra. Fanny cercò di capire di cosa si trattasse, chiese se fosse possibile spostare l'appuntamento alla settimana successiva, ma la vicepreside parlò di un'emergenza.

«Mi dia il tempo di riorganizzare la giornata» sospirò Fanny.

Bevve d'un fiato il caffè e briffò la sua assistente (Audrey? Ambre? Non riusciva mai a ricordarsi come si chiamava) sui cambiamenti da apportare alla sua agenda. Un quarto d'ora dopo si stava dirigendo verso la metropolitana. *Mamma è morta*. Avrebbe pensato a quel messaggio più tardi. Avrebbe risposto in serata, avrebbe chiesto a Esteban. Esteban le dava sempre buoni consigli. Nel frattempo, bisognava oscurare quell'evento e gestire la giornata, evidentemente una giornata di merda. Chiuse gli occhi, inspirò a fondo e immaginò di passare affettuosamente una mano tra i capelli di Oscar. Quando era angosciata, quando sentiva il respiro accelerare, le bastava immaginare di stringere a sé il suo bambino, annusare il suo profumo di sapone, la guancia calda e morbida. Sentì la tensione allentarsi. Soprattutto, non doveva iniziare a pensare ad Angélique. Non era il momento di farsi prendere dal panico.

Documento di lavoro
Caso Sarah Leroy – anni 1992-1995

Che dire di Angélique, se non che ha onorato il suo nome solo per un periodo molto breve? Con le sue guance tonde e innocenti, i suoi immensi occhi di un azzurro purissimo, da piccola veniva spesso soprannominata «Riccioli d'oro». Ogni inverno dai quattro anni in poi, con un paio di ali di cartone attaccate alla schiena, la piazzavano nel presepe vivente all'uscita della chiesa per interpretare il ruolo dell'angelo Gabriele. Angélique ha così vissuto una fase un po' mistica, durante la quale appendeva ritratti di Teresa d'Avila sopra il letto. Convinta di essere stata scelta dal Signore, si affamava con entusiasmo durante la Quaresima, si impegnava a compiere quattro buone azioni e a recitare tre Ave Maria al giorno, e versava scrupolosamente tutti i suoi spiccioli nel cestino della questua. Un giorno, a catechismo, Angélique ha menzionato la sua aspirazione a diventare sacerdote. Ovviamente le hanno riso in faccia. Sconvolta nell'apprendere che per celebrare una messa come si deve era indispensabile avere un pene, è sprofondata in una depressione che ha segnato la fine delle sue ambizioni ecclesiastiche. La sorella maggiore, Fanny, le ha asciugato le lacrime. L'ha aiutata a sostituire con i poster dei Backstreet Boys e dei 2Be3 le icone e le immagini di sante, che hanno poi cercato invano di bruciare insieme nel lavandino della cucina. A partire da quel momento, Angélique non ha più avuto né Dio né padrone e ha iniziato a fare esattamente ciò che voleva, quando voleva, senza tollerare alcuna restrizione esterna. Mentiva a più non posso, rubava dalla panetteria caramelle che mangiava di nascosto nel cimitero, il suo regno. E poi si è verificato quel famoso evento noto a tutti coloro che frequentavano il liceo Victor Hugo negli anni Novanta, soprannominato «l'incidente del deposito delle barche», e le cose sono davvero degenerate. Ma sto divagando, torniamo a noi, a Sarah Leroy.

I mesi di luglio e agosto del 1992 sono passati come se l'universo di Sarah non fosse appena crollato, come se il trascorrere dei giorni avesse ancora un senso quando hai otto anni e hai perso la mamma. *Aladdin*, uscito l'inverno precedente, era ancora in cartellone nel piccolo cinema di Bouville. Per distrarla, Angélique ha portato Sarah a vedere quel film d'animazione diciassette volte. Senza pagare il biglietto, ovviamente. Le ha insegnato a intrufolarsi dall'uscita mentre gli spettatori di un altro spettacolo lasciavano l'edificio. Dopo quelle proiezioni, cantavano a squarciagola le canzoni di *Aladdin*, girellando per il cimitero; le lapidi facevano da tappeti volanti. Recitavano le scene che conoscevano a memoria sulla spiaggia di sabbia grigia, che nella loro fertile immaginazione si trasformava nel deserto dorato delle *Mille e una notte*.

Sarah ha preso a trascorrere la maggior parte del suo tempo con quella nuova amica caduta dal cielo. Le sue compagne di scuola erano quasi tutte partite per le vacanze e suo padre rimaneva chiuso tutto il giorno nel suo ufficio. Bernard Leroy lavorava per il municipio di Bouville-sur-Mer. Si «impegnava per il futuro della comunità» (è ironico, noterete le virgolette). Nel giro di poco, Vanessa, contabile in municipio, ha cominciato a cenare sempre più spesso a casa di Sarah. Sarebbe stata l'unica di cui lei si sarebbe ricordata in seguito. Il suo cervello non ha memorizzato né i nomi né i volti delle poche altre donne che hanno preceduto la sua matrigna.

Il padre di Sarah possedeva il club nautico e l'unico albergo di Bouville-sur-Mer (esiste ancora, si trova appena dopo il pontile, non vi potete sbagliare), tre ristoranti a Wimereux, uno ad Audinghen, due ad Audresselles e quattro o cinque case vacanze lungo la Côte d'Opale. Aveva ereditato tutto dal suocero, che aveva costruito da zero col sudore della fronte quel mini impero delle *moules-frites*. Bernard Leroy era quindi diventato ricco senza alcuno sforzo, a parte quello di aver sposato la persona giusta. Il suo principale talento consisteva nel saper scegliere bene le persone di cui si circondava e reclutare con cura, per poi sfruttarli al meglio, coloro che gestivano i suoi beni. Senza essere veramente un truffatore, cosa che avrebbe richiesto un coraggio di cui non era dotato, aveva una personalità duttile e si lasciava trasportare dalle correnti, là dove il flusso della sua vigliaccheria lo portava. Alla fine, e la cosa non stupisce, si era dato alla politica. Mi permetto questa presentazione del nostro beneamato sindaco di Bouville-sur-Mer perché nonostante tutto ha giocato un ruolo in questa storia. Capirete meglio anche il motivo per cui è così importante per me rimanere nell'anonimato.

In un primo tempo, Angélique ha accolto l'amicizia di Sarah

come qualcosa di dovuto, senza alcuna forma di riconoscenza. Va detto che Angélique all'epoca attirava le persone come una calamita. Era davvero fastidioso. Il modo in cui gli sguardi si addolcivano posandosi su di lei era stupefacente. Il suo sorriso aveva il potere di generare amore, almeno fino alla storia del deposito delle barche. Visto che questo testo deve stabilire la verità, ammetto di essere stata a lungo invidiosa del fascino di Angélique. Vorrei dirvi che era grazie alla sua personalità, alla sua intelligenza o al suo umorismo che suscitava tanta ammirazione, ma non è così. Lei era semplicemente tutto ciò che ci si aspetta da una bambina della sua età: molto graziosa e piuttosto brava, almeno in apparenza, dato che aveva un talento ineguagliabile per la menzogna. La fascinazione delle persone per Angélique è iniziata molto presto: apprezzamenti, regalini da parte dei negozianti del posto, una *chouquette* in pasticceria, una fetta di salame dal macellaio, un «Come sei carina, lo vuoi un pezzetto di Maroilles?» dal formaggiaio, un'albicocca offerta dal fruttivendolo... Così, quando andava a fare spese, era a posto per tutta la giornata. Ognuno aveva un complimento per lei: i suoi occhi così azzurri, i capelli così biondi e i lineamenti così fini, per non parlare del sorriso, «una vera Lolita»... e Angélique sorrideva, orgogliosa del soprannome, troppo ignorante per indignarsi di quel paragone del tutto inopportuno con l'eroina di Nabokov, manipolata e abusata dal patrigno pedofilo.

L'amicizia tra Angélique e Sarah era semplice. Si aspettavano all'angolo della strada per fare insieme il tragitto fino a scuola, andavano in bicicletta alla spiaggia, facevano il morto sulle onde fredde e agitate della Manica e poi si ritrovavano a casa di Angélique per bere una tazza di cioccolata calda preparata dalla sua sorella maggiore. D'inverno, si infilavano di nascosto i vestiti e le scarpe della madre defunta di Sarah, riposti in soffitta. Angélique aveva insistito per aprire le scatole, e Sarah alla fine aveva ceduto. Diceva sempre di sì ad Angélique. Indossava di buon grado i panni della strega, della fata o del principe azzurro e lasciava ad Angélique, predestinata dalla sua eclatante bellezza, il ruolo della principessa in pericolo.

Si telefonavano non appena tornavano a casa per parlare dei compiti, dei cartoni animati, della letterina per Babbo Natale, delle figurine mancanti nel loro album Panini del Re Leone (ne avevano uno in due, quello di Sarah). Partecipavano a tutti i concorsi del Club Dorothée, votavano per la loro serie tv preferita via telefono o Minitel (in quel caso andavano da Sarah, perché Angélique si era beccata uno schiaffo la prima volta che aveva chiamato un numero a pagamento). Fino alla seconda media, la loro più grande ambizione era di essere chiamate dalla bionda presentatrice e vincere uno dei premi in palio, sempre meravigliosi, o almeno una foto con la dedica. Una volta, Sarah ha vinto un walkman rosso e blu. Purtroppo, però, ha perso la telefonata di Dorothée. Questo è rimasto a lungo uno degli eventi più tragici della sua infanzia. Quanto al walkman, lo ha regalato ad Angélique, perché smettesse di prendere quello di sua sorella. Angélique aveva la fastidiosa abitudine di rubare sempre le cose di Fanny. Questo dettaglio ha la sua importanza per gli sviluppi successivi.

Sarah e Angélique hanno costruito la loro amicizia sulle gioie e i piccoli problemi che sembravano così futili agli adulti, ma che costituivano tutta la loro quotidianità. All'inizio di ogni anno scolastico, sulla prima pagina dei loro diari, scrivevano una citazione di Montaigne sull'evidenza della sua amicizia per Étienne de La Boétie, trovata su una vecchia cartolina: «Perché era lui, perché ero io». E in effetti la loro amicizia era altrettanto semplice e indiscutibile.

I genitori di Angélique (suo padre non aveva ancora abbandonato la famiglia), presi dal loro ristorante, si limitavano a brontolare quando arrivava la bolletta del telefono; il padre di Sarah, impegnato nella sua carriera, si preoccupava poco delle frequentazioni della figlia.

Dalla prima media, è stato necessario prendere l'autobus per andare a Saint-Martin, dove si trovava l'istituto Victor Hugo. Potevano andarci in bicicletta, ma era un po' lontano, soprattutto d'inverno. Sarah, che saliva per prima sullo scuolabus, teneva sempre un posto per la sua amica e, poiché Angélique soffriva il mal d'auto, faceva in modo di occupare i due posti in prima fila per evitare inconvenienti. Il conducente, colpito dalla lealtà di Sarah, ha finito persino per consigliare agli altri bambini che volevano sedersi lì di spostarsi nella fila dietro. Da quel momento in poi, fu chiaro per tutti che i posti della prima fila a sinistra erano quelli di Angélique e Sarah. Questo fino alla fine della terza media. Poi, non si sono mai più sedute una accanto all'altra.

OGGI
FANNY

Nel momento in cui entrò nell'ufficio della vicepreside della scuola di Lilou, il telefono di Fanny vibrò nella borsa. Lo tirò fuori in fretta e gettò uno sguardo allo schermo. Era Catherine, il grande capo e direttore responsabile. Irritata per non poter rispondere, Fanny salutò freddamente la vicepreside prima di sedersi, con la sua borsa di marca sulle ginocchia. Sulla sedia accanto a lei, Lilou non diede alcun segno di reazione. Le mani infilate nelle tasche della felpa, contemplava le sue Converse con aria malinconica.

Fanny si trattenne dall'alzare gli occhi al cielo. Pensò alla riunione che aveva dovuto posticipare per essere lì, all'appuntamento dall'estetista sacrificato, fissato un mese prima durante la pausa pranzo, all'articolo che doveva consegnare in serata, all'intervista telefonica con un attore americano di passaggio a Parigi che aveva dovuto affidare a una collega dopo aver lottato settimane per ottenerla. L'intera organizzazione della sua giornata, scombussolata da quell'ennesima convocazione al liceo. E tutto a causa di Lilou, ancora una volta. Sotto al tavolo, il suo piede calzato in una décolleté color caramello dal tacco alto si agitava con impazienza.

«Buongiorno, sono Ève Pocholle, la nuova vicepreside.»

Fanny strinse la mano che le tendeva e iniziò a digitare un messaggio di scuse per la sua superiore. Perché la chiamava sul cellulare? Di solito scriveva una mail.

«Avrei ovviamente preferito che il nostro primo incontro avvenisse in altre circostanze... quindi lei è la madre di Lilou?»

«La sua matrigna!»

Fanny e Lilou avevano risposto simultaneamente. Un doppio grido del cuore. Ève Pocholle, che stava esaminando la cartella della ragazza, sobbalzò, sorpresa dall'importanza che quella precisazione sembrava avere per le sue due interlocutrici. Per darsi un tono, Fanny sistemò una ciocca bionda nella sua acconciatura impeccabile, consapevole di aver messo un po' troppa sollecitudine nel negare qualsiasi legame di sangue con quell'adolescente truccata come una bicicletta rubata, che faceva il muso sulla sedia accanto alla sua.

«Va bene, ma è la sua responsabile legale, giusto?» domandò prudente Ève Pocholle.

«In qualche modo sì» confermò Fanny.

Squadrò Lilou con un sospiro. Capelli bicolore, felpa scolorita, jeans strappati... Perché Lilou ci teneva tanto a sembrare appena uscita da un cassonetto? Sarebbe stata molto più carina se si fosse curata un po' di più...

«Vedo che non è la prima volta che Lilou ha una nota disciplinare... Lilou, puoi spiegare a tua madre... voglio dire, alla tua matrigna, perché siamo qui?»

Lilou fissò Ève Pocholle con una smorfia beffarda.

«Perché ho dato libero sfogo alla mia creatività? Perché il mondo non è pronto per il mio genio? Perché la libertà di espressione non esiste più?»

«Lilou, basta così!» tagliò corto Fanny. «Mi spiace molto, Lilou è in piena crisi adolescenziale, è un po' difficile da contenere in questo momento, ma sono sicura che non aveva cattive intenzioni.»

Fanny declamava quelle banalità con un sorriso ipocrita sulla faccia. Il suo unico obiettivo era uscire il più in fretta possibile da quell'ufficio, una voragine per il suo tempo così esiguo e prezioso.

Ève Pocholle le porse un foglio.

«Lilou ha disegnato questo, lo ha stampato in venti copie e le ha appese nei corridoi della scuola.»

Fanny prese il foglio controvoglia e finse di esaminarlo con attenzione, mentre in realtà sbirciava l'orologio. Si vedeva un ragazzo abbassare i pantaloni e scrutare la sua zona inguinale con una lente d'ingrandimento. Là dove avrebbe dovuto esserci il suo sesso, non c'era niente. Il disegno era accompagnato da una didascalia: «Jacques e il fagiolo invisibile».

Fanny aprì la bocca, ma non ne uscì alcun suono.

«Mi sembra importante precisare che Jacques Hallencourt è un allievo di seconda, sezione europea, uno studente eccellente, tra parentesi, e la somiglianza nel disegno è notevole» proseguì la vicepreside.

Lilou fece un gesto di falsa modestia con la mano.

«Grazie, mi ha richiesto molto lavoro riprodurre bene la sua testa di cazzo.»

Fanny chiuse gli occhi, atterrita. Il cellulare si mise di nuovo a vibrare nella borsa e, per la seconda volta, dovette mandar giù la frustrazione di non poter rispondere. Forse Catherine voleva annunciarle ufficialmente che avrebbe assunto la direzione del nuovo sito della rivista? Il gruppo che li aveva acquisiti aveva deciso di investire sull'online anziché sul cartaceo, le cui vendite stavano crollando. Tutti consideravano quella decisione come una minaccia, Fanny invece ci vedeva un'opportunità straordinaria. Perché la gente era così terrorizzata da ogni forma di cambiamento? Perché le loro ambizioni erano sempre così limitate?

«Lilou ha anche creato un gruppo Facebook, con lo stesso nome, dove ha postato molti altri disegni di Jacques, tutti altrettanto osceni e offensivi.»

«Ho avuto centoquarantotto like in quarantotto ore» osservò Lilou. «Non è ancora il massimo potenziale, ovvio.»

Fanny scosse la testa, sempre più irritata da quella perdita di tempo e stressata all'idea di lasciarsi sfuggire un'opportunità professionale.

«Dato che Lilou ha già ricevuto due note disciplinari, mi vedo costretta a sospenderla fino alla fine della settimana» annunciò la vicepreside.

Fanny tornò bruscamente alla realtà.

«Cosa? No... non potete farla stare a casa, ha già abbastanza difficoltà in classe, suo padre è sempre in trasferta e io...»

«Mi dispiace, signora Courtin, ma sua figlia non può...»

«Figliastra!»

«Sì, scusi, la sua figliastra non può attaccare i compagni di scuola senza conseguenze e, a differenza del mio predecessore, io applico una politica di tolleranza zero per tutto ciò che riguarda il bullismo scolastico...»

Fanny, in stato di shock, aveva smesso di ascoltare il monologo della vicepreside. Non voleva trovarsi da sola a casa con Lilou. Oscar, suo figlio di quattro anni, sarebbe stato all'asilo. Esteban, il suo compagno, nonché padre di Lilou, usciva presto, tornava tardi ed era molto spesso in viaggio. Le sarebbe toccato gestire ancora una volta l'imprevedibile figliastra fino alla fine di quella settimana che era cruciale per il suo lavoro. Nella sua mente, tutto si mise a girare a una velocità incredibile. E poi, quel messaggio che aveva ricevuto poco prima: *Mamma è morta*. Faceva fatica a respirare. Era l'unica a soffocare in quell'ufficio?

«Si impegna a farlo, signora Courtin?»

«Eh, cosa? Io...»

«A far sì che Lilou elimini il gruppo Facebook e scriva una lettera di scuse?»

«Sì, certo!»

«Inoltre, mi è stato segnalato che Lilou, a differenza di quanto aveva assicurato al suo coordinatore, non ha ancora trovato uno stage, e dovrebbe iniziare lunedì.»

«Sono sicura che Lilou ha dei contatti» mormorò Fanny. «Eh, Lilou, hai dei contatti?»

«No.»

«Intendi dire che non hai ancora avuto risposta, ma hai inviato curriculum e lettere di presentazione...»

«No.»

«Non li hai ancora inviati, ma di sicuro sono pronti...»

«No.»

Quella giornata peggiorava di ora in ora, e non era nemmeno mezzogiorno. Fanny inspirò profondamente per reprimere l'istinto di colpire sia la donna sia la ragazza con la pianta verde che troneggiava sulla scrivania.

«Forse lei potrebbe aiutarla? Ci dovranno pur essere degli stagisti nella sua azienda. Lei è giornalista, no? Sarebbe di sicuro molto interessante per lei...»

Fanny scoppiò a ridere sotto gli sguardi sorpresi di Ève Pocholle e di Lilou, a cui l'aspetto comico della proposta era chiaramente sfuggito.

«Lilou non può fare il suo stage con me. Diventeremmo pazze tutt'e due. Ma troverà qualcosa, ne sono sicura. Invece, per quanto riguarda la sospensione, non è fattibile.»

«La sospensione non è negoziabile, signora Courtin, è necessario che Lilou comprenda la gravità delle sue azioni. Forse, se non avesse passato tutto il tempo a guardare il cellulare, se ne sarebbe resa conto anche lei.»

Stavolta fu Lilou a soffocare una risatina beffarda. Fanny, sbalordita, fissò la vicepreside, poi si alzò di scatto.

«Non le permetto di parlarmi così! Si figuri che tra una convocazione e l'altra per l'ennesima cretinata di Lilou, ho una vita, una carriera e un figlio!»

Dannazione. Non aveva cancellato la ceretta all'inguine per beccarsi i discorsi moralistici di una fallita della pubblica istruzione. In *Cenerentola*, Fanny non si era mai identificata nel ruolo della matrigna. Del resto, da quando lo era diventata, vedeva le cose da un'altra prospettiva. La martire forse non era quella che si pensava. E poi, almeno Cenerentola faceva i mestieri e mostrava un certo gusto per i bei vestiti e le scarpe in edizione limitata. Il modo in cui Lilou si conciava e teneva la sua camera, al contrario, lasciava pensare che l'adolescente ambisse di più a vivere di espedienti in una baraccopoli di Calcutta che a frequentare i balli alla ricerca di un principe, azzurro o meno che fosse.

Ève Pocholle, con le labbra strette, si alzò a sua volta.

«Buona giornata, signora Courtin, mi dispiace che lei la prenda così. Se non vuole occuparsi di Lilou, forse sarebbe meglio che fosse suo padre a partecipare a questo tipo di incontri. Purtroppo ho la sensazione che potrebbero essercene altri...»

Se non vuole occuparsi di Lilou. Quella formulazione tolse il fiato a Fanny. Quante visite mediche, quante riunioni con gli insegnanti, quante gite scolastiche, quante attese alla piscina comunale durante le lezioni di nuoto si era sorbita per «occuparsi di Lilou», per l'appunto? Perché era sempre lei a essere sotto giudizio? Non era nemmeno sua figlia, che diamine!

«Vieni» ordinò Fanny a Lilou. «Andiamo.»

E, senza aggiungere altro, prese la borsa e uscì.

Documento di lavoro
Caso Sarah Leroy – anno 1995

Iris, da perfetta matrigna, ha invaso la vita di Sarah come un cancro. È rimasta nascosta nell'ombra, il tempo di disseminare le sue metastasi con discrezione, e quando Sarah si è accorta della gravità della situazione non era più possibile liberarsene.

Devo ammettere che sono abbastanza orgogliosa di questa metafora.

Iris aveva un corpo flessuoso, su cui due gravidanze erano passate senza lasciare traccia, una pelle liscia, vellutata, che faceva venire voglia di sedersi ai suoi piedi e posare la guancia sulle sue gambe tornite per respirare il profumo dolce della sua crema per il corpo. Era originaria di Bouville, che aveva lasciato a diciotto anni per andare a studiare da estetista a Lille. Affermava che il suo ritorno era motivato dal desiderio di riallacciare i legami con le sue radici. In realtà, nessuno sapeva nulla della vita di Iris prima del suo rientro a

Bouville. Era arrivata, giovane divorziata sulla quarantina, con i suoi due figli. Non l'abbiamo mai sentita nominare il padre dei ragazzi, come se Éric e Benjamin Chevalier fossero nati per opera dello Spirito Santo. Non sappiamo neanche come abbia incontrato Bernard Leroy, né da quanto tempo si conoscessero quando si sono sposati. Ha molto insistito per non essere ufficialmente presentata a Sarah prima di aver fissato la data del matrimonio, in apparenza per non turbare la futura figliastra. Va detto che non ha invece sentito il bisogno di aspettare per spingere il padre di Sarah a investire nel salone di bellezza nuovo fiammante che si è regalata vicino al club nautico.

Un giorno, allora erano in quinta elementare, Sarah è tornata da scuola con Angélique per preparare una presentazione sui romanzi della serie *La banda dei cinque*. Sarah è andata in bagno e Angélique è uscita in giardino, dove ha trovato Iris, allungata su una sdraio.

Quest'ultima ha osservato la bambina con attenzione e ha concluso: «Sei davvero splendida».

Era una constatazione. Un giudizio attribuito da un'insegnante obiettiva con un tono compiaciuto, come se l'aspetto fisico di Angélique per Iris fosse soddisfacente. Sulla scala della bellezza con cui Iris giudicava tutte le donne che incrociava, «davvero splendida» era senz'altro il grado più alto. Per essere davvero splendida, secondo lei, dovevi essere molto magra, molto giovane e priva di qualsiasi imperfezione, pelo, ruga o macchia. Dovevi essere liscia come la carta patinata di una rivista femminile. Iris era altrettanto esigente con se stessa. Passava un tempo infinito a prendersi cura del suo corpo, del suo viso, delle sue mani, dei suoi piedi. Non sgarrava mai: mai che si esponesse al sole senza crema solare, che mangiasse una patatina o saltasse la sua corsa quotidiana, era proprio impossibile. È a causa di persone come Iris se oggi viviamo in un mondo in cui si pensa che occorra ritoccare le foto di Penélope Cruz.

Angélique, che ha avuto la prontezza di spirito di odiare Iris all'istante, ha risposto a quel complimento con un sorriso beffardo: «Sì, lo so».

Iris ha sostenuto lo sguardo di Angélique finché questa non ha abbassato gli occhi.

In quel momento, Sarah è apparsa in giardino con suo padre che le teneva una mano sulla spalla. In imbarazzo, l'uomo ha fatto le presentazioni.

«Iris è... la mia fidanzata» ha detto. «Abbiamo deciso di sposarci. Iris, ecco mia figlia, Sarah.»

«Oh, è lei, tua figlia!» ha esclamato Iris.

Aveva scambiato Angélique per Sarah. Nonostante il sorriso posticcio da bambola di porcellana, la sua delusione era evidente.

«Sono felice di fare la tua conoscenza, finalmente.»

Iris ha abbracciato Sarah con un'effusione ipocrita e lei, impalata nel prato come una quercia centenaria per la sorpresa, l'ha lasciata fare.

Poi Iris è entrata in casa e ha chiamato: «Benjamin! Éric! Venite a salutare la vostra sorellina».

Si è sentita una cavalcata per le scale e sono apparsi due ragazzi. Si sono messi di fianco alla madre, uno da ogni lato, sotto il pallido sole del tardo pomeriggio. Tutti e tre avevano gli occhi verde acqua, il colore limpido di un mare da cartolina. Erano belli come le icone della Santa Trinità che Angélique ammirava quando ancora credeva in Dio.

Sarah li ha scrutati, un po' sorpresa. Il più piccolo, Benjamin, con aria imbronciata e le mani infilate nelle tasche dei jeans, si fissava le scarpe da ginnastica. Il maggiore, Éric, con il Game Boy in mano, ha guardato Sarah con un misto di curiosità e benevolenza.

«Ciao, sorellina» ha detto con calore.

OGGI
FANNY

Sul marciapiede di fronte al cancello del liceo, Lilou scoppiò a ridere.

«Tre settimane senza scuola, che figata, se avessi saputo che era così facile, FC, lo avrei fatto prima.»

Lilou chiamava la matrigna FC, «Fanny Courtin». «In fondo è il suo nome» aveva spiegato l'adolescente quando Esteban aveva chiesto spiegazioni in proposito. Meccanicamente, Fanny ripeté alla figliastra il solito discorso: si rendeva conto della fortuna che aveva a poter frequentare un liceo privato? Ad avere dei super professori? A poter fare tutto quello che voleva nella vita? Quando l'avrebbe piantata di comportarsi come un'orribile ragazzina viziata a cui era tutto dovuto?

Il telefono di Fanny vibrò. Catherine, la sua capa, le intimava via messaggio di passare da lei il prima possibile, visto che non era ancora arrivata in ufficio ed erano già le 11.32.

«Devo tornare al giornale» sospirò Fanny, digitando la risposta. «Tu vieni con me.»

Lilou spalancò due occhi inorriditi.

«Cosa? Non se ne parla nemmeno, torno a casa da sola. Cosa vuoi che succeda?»

«Non lo so» rispose Fanny esasperata. «Che tu decida di mettere la tua verginità all'asta su Internet come l'agosto scorso? O che dipinga di viola la ringhiera di casa nostra come a ottobre?»

«Fucsia, ed era per l'Ottobre Rosa. Capisco che per te sia difficile pensare che uno si impegni per qualcosa.»

«Ridipingere la ringhiera di un palazzo senza il consenso dell'amministratore non ha mai salvato nessuno dal cancro. Studia e diventa oncologa, se proprio ci tieni, non è di sicuro dando fastidio alla gente che ci si rende utili.»

Fanny afferrò Lilou per il braccio e si diresse verso la fermata del metrò. Lilou si lasciò trascinare, controvoglia. Una volta preso posto nel vagone, la ragazza appoggiò la testa contro il vetro e, con gli auricolari nelle orecchie, iniziò a far scorrere all'infinito il suo feed di Instagram. Fanny controllò le mail, poi la osservò in silenzio. Cercava di ricordare come si sentiva a quindici anni. Come avrebbe voluto che ci si rivolgesse a lei? Con che tipo di adulti avrebbe potuto andare d'accordo? Il suo rapporto con la figliastra era un fiasco totale. E a Fanny non piaceva fallire. Non aveva avuto la fortuna di Lilou, la scuola privata, le vacanze al sole, gli accessori e i vestiti che sembravano cadere dal cielo appena l'adolescente schioccava le dita. Fanny aveva lavorato tutte le estati a partire dai quattordici anni. Era arrivata da sola a Parigi subito dopo il diploma per entrare in una scuola di giornalismo e si era pagata gli studi con una serie interminabile di lavoretti, espedienti e crediti al consumo segreti di cui non faceva mai cenno a sua madre.

Quest'ultima aveva un ristorantino sulla spiaggia a Bouville-sur-Mer, nel Pas-de-Calais, e non le importava di sapere che la figlia maggiore mangiava pasta senza nemmeno una noce di burro due volte al giorno perché non poteva permettersi altro. Anche quando i genitori di Fanny stavano ancora insieme, lavoravano sempre, soprattutto durante le vacanze. Non erano mai andati a una riunione genitori-insegnanti, non avevano mai controllato i suoi compiti. Non c'era nessuna cena in famiglia la sera, quando tornava a casa con sua sorella dopo la scuola, neppure un Tupperware da scaldare nel microonde, nessuna storia prima di dormire o baci al momento di rimboccare le coperte. I suoi genitori lavoravano in cucina tutte le sere tranne il lunedì. Il ristorante li assorbiva come un buco nero. Durante l'ora di punta, non valeva nemmeno la pena di provare a chiedere loro una firma per una gita scolastica o il buono per la mensa. Quante volte sua sorella minore, Angélique, aveva imitato la firma della madre sui loro diari? Nell'appartamento dove vivevano, proprio sopra il ristorante, Fanny e Angélique trascorrevano le serate guardando la televisione e sgranocchiando patatine o avanzi dei piatti serviti il giorno prima. Nel fine settimana spesso dovevano dare una mano in sala, soprattutto durante l'alta stagione. Per Fanny era una tortura. Odiava il rumore e l'agitazione, che le impedivano di fare i compiti per bene. Non aveva la sicurezza e la risposta pronta di sua sorella, che in quei fine settimana vedeva l'opportunità di andare a letto tardi, scolarsi uno o due bicchieri di vino di nascosto o flirtare con i ragazzi del posto. Prima di trasferirsi a Parigi, Fanny non era mai andata oltre Lille. Ma, una volta arrivata nella capitale, aveva fatto il necessario, aveva lottato, aveva adottato l'accento, lo stile, il modo di parlare e di comportarsi a tavola delle sue amiche parigine. Si era battuta anima e corpo per ottenere il lavoro che aveva sempre sognato, e non capiva come fosse possibile che Lilou non si rendesse conto della fortuna che aveva.

Fanny studiava la figliastra di soppiatto, osservava la rotondità delle sue guance, l'arcobaleno disegnato a mano sulle Converse, il lucidalabbra rosa alla ciliegia che non l'abbandonava mai, come l'orsacchiotto nascosto sotto al cuscino e senza il quale non riusciva a dormire. Un tempo, Fanny riusciva a vedere la bambina che aveva perso sua madre dietro al trucco eccessivo, alle felpe da skater e alle minigonne che le procuravano persino dei richiami a scuola. Ma ora non più. Non più, da quando, mentre le rifaceva il letto, due anni prima, le era capitato in mano il diario di Lilou. Il loro rapporto era complicato già allora, e Fanny aveva pensato che, leggendo alcune pagine del quaderno in cui la ragazza disegnava e scriveva regolarmente, forse avrebbe capito meglio la figliastra, le sue emozioni fluttuanti, la sua rabbia, la sua freddezza. Lo aveva aperto a caso e gli occhi le erano caduti su una frase: «A volte vorrei che Fanny morisse. Saremmo felici noi tre, Oscar, papà e io». Fanny aveva richiuso il diario, inorridita. Inaspettatamente, aveva pianto. Quel giorno aveva deciso di smettere di fare sforzi. Con un po' di fortuna, Lilou se ne sarebbe andata di casa a diciotto anni. Nel frattempo, Fanny faceva finta di niente, non aveva scelta. L'uomo della sua vita aveva un unico difetto: sua figlia.

«Scendiamo qui» annunciò alzandosi.

Non appena Fanny entrò nella sede della rivista e raggiunse la reception, Catherine si fiondò su di lei.

«Finalmente, Fanny! Ti sembra l'ora di arrivare in ufficio? Pensi di lavorare alle poste? Ciao, tu devi essere la famosa Lilou» continuò poi con un ampio sorriso.

Qualunque persona sotto i venticinque anni godeva da parte di Catherine di un'indulgenza e di un rispetto che rasentavano l'assurdo. «Ah, i Millennial, hanno capito tutto!» esclamava con il sorriso di una nonna mezza sciroccata di fronte alle stranezze, ai ritardi o alla mancanza di professionalità di alcuni stagisti, che approfittavano bellamente della situazione.

«Sì» rispose Lilou, intrigata dal fatto che Fanny avesse parlato di lei.

«Aspettami qui» decretò Fanny.

«Ma no, può venire con noi» replicò Catherine, facendo loro segno di seguirla. «Dev'essere interessante per uno spirito libero come lei vedere da vicino come si costruisce una rivista.»

Fanny lanciò a Lilou uno sguardo preoccupato.

«Comportati bene» mormorò. «È la mia capa.»

Lilou fece spallucce, visibilmente lusingata dall'espressione «spirito libero», e seguì la matrigna nell'ufficio vetrato della sua superiore. Catherine si sedette alla scrivania. Il suo corpo tradiva quel misto di eccitazione e tensione che Fanny conosceva bene. Catherine aveva un fiuto infallibile per i temi che «funzionano», quelli che scatenano passioni, che infiammano i social e le cene in famiglia, che fanno cliccare, mettere un like, condividere, commentare. Stava prolungando la suspense, aveva qualcosa per le mani: Fanny lo percepiva dall'elettricità che c'era nell'aria.

«Ho trovato l'argomento con cui lanceremo il nuovo sito!»

Fanny aggrottò le sopracciglia.

«Oh... ma pensavo che ne avremmo discusso nella riunione della prossima settimana, ho preparato una presentazione e avevo diverse proposte...»

«No, no, lascia perdere la riunione, ho avuto un'idea geniale, un argomento bomba, e tu sei perfetta per occupartene. Voglio che ti metta al lavoro il prima possibile.»

«Di che si tratta?» chiese Fanny, sorpresa. «Perché io pensavo a...»

«Sarah Leroy!» la interruppe Catherine con aria trionfale, senza nemmeno lasciarle finire la frase.

Il nome piombò sulla testa di Fanny come una tegola dal quinto piano. Il suo corpo si irrigidì all'istante. *Sarah Leroy*. Per Fanny, quel nome ne faceva affiorare subito altri, insieme a ricordi che aveva lasciato lì, nel paesino della sua infanzia, quando se n'era andata senza voltarsi indietro. Pronunciare quel nome significava stuzzicare una ferita che non si era mai davvero rimarginata.

Catherine annuiva con fervore.

«Ieri mi è tornata in mente quella sera a Natale, quando ci avevi dato dentro con lo champagne e mi hai raccontato che venivi dal suo stesso paese, che la tua sorellina era in classe con lei, giusto?»

Lilou guardò Fanny sgranando gli occhi.

«Hai una sorella, tu?»

Fanny fece un sorriso tirato. La conversazione non stava affatto prendendo la piega che aveva previsto.

«Ho esagerato... eravamo dello stesso paese, ma lei era più piccola di me, e questo non significa che...»

«Insomma, frequentavate la stessa scuola, di sicuro conosci delle persone coinvolte! Non è facile trovare un giornalista più vicino di te all'evento a cui affidare l'incarico di seguirlo.»

Fanny la fissò senza capire.

«Seguire l'evento? Ma è scomparsa vent'anni fa!»

«Esatto, saranno venti in estate e il colpevole dovrebbe essere rilasciato l'anno prossimo! Voglio realizzare una serie in più episodi, speciale anniversario di Sarah Leroy, in esclusiva sulla versione web di "Mesdames". Faremo esplodere il numero di visite. Ritratti delle persone coinvolte, estratti del processo, foto d'infanzia... La gente adora gli omicidi, gli psicopatici, tutta quella roba. In più, per una volta, nessuna polemica possibile. Che tu sia di sinistra, di destra, woke o neonazista, almeno su quello siamo tutti d'accordo: uccidere una ragazzina di quindici anni è una cosa orribile. Ricordi la retrospettiva su Dupont de Ligonnès? Ha fatto il botto! Quale argomento migliore per lanciare il nuovo sito se non un'adolescente assassinata, un omicida che proclama la sua innocenza da vent'anni, un corpo mai ritrovato, il tutto in riva al mare, con la spiaggia sullo sfondo! E in più con una giornalista che conosceva personalmente la vittima... È il soggetto ideale, ammettilo!»

«Ma no, per niente, non la conoscevo di persona, anzi, me n'ero andata da Bouville da anni quando è successo!»

«È il tuo paese, nei paesini si conoscono tutti. E poi, nessuno andrà a verificare! Sei una giornalista, fai il tuo mestiere: raccontaci una storia.»

Fanny rimase in silenzio, incapace di proferire una sola parola. Si era dimenticata della morte di sua madre, curiosamente fuori tema in quella giornata sempre più catastrofica. Catherine faceva avanti e indietro nell'ufficio, raggiante.

«Che tu venga da lì è davvero una fortuna incredibile! Sarebbe assurdo non sfruttarla. Il vantaggio dell'online è che non abbiamo limiti di spazio. Mi immagino un articolo settimanale da metà luglio a metà agosto, con foto inedite, testimonianze video di persone che raccontano i loro ricordi... Puoi intervistare gli insegnanti, i vecchi amici, i vicini. Hai campo libero, è un'opportunità per farti notare, te la offro su un piatto d'argento, non mi devi nemmeno ringraziare.»

«Catherine, non sono sicura che...»

La direttrice non ascoltava una parola di ciò che Fanny le stava dicendo, camminava su e giù nel grande ufficio vetrato, fiera di sé come se avesse appena inventato il tostapane.

«Sì, io conosco il mio mestiere: sei la persona perfetta per questo incarico. Parti lunedì.»

Fanny aggrottò le sopracciglia.

«Ma... per dove?»

«Cosoville-sur-Mer! Dalla tua famiglia! È un argomento da inviato sul campo, e tu sognavi di tornare sul campo!»

«Questo argomento non mi interessa» ribatté Fanny. «E sai benissimo che non parlavo di quel tipo di campo...»

Prima di avere Oscar, Fanny era una giornalista sportiva, copriva tutti i principali eventi in Europa. Aveva smesso non appena era rimasta incinta, non volendo più viaggiare così tanto, ed era stata assunta da «Mesdames Magazine». Ripensava spesso con nostalgia al suo vecchio lavoro.

Catherine si bloccò di colpo, contrariata da quell'inatteso atto di ribellione, strinse gli occhi dietro alle lenti di tartaruga e si piazzò davanti a Fanny, con i pugni sui fianchi.

«Senti, questo posto di direttrice del nuovo sito di "Mesdames" lo vuoi o no?»

Fanny deglutì. Certo che lo voleva. Ma non così, non facendo del sensazionalismo solo per vendere clic agli inserzionisti sulla pelle di una ragazzina assassinata. E soprattutto non di quella ragazzina.

«Ci sono altri argomenti...» cominciò.

«Prima tiriamo su un po' di pubblico, poi parleremo degli altri argomenti. I tuoi spostamenti saranno rimborsati, non ringraziarmi. Merda, avevo una riunione quattro minuti fa, devo scappare. Fai un primo viaggio, se hai bisogno di un fotografo, di un videomaker, mi mandi una mail e ti sblocco il budget, va bene? La tua famiglia vive ancora lì?»

Il messaggio che la sorella le aveva inviato quella mattina tornò di colpo alla mente di Fanny.

«A proposito... Mia madre è appena mancata, ho bisogno di qualche giorno per andare al suo funerale.»

«Ah, cavoli, mi dispiace. Ma guarda il lato positivo: prendi due piccioni con una fava e ti paghiamo pure il viaggio!»

Fanny, in stato di shock, si domandò se Catherine si aspettasse davvero la sua riconoscenza. Poi, proprio nel momento in cui pensava che la situazione non potesse peggiorare ulteriormente, sentì Lilou, di cui aveva cercato di dimenticare la presenza, chiedere con voce limpida: «Mi scusi, Catherine, posso farle una domanda?».

«Con piacere!»

«Devo fare uno stage in azienda per la scuola, Fanny non osa parlargliene, ma mi piacerebbe lavorare con lei su questo progetto. Pensa che sia possibile?»

«Ma certo!»

«Bisognerebbe firmare una convenzione di stage...»

«Mandami tutto via mail! Vedi, Fanny, ti offro persino una stagista. Su, al lavoro, ragazze!»

Catherine afferrò il suo iPhone e uscì di corsa, facendo tintinnare i braccialetti che annunciavano il suo arrivo ovunque andasse.

Fanny rimase immobile per qualche istante, inorridita.

«Bene, ce ne andiamo o piantiamo le tende qui?» disse alla fine Lilou, sbadigliando.

«Vieni nel mio ufficio» mormorò Fanny. «Ti chiamo un Uber.»

Lilou sarebbe rimasta da sola quel pomeriggio, pazienza, era assolutamente necessario che Fanny trovasse un nuovo argomento per il lancio del sito. La sola idea di digitare «Sarah Leroy» in un motore di ricerca la faceva stare male.

«Credevo che tu fossi nata a Parigi...» disse Lilou, lasciandosi cadere sulla sedia da ufficio della matrigna.

Fanny non rispose e tirò fuori il telefono per chiamare un'auto.

«Vuoi che vada a prendere Oscar all'uscita dall'asilo? Visto che devi fare la valigia... Posso portarlo a fare un giro in bici al parco delle Buttes-Chaumont» riprese Lilou.

«Non devo fare nessuna valigia, non farò questo reportage. E se pensi di risolvere così la faccenda dello stage, ti sbagli. È fuori discussione che tu venga con me!»

«Venire dove? Hai appena detto che non ci vai» ironizzò Lilou.

«Ma come fai a essere così irritante?»

«Ho imparato da te, FC. Posso andare a prendere Oscar, comunque?»

Lilou e Oscar si adoravano. La cosa a Fanny era sempre parsa strana, dato che il suo rapporto con la figliastra si era deteriorato a vista d'occhio dopo la nascita di Oscar, ma

Lilou sembrava non avercela mai avuta col fratellino. Si era sempre presa cura di lui, inventando di continuo nuovi giochi, leggendogli storie con una pazienza infinita, che non mostrava in nessun'altra circostanza. Del resto, diceva sempre «il mio fratellino»: non aveva mai parlato di «fratellastro». Oscar, dal canto suo, guardava la sorellastra con un'adorazione tale che a volte Fanny ne era spaventata. Bisognava però ammettere che badare a Oscar era l'unico compito per il quale si fidava della ragazza. E poi, quando Lilou era con suo fratello, per lo meno non si imbarcava in una delle sciocchezze che potevano venire in mente solo a lei.

«Sì, puoi andare. Ma non tornate dopo le sei.»

«Mi dai un po' di grano per la merenda?»

Fanny frugò nella borsa e le allungò dieci euro.

«Niente roba industriale, prendi una banana e delle gallette di riso senza zucchero.»

«Wow... certo che tu sai come far contenti i bambini. Ma è vero che conoscevi quella ragazza che hanno ucciso?»

«No, per niente» mentì Fanny.

Lilou aprì la bocca, sembrò esitare e la richiuse.

«Cosa c'è ancora?» sospirò Fanny.

«Non sapevo... di tua madre, intendo... Mi spiace. È dura perdere la mamma, anche quando sei vecchio.»

La tristezza improvvisa nella voce di Lilou colse Fanny di sorpresa. Scosse la testa e rispose: «Grazie. Ma non è... non è come per te, quando hai perso la tua mamma. Mia madre e io non andavamo d'accordo».

«Ah sì? E perché non parli mai di tua sorella? Ho sempre pensato che fossi una palla al piede perché eri figlia unica.»

«Non andiamo d'accordo nemmeno noi due» replicò Fanny, fingendo di non aver colto la provocazione.

«È pazzesco con quanta gente non vai d'accordo, FC... Non ti sei mai chiesta se magari il problema fossi tu? Hai pensato di andare da uno psicologo?»

Fanny inspirò profondamente per dominare il nervosismo.

«Tu che riesci sempre a metterti tutti contro dovresti sapere che cercare di piacere a tutti è solo una gran perdita di tempo.»

«Giusto... Come si chiama tua sorella?»

«Angélique» disse Fanny. «Il tuo Uber sarà qui tra due minuti. La strada per scendere la sai, non ti accompagno...»

Documento di lavoro
Caso Sarah Leroy – anno 1995

Mi sembra importante dirvi qualcosa di più su Éric e Benjamin Chevalier, i fratellastri di Sarah, attori fondamentali di questa storia. I fratelli Chevalier avevano rispettivamente quindici e dieci anni quando sono arrivati a Bouville. Era appena prima del ritorno di Angélique e Sarah a scuola dopo le vacanze, all'inizio della prima media. Benjamin, che cominciava le medie anche lui, si era ritrovato in un'altra sezione. Éric invece iniziava la seconda superiore nello stesso istituto. Dalla prima media fino al termine delle superiori, tutti gli adolescenti del posto frequentavano l'istituto Victor Hugo di Saint-Martin, me compresa.

Fin dal suo arrivo al Victor Hugo, Éric Chevalier ha cominciato a spezzare cuori. Ogni volta che passava in corridoio, con la sua giacca Schott NYC color kaki che faceva risaltare gli occhi dello stesso colore, le teste si giravano. Guance che arrossivano, bisbigli innamorati e risatine camuffate: il tempo rallentava e i cuori acceleravano. Esibiva un mix esplosivo di sicurezza in se stesso, umorismo devastante e gentilezza a cui nessuno riusciva a resistere, nemmeno gli adulti. Bastava osservare la professoressa di arte diventare più rossa dei suoi tubetti di tempera quando lui alzava la mano per fare una domanda. Grazie alla sua aura da principe azzurro, Éric collezionava ragazze come si fa fuori un pacchetto di patatine preso dalla dispensa con l'intenzione di mangiarne solo una o due. Meccanicamente. Solo perché erano a disposizione e a lui bastava tendere una mano noncurante perché cadessero come mosche sotto effetto di GHB. Dalla prima media all'ultima classe delle superiori, tutte volevamo essere colei che lo avrebbe reso fedele, l'eletta, la ragazza di cui si sarebbe perdutamente innamorato e che avrebbe portato su un cavallo bianco verso il tramonto, in stile «ebbero molti figli e vissero felici e contenti». Éric non c'entrava molto con tutto ciò, non aveva chiesto niente. E anche le ragazze non erano responsabili della competizione feroce che la sua presenza scatenava. Tutti abbiamo il diritto di sognare. Cerchiamo tutti, in fondo, l'Amore con la A maiuscola. Non erano colpa di nessuno, quei cuori, quei percorsi scolastici e quei legami d'amicizia spezzati, sacrificati sull'altare di un grande amore, formattato fin dall'infanzia a colpi di fiabe, Barbie principessa e riviste femminili.

In un primo momento, Sarah ha continuato a vivere la sua vita tra la scuola e Angélique, senza instaurare particolari rapporti con i fratellastri. A casa, Éric le dava qualche buffetto sulla testa o le lanciava un complimento di tanto in tanto, come faceva con tutte le ragazze che incontrava. Lei lo trovava simpatico, ma Éric la considerava ancora una bambina. A scuola, se la incrociava in corridoio, sembrava che non la vedesse nemmeno. E, in effetti, probabilmente non la vedeva davvero. Sarah faceva di tutto per passare inosservata. Gentile e discreta, era il tipo di ragazza a cui le persone chiedevano di nuovo il nome ogni volta che le rivolgevano la parola, e lei rispondeva sempre con cortesia, per non mettere a disagio l'interlocutore.

Benjamin, a differenza del fratello, era un ragazzo chiuso. Difficile capire se fosse per timidezza o per arroganza. Sta di fatto che parlava a fatica con chiunque, compresi il patrigno e persino sua madre. Solo il fratello maggiore, per il quale aveva una venerazione incondizionata, incontrava il suo gradimento. Quando Éric non era a casa, Benjamin passava la gran parte del tempo chiuso nella sua stanza, ad ascoltare musica, suonare la chitarra o giocare a videogiochi il cui obiettivo principale era trucidare il maggior numero di persone nel minor tempo possibile.

OGGI
FANNY

Non appena sentì aprirsi la porta di casa, Fanny tirò fuori una bottiglia di Meursault dal frigorifero e riempì i due calici che aveva posato sul ripiano della cucina. Un minuto dopo, Esteban la raggiunse con un sorriso sul volto e un sacchetto di carta contenente del sushi.

«Ciao, amore, tutto bene?» le chiese, baciandola sul collo.

Fanny si rannicchiò contro di lui, chiuse gli occhi per qualche istante e per la prima volta dall'inizio di quella giornata orribile sentì i muscoli della schiena rilassarsi.

«Non rispondi... Non è mai buon segno quando non rispondi...» constatò Esteban accarezzandole i capelli.

«Marie-Claire è morta.»

«Marie-Claire? Intendi...»

«Mia madre.»

«Mi dispiace» mormorò Esteban, stringendola più forte a sé. «Come ti senti?»

Fanny si liberò dal suo abbraccio. In quel genere di situazione, la dolcezza di Esteban le faceva sempre venire voglia di abbandonarsi sulla sua spalla e piangere tutte le lacrime che aveva in corpo, ma detestava lasciarsi andare.

«Triste. Anche se non andavamo d'accordo, era pur sempre mia madre.»

«È stata Angélique ad avvisarti?»

«Sì. O almeno penso che fosse lei, non ho nemmeno più il suo numero, deve aver cambiato telefono da allora... Ti rendi conto, non so neanche com'è morta mia madre...»

Fanny prese un bicchiere e ne mandò giù metà in un solo sorso. Esteban recuperò due piatti e tirò fuori le scatole di sushi dal sacchetto di carta. Tese le bacchette alla compagna, che le separò con un gesto secco per dare inizio a quella cena improvvisata.

«Vuoi che andiamo al funerale?»

«No... Voglio dire, posso andarci da sola. Forse dovrò comunque fare avanti e indietro da Bouville per lavoro.»

Fanny raccontò brevemente a Esteban la sua giornata catastrofica e la conversazione che aveva avuto con Catherine. Lui ascoltava con attenzione.

«Magari non ha tutti i torti, all'epoca l'intera Francia si era appassionata alla storia di Sarah Leroy. Per te è un'opportunità, può darti una buona visibilità, e i miei genitori possono occuparsi di Oscar. Io devo fare il giro annuale dei miei clienti americani...»

«Ah sì, cavolo, me n'ero scordata.»

Esteban aveva messo su un'azienda di import-export di prodotti spagnoli che funzionava molto bene. Dopo una significativa raccolta di capitali, stava cercando di espanderla a livello internazionale.

«Mi sarebbe piaciuto proporti di venire con me, ma è negli Stati Uniti...»

Fanny sospirò. Non voleva più andare negli Stati Uniti. Qualche anno prima, un assurdo errore amministrativo era costato loro le vacanze a New York che Lilou aspettava con tanta ansia. Arrivati al controllo documenti, il passaporto di Fanny era stato rifiutato e le avevano impedito di entrare in territorio americano. Così avevano dovuto prendere l'aereo nella direzione opposta.

«Da quanto non vedi Angélique?» chiese Esteban.

«Non so, da molto. Lo sai che quasi non ci parliamo più.»

«È incredibile che io non abbia mai visto tua sorella, nonostante stiamo insieme da sei anni. Che tipo è?»

Fanny alzò le spalle.

«Diversa.»

«E non può essere l'occasione giusta per riallacciare i rapporti?»

«Non abbiamo niente in comune. Dovresti andare da Oscar a dargli un bacio, a volte aspetta che tu torni per addormentarsi.»

«Sì, certo. Ne approfitterò per dire due parole a Lilou su questa storia della sospensione, ho l'impressione che la sua nuova amica... com'è che si chiama?»

«Kim.»

«Sì, Kim ha una cattiva influenza su di lei, non faceva così tante stupidaggini l'anno scorso.»

Esteban uscì dalla cucina e Fanny si sentì sollevata per essere scampata alla conversazione su sua sorella. Stava per prendere l'ultimo pezzo di sushi dal vassoio, poi ci ripensò e lo posò nel piatto di Esteban. Sette pezzi erano molto più di quanto si concedesse di solito la sera.

Esteban tornò, accompagnato da una Lilou particolarmente imbronciata.

«Non sapevo che le avessi proposto di fare lo stage con te, è un'ottima idea!»

Fanny aprì la bocca per smentire, ma Esteban non gliene diede il tempo: aveva l'aria davvero contenta.

«Abbiamo concordato con Lilou che, se non otterrà almeno quindici punti su venti nella relazione di stage e tu non sarai soddisfatta del suo lavoro, non andrà in vacanza con Kim quest'estate.»

«Avevi già detto di sì per Saint-Jean-de-Luz, non è giusto! Non potete separarci, è la mia migliore amica!» ribatté Lilou, furiosa. «E non abbiamo concordato proprio niente, mi hai imposto la tua decisione, questa si chiama dittatura!»

Suo padre si versò un bicchiere di vino.

«Non voglio che la tua "migliore amica" rovini il tuo percorso scolastico e devo essere sicuro che tu prenda sul serio lo stage. Più avanti ci ringrazierai. Fanny ha una posizione importante e molto talento. È una grande opportunità per te lavorare con lei.»

Lilou alzò gli occhi al cielo e si isolò, immergendosi nel telefono. La soddisfazione per aver trovato uno stage senza muovere un dito era appena stata annullata da quell'obbligo improvviso di «prenderlo sul serio».

«A proposito dello stage» iniziò Fanny, «in realtà, non ho detto che...»

«Non avevo mai sentito parlare di questa storia prima... Ma è davvero una star, questa Sarah Leroy!» la interruppe Lilou, facendo scorrere sul cellulare gli articoli sull'argomento con espressione distaccata.

«Sei troppo giovane per saperlo» spiegò Esteban, «ma all'epoca la notizia è stata sulle prime pagine dei quotidiani per settimane, era la telenovela dell'anno. Finché non hanno arrestato l'assassino, tutti avevano un'ipotesi su cosa le fosse successo.»

Lilou, vagamente interessata, si girò verso Fanny.

«E tu? Cosa ne pensavi tu, FC, visto che eri là?»

Fanny ignorò la domanda e si versò dell'altro vino per mascherare il disagio. Al diavolo le calorie, alla fine quel sushi se lo sarebbe mangiato. Certo che aveva fatto delle ipotesi, si era fatta delle domande. E, in realtà, l'arresto del colpevole non aveva dato nessuna risposta. Ciò che Fanny avrebbe voluto sapere non era tanto come fosse morta Sarah Leroy, ma soprattutto come Angélique si fosse trovata coinvolta in quella vicenda. Perché di una cosa Fanny era certa: la sua sorellina, fedele a se stessa, non aveva fatto altro che mentire. Angélique sapeva cose che non aveva detto a nessuno, nemmeno alla polizia. E, quando si era trattato di scegliere, Fanny era rimasta in silenzio. Fanny, la brava studentessa, aveva mentito a sua madre, alla polizia, a tutti. Una piccola bugia per omissione, a fronte di una domanda a risposta chiusa: «Ha visto o percepito qualcosa di anomalo nel comportamento di sua sorella Angélique Courtin il 3 settembre 2001?». Avrebbe dovuto rispondere «sì», e invece aveva detto «no». E loro erano passati alla domanda successiva. Non ne aveva mai parlato con nessuno, nemmeno con Angélique, nemmeno con Esteban. Ma, nel momento cruciale, aveva fatto la scelta istintiva, la scelta delle viscere: aveva protetto la sorella minore, anche se ciò significava rischiare di far condannare un innocente. E non c'era stato un solo giorno da allora in cui non se ne fosse pentita. Non era più riuscita a guardare negli occhi la sorella. Nel corso degli anni, i suoi contatti con Angélique si erano diradati fino a svanire, al punto che non aveva nemmeno più il suo numero di telefono in rubrica.

«Be'» chiese Lilou con tono scocciato, «se ho capito bene, quindi, vado con FC a Cosoville-sur-Mer?»

Fanny sospirò. Tra l'entusiasmo di Esteban all'idea che loro due passassero la settimana insieme, il funerale di sua madre e l'ossessione di Catherine, la sua capa, non riusciva più a immaginare una via di fuga.

«Sì, ma elimina quel gruppo Facebook e scrivi una lettera di scuse» ordinò Esteban alla figlia. «Altrimenti puoi dire addio alle vacanze con Kim!»

Documento di lavoro
Caso Sarah Leroy – anno 1996

Poco dopo l'inizio della prima media, Angélique e Sarah hanno trovato un annuncio attaccato con lo scotch alla vetrina della panetteria. Regalavano una cucciolata di sei gattini appena nati. Hanno telefonato proprio al momento giusto. Il proprietario, felice di liberarsi di un peso, ha affidato loro le bestiole senza nemmeno informarsi sulla loro età o sul parere dei genitori. Contente, li hanno battezzati Risotto, Ricotta, Righello, Riccio, Rullo e Rodeo.

Nei primi giorni, Angélique ha nascosto i gattini in un cesto sotto il letto e li ha nutriti con latte di mucca tiepido, usando un biberon rubato in farmacia. Poi l'odore della lettiera improvvisata ha attirato l'attenzione della madre di Angélique, che, dopo averle dato uno schiaffo, ha dichiarato che di tenere quegli animali in casa non se ne parlava proprio.

Sarah e Angélique hanno appiccicato annunci sulle pareti dei corridoi della scuola, nei negozi e alle fermate dell'autobus. Hanno suonato a tutte le porte di Bouville. Il settimo giorno, il professor Follet, l'insegnante di francese, che era anche il preside e aveva seguito da lontano gli eventi, ha chiesto loro a che punto fossero in quell'impresa di salvataggio. Sarah e Angélique gli hanno spiegato che alcune persone si erano offerte di adottare un gattino, ma nessuno voleva adottarli tutti e sei. Loro invece ci tenevano a non separare la cucciolata. Il professor Follet, commosso, ha detto che si sarebbe preso cura lui dei micetti. Tuttavia, ha rifiutato di occuparsi di Riccio, che non era solo il più piccolo, ma aveva anche una zampa atrofica. Passava le giornate avvolto in un maglione di lana che Angélique gli aveva sistemato a forma di cesta e non camminava ancora, mentre i suoi fratelli e sorelle saltellavano già allegramente per il salotto del professor Follet.

«Mi dispiace» ha detto il professore. «Non vivrà a lungo, è malato, preferisco non prenderlo.»

L'unica opzione possibile era che Sarah ospitasse il gattino a casa sua. Era poco dopo l'arrivo di Iris Chevalier e dei suoi due figli. Durante la cena successiva, Sarah ha raccontato di Riccio e ha chiesto se potesse tenerlo.

«Non se ne parla proprio» ha dichiarato Iris senza neanche ascoltare fino in fondo la sua argomentazione. «Non voglio che la mia casa puzzi di lettiera per gatti, è un'idea assurda.»

Sarah è sobbalzata di fronte al tono imperioso della matrigna. Fino a quel momento, Iris era stata piuttosto piacevole e Sarah considerava il suo ingresso in famiglia come una bella novità. La matrigna le dava consigli sulla pettinatura, l'aveva portata a fare shopping a Boulogne e le aveva regalato un top di Promod e un paio di jeans Lulu Castagnette che a Sarah piacevano da matti. Iris le dedicava del tempo, cosa che nessun adulto aveva più fatto veramente dopo la morte di sua madre.

A casa, suo padre la ignorava per la maggior parte del tempo. Sarah soffriva di dislessia e non era mai stata seguita da un logopedista. Alle medie, e poi alle superiori, dato che nonostante i suoi voti mediocri sembrava metterci impegno ed era una ragazzina buona e silenziosa, gli insegnanti, per non affliggerla, la lasciavano in pace e finivano per dimenticare la sua presenza discreta in terza fila accanto alla finestra. Per la gran parte delle persone, Sarah, di cui nessuno si prendeva la briga di ricordare il nome, era una perifrasi: era «la figlia di Bernard Leroy», «la ragazza che ha perso la madre», «l'amica di Angélique Courtin»; poi, molto presto, era diventata «la sorella di Éric Chevalier».

«Iris ha ragione» ha confermato Bernard Leroy. «Non abbiamo bisogno di un gatto.»

Sarah ha preso il coraggio a due mani e ha cercato, in qualche modo, di perorare la sua causa, ma le hanno detto di stare zitta, la faccenda era chiusa. Allora Benjamin, che da quando era arrivato in famiglia aveva rivolto sì e no dieci parole a Sarah, ha detto: «Anche a me piacerebbe avere un gatto».

A quella dichiarazione è seguito un breve silenzio. Iris ha alzato la testa, sorpresa. Era preoccupata per il figlio minore, che era estremamente sensibile e sembrava più turbato del previsto dal trasloco e dal nuovo matrimonio della madre.

«Non sapevo che ti piacessero i gatti, tesoro» ha osservato con tono prudente.

Lui ha alzato le spalle.

«Sarebbe carino averne uno in casa, tutto qui.»

Bernard Leroy ha guardato la futura moglie con un'aria interrogativa, in attesa di una decisione; se il parere di Sarah non contava, non era così per quello di Benjamin. Niente era più importante per Iris dei suoi figli. Se Benjamin suonava due note sulla chitarra, era il prossimo Kurt Cobain, se Éric calciava un pallone, era il prossimo Michel Platini. Passava il tempo a spiegare alle clienti del suo salone di bellezza quanto fossero talentuosi, forti e intelligenti. Quindi, quando Éric, come a voler dare il colpo finale, ha confermato: «È vero che potrebbe essere divertente avere un gattino», Iris ha ceduto subito.

«Va bene, ma ve ne occuperete voi.»

Sarah ha trattenuto i salti di gioia e ha promesso tutto ciò che volevano. Dopo cena, ha ringraziato timidamente i suoi fratellastri.

«L'ho fatto perché sembrava che ti facesse davvero piacere» ha detto Éric. «Ma dovrai prendertene cura tu, io non ho tempo.»

«Idem» ha aggiunto Benjamin, prima di tornare a chiudersi in camera sua. Era sempre d'accordo con il fratello maggiore.

Qualche giorno dopo, Sarah è passata da Angélique per guardare il video della loro canzone preferita del momento, che la sua migliore amica era riuscita a registrare su una videocassetta. Si intitolava *Wannabe* ed era cantata da un nuovo gruppo pop inglese: le Spice Girls. Hanno deciso su due piedi di imparare la coreografia, si sono annodate le magliette sopra l'ombelico e si sono infilate un paio di pantaloni della tuta. Completamente concentrata su quel progetto, Sarah non si è accorta che il tempo passava e si è scordata che doveva dare da mangiare a Riccio. Quando si è resa conto che era tardi, divorata dal senso di colpa, è tornata a casa in bicicletta pedalando come una pazza. Ha salito le scale quattro a quattro e ha trovato il cesto di Riccio vuoto. Presa dal panico, si è precipitata nella camera accanto. Éric ha sollevato la testa, sorpreso dall'irruzione intempestiva della sorellastra.

«Dov'è Riccio?» ha chiesto Sarah, terrorizzata.

«Non lo so... L'ho sentito miagolare prima, credo.»

Sarah si è fiondata verso la stanza di Benjamin, ha tamburellato sulla porta, poi è entrata senza aspettare la risposta e si è fermata di colpo. Benjamin teneva Riccio sulle ginocchia e gli stava dando il biberon. Aveva persino avvolto il gattino nel maglione di Angélique, che Sarah aveva portato con sé in modo che l'odore familiare lo tranquillizzasse.

«Miagolava in continuazione, penso che avesse fame» si è giustificato Benjamin, vagamente preoccupato di fronte all'espressione sconvolta di Sarah.

Lei ha esitato per qualche secondo tra la rabbia e il sollievo.

«Hai fatto scaldare il latte?»

«Sì.»

«Non bisogna lasciare aria nella tettarella, guarda.»

Si è seduta vicino a lui e ha inclinato il biberon nella giusta posizione. Sono rimasti qualche secondo uno accanto all'altra sul piumino di *Star Wars* senza parlare, poi Benjamin ha sussurrato: «Forse potrei tenerlo in camera mia quando sei occupata».

«Okay, ma devi fare attenzione con il biberon.»

«Sì, te lo prometto.»

Dopo quel momento, legati dai termini della loro custodia condivisa e dall'amore per Riccio, Sarah e Benjamin si sono avvicinati. Grazie alle loro premure, il gattino è vissuto un anno. Insieme, hanno pianto molto quando se n'è andato.

OGGI
FANNY

Fanny aveva ceduto e aveva promesso a Catherine di intervistare qualche persona durante il soggiorno a Bouville-sur-Mer. Non aveva davvero intenzione di farlo, ma la sua capa non lo avrebbe mai saputo. In fin dei conti, voleva solo una sintesi del caso Sarah Leroy e Fanny era una brava giornalista. Avrebbe scattato qualche foto inedita, avrebbe fatto un riepilogo in più episodi di quanto era stato ripetuto molte volte dai media e lo avrebbe scritto abbastanza bene da invogliare le persone a leggerlo. Catherine le avrebbe dato il posto di direttrice editoriale dell'online di «Mesdames» e Fanny avrebbe potuto finalmente trattare gli argomenti che le interessavano, senza il consenso preventivo della Regina Sole. L'incarico valeva bene quel piccolo sforzo, anche con Lilou come stagista.

Si era presa un giorno di ferie per passare un po' di tempo con Oscar prima di affidarlo ai nonni. Lo aveva portato al Jardin d'Acclimatation, poi al cinema. Non aveva mai lasciato il suo bambino così a lungo, e andandosene aveva pianto nell'ascensore.

Fanny e Lilou viaggiarono in treno fino a Boulogne-sur-Mer, dove presero un'auto a noleggio. Imboccarono la strada della Corniche lungo la costa per raggiungere la loro destinazione. Bouville-sur-Mer era una piccola località balneare sulla Côte d'Opale, a metà strada tra Ambleteuse e Cap Gris-Nez. In origine, era un agglomerato di casupole di pescatori tra le dune di sabbia. Doveva la sua esistenza alla posizione strategica: a quaranta chilometri in linea d'aria dall'Inghilterra, era stata nel corso dei secoli il punto ideale per tenere d'occhio l'eventuale invasore britannico. Durante il Secondo Impero, Bouville era diventata un luogo di villeggiatura per le famiglie benestanti di Parigi e Lille. Da allora, la piccola città era rimasta una rinomata stazione balneare, che conservava dalla Seconda guerra mondiale campi disseminati di crateri delle granate e spiagge punteggiate di fortini.

In estate, la popolazione locale si moltiplicava per quattro o per cinque, e si incontravano molti belgi e olandesi che mangiavano *moules-frites* al porto. Tra ottobre e marzo, la cittadina si svuotava, le case in affitto e gli agriturismi chiudevano le imposte per l'inverno e il mare si faceva inospitale. Durante certe tempeste, l'acqua si riduceva a schiuma, bianca e vorticante a perdita d'occhio. Si registravano raffiche di vento di oltre centocinquanta chilometri orari. Le onde, alte a volte quanto le case bianche con persiane azzurre del litorale, andavano a schiantarsi con tanta violenza sulle barriere frangiflutti da strapparne schegge di cemento.

Fanny, concentrata sulla strada che seguiva la costa, era immersa nei suoi pensieri. Nonostante fosse fine marzo, sembrava novembre. Odiava quell'atmosfera che le ricordava la partenza del padre, le notti che si abbattevano come cattive notizie in pieno pomeriggio e quell'umidità salata e persistente che passava attraverso gli impermeabili e i maglioni ruvidi sulla pelle, ordinati in promozione dal catalogo per corrispondenza di 3 Suisses.

Fanny e Lilou non avevano scambiato nemmeno tre parole durante tutto il viaggio. Lilou aveva ascoltato musica o navigato sul suo telefono, chattando di continuo con Kim, con grande spargimento di selfie ed emoji.

«È fantastico» mormorò l'adolescente, più a se stessa che a Fanny, mentre scattava foto con lo smartphone attraverso il finestrino dell'auto a noleggio.

La strada costeggiava il litorale. La marea era bassa e la sabbia umida, punteggiata da rocce nere e resti di bunker, si estendeva fino a un mare grigio e agitato. «Fantastico» non era il termine che avrebbe usato Fanny, ma capiva cosa intendeva Lilou. Seguì le istruzioni del navigatore fino all'albergo che aveva prenotato, una grande struttura bianca con le imposte bordeaux, in mezzo a erbe alte agitate dal vento, un po' fuori dal centro città. Parcheggiò la macchina sul retro dell'edificio.

«Fa un freddo cane qui, non andiamo da tua sorella?» chiese Lilou, tirandosi su il cappuccio della felpa.

Fanny prese la valigia e le fece segno di recuperare il suo zaino.

«No.»

«Spero che tu abbia preso due camere. Anche se ho accettato di aiutarti per il tuo articolo, non è che dobbiamo essere pappa e ciccia.»

Fanny aprì la bocca per far notare a Lilou che non le aveva mai chiesto di accompagnarla, ma cambiò idea. In effetti aveva preso due camere, non essendo desiderosa di condividere il suo spazio più di quanto non lo fosse la figliastra.

Un soffice tappeto copriva il pavimento della reception. Il calore che le accolse all'interno fece a Fanny l'effetto di un abbraccio confortante.

«Cosa vi porta qui?» chiese con curiosità la donna dietro il bancone, un po' robusta, i capelli corti e brizzolati e cinquant'anni ben portati.

«Una cosa di famiglia» rispose Fanny.

La donna prese gli occhiali a farfalla che le pendevano sul petto attaccati a una catenella e se li sistemò sul naso per esaminare meglio la nuova arrivata.

«Conosco tutti qui...»

«Sono Fanny Courtin, i miei genitori avevano il ristorante al porto, Le Comptoir du Fort.»

«Oh, la grande dei Courtin, ma certo! La piccola Fanny! Vieni per il funerale. Non ti avrei mai riconosciuta, tesoro, quanto sei dimagrita! Eri bella rotondetta, prima! Non avete tempo per mangiare, a Parigi? Mi dispiace per tua madre, ho saputo, è davvero triste. Perché non dormi da Angélique? C'è spazio, da lei...»

Fanny si irrigidì di fronte a quella valanga di calore e domande. L'allusione al suo peso passato, più di tutto il resto, l'aveva messa a disagio.

«Angélique non sa che sono qui...»

«Ah sì? Avete litigato? Comunque, non sono affari miei. Sono Dominique, potete chiamarmi "Domi", come le note musicali. E questa è tua figlia? Come ti chiami?»

Lilou strinse gli occhi per un breve istante, valutò la donna che aveva di fronte e dovette decidere che non era un nemico, perché rispose quasi con cortesia: «Sono la figliastra di Fanny, mi chiamo Lilou».

«Piacere, sono felice che siate venute qui, comunque. Vedrete che si sta molto bene. Abbiamo fatto dei lavori in vista della nuova stagione.»

«Domi, stiamo facendo un reportage su Sarah Leroy» disse all'improvviso Lilou. «Dato che lei sembra conoscere bene la zona, potremmo intervistarla?»

Fanny fu a un passo dal soffocare. Dominique alzò un sopracciglio sorpreso.

«Sarah Leroy? Eh, è vero che non se ne sente parlare da un po' di quella storia.» Si chinò sul bancone per continuare su un tono confidenziale: «Sai, sono vent'anni che sono convinta che abbiano arrestato la persona sbagliata. Ho sempre pensato che fosse stato il vecchio René, e non sono l'unica».

«Ah sì?» chiese Lilou con aria innocente, avvicinando il suo smartphone.

Fanny si accorse con orrore che stava registrando. Con un gesto della mano, cercò di ordinare a Lilou di smettere, ma la ragazza la ignorò.

«È stato interrogato più volte dalla polizia all'epoca, ma sosteneva di non ricordare nulla. Va detto che già prima non era un fulmine di guerra, ma da quando ha avuto l'ictus praticamente ha perso la testa. L'ictus però è una scusa bella e buona, se vuoi il mio parere... La piccola andava a trovarlo tutte le mattine, va' a sapere perché. E lui se ne sta sempre fuori dalla scuola elementare alle quattro e mezzo, come per caso, quando escono i bambini. Pervertito!»

«Okay, grazie» la interruppe Fanny, afferrando precipitosamente la chiave della camera. «È un progetto di Lilou per la scuola, non stiamo facendo un reportage vero e proprio, e comunque le prove erano schiaccianti... Ad ogni modo, buona serata!»

«Se tu o la tua adorabile figliola avete bisogno di qualcosa, chiedete pure!» gridò la donna mentre Lilou e Fanny si dirigevano verso l'ascensore.

«Figliastra!» corressero all'unisono.

Una volta nell'ascensore, Fanny diede libero sfogo alla sua rabbia.

«Ma cosa ti è preso? Non hai il diritto di registrare le persone senza il loro consenso!»

«Ah sì? Non lo sapevo. Comunque, ottima idea quella del progetto scolastico per mettere i testimoni a loro agio.»

Fanny alzò gli occhi al cielo.

«Non è un'idea, non sto facendo nessun reportage, capito? Sono qui per il funerale di mia madre e ne approfitto per scrivere qualcosa per Catherine. Non c'è bisogno che intervisti nessuno!»

«Ma mettetevi d'accordo, tu e papà, allora! Volete che prenda sul serio questa scemenza o no? Qualsiasi cosa faccia, non siete mai contenti.»

Fanny non seppe cosa rispondere. Non aveva nessuna voglia che Lilou lavorasse con lei su quell'argomento. Come aveva fatto a trovarsi incastrata in una situazione tanto assurda?

«E così eri "bella rotondetta" prima, FC?» proseguì Lilou, improvvisamente meditabonda. «Non l'avrei mai detto.»

Di tutte le parole che Dominique aveva pronunciato, Lilou, che non ascoltava mai nulla, aveva registrato proprio quel dettaglio.

«Sì, ero in sovrappeso, da piccola.»

Perché quell'argomento era sempre così delicato? Un decennio abbondante con un IMC ben al di sotto della media e cinque anni di appuntamenti settimanali dallo psicologo non avrebbero dovuto cancellare una volta per tutte quel vago sentimento di vergogna e disgusto che le ispirava il suo corpo? Perché quella domanda faceva apparire nello specchio dell'ascensore un principio di doppio mento e un rotolino sopra la cintura dei jeans aderenti che le stavano così bene solo qualche minuto prima? Perché non si riesce mai a dimenticare del tutto il bambino che si è stati? Le sue ferite e le sue speranze? Di colpo, Fanny aveva quindici anni, era nascosta nei bagni delle ragazze, mentre cercava di piangere senza fare rumore ascoltando le sue presunte amiche commentare tra le risa i suoi chili di troppo, inconsapevoli che lei, dietro la porta, riceveva ognuna delle loro parole come una pugnalata.

Lilou annuì e non insistette.

«Posso mangiare nella mia camera?»

Fanny si chiese se proporle di cenare con lei al ristorante. Si ricordò con un senso di colpa il sorriso raggiante di Esteban, convinto che una settimana insieme, con un funerale come attività principale, sarebbe bastata a riconciliare Fanny e Lilou. Ciononostante, accettò la richiesta della figliastra: anche lei preferiva mangiare da sola. Si fece portare un'insalata, senza crostini, con la salsa a parte, e un bicchiere di vino bianco. Al di là della sottile parete, sentì Lilou ordinare un piatto di spaghetti al ragù e una Coca-Cola. Mangiò in fretta, posò il vassoio nel corridoio e, dopo una doccia bollente, andò a letto e si addormentò all'istante. L'indomani sarebbe stato un altro giorno.

Documento di lavoro
Caso Sarah Leroy – anno 1997

«Iris vuole che io vada in piscina tre volte a settimana.»

Seduta per terra a gambe incrociate nel salotto dei Courtin, Sarah intrecciava un braccialetto brasiliano con dei fili di cotone. Angélique, che non aveva né la pazienza né la delicatezza per quel genere di lavoro, giocava a Tetris, sprofondata nel vecchio divano marrone, mentre sorseggiava rumorosamente con la cannuccia il fondo di un brick di Candy'Up alla fragola.

Da quando suo marito se n'era andato di casa, alcuni mesi prima, Marie-Claire Courtin aveva tolto tutte le foto in cui lui compariva. Non le aveva sostituite e così ora le cornici vuote troneggiavano sopra la tv, simboli perfetti di un abbandono da cui Angélique, sua sorella e sua madre, in assenza di spiegazioni, non si erano davvero riprese.

«Che storia è questa della piscina?» ha chiesto Angélique, aggrottando le sopracciglia, mentre posava il videogioco rubato alla sorella maggiore.

Sarah, sempre china sulla sua opera, è arrossita.

«Iris dice che è importante fare sport, così ho scelto il nuoto, mi piace nuotare.»

«A te piace nuotare d'estate al mare... Non andrai davvero in piscina tre volte a settimana, è una cosa assurda.»

«Iris dice che devo prendermi più cura del mio aspetto. Con mio padre che vuole diventare sindaco di Bouville, dobbiamo essere tutti reprensibili.»

«Irreprensibili» l'ha corretta Angélique. «Ma che problema ha la tua matrigna, esattamente?»

Sarah ha fatto spallucce, senza rispondere. Angélique ha sentito che non avrebbe potuto più contenere a lungo il risentimento che covava da quando nella vita di Sarah era entrata Iris, qualche mese prima. Orari di cena da rispettare, impegni sociali nel fine settimana... il risultato era che vedeva Sarah sempre meno. A poco a poco, Iris aveva modificato lo stile di vita dei Leroy, limitando sempre di più la libertà della figliastra. «La famiglia viene prima di tutto» ripeteva in continuazione. E, della famiglia Leroy, Angélique non faceva parte, Iris glielo faceva capire con chiarezza. Non le proponeva mai di fermarsi per cena, non le faceva mai nemmeno una domanda. Angélique, che era abituata ad attirare i complimenti degli adulti e ad avere l'attenzione su di sé, aveva subito interpretato quell'atteggiamento come ostilità. Tanto più che Iris invece invitava di continuo la figlia di una sua amica, Julie Durocher, anche lei in prima media ma in un'altra classe, a unirsi a lei e a Sarah per fare shopping o andare a fare merenda al porto. Qualche giorno prima, Iris aveva addirittura preteso che Sarah si togliesse una t-shirt dei Power Rangers che le aveva prestato Angélique.

«Non puoi vestirti così» aveva detto davanti a lei. «In questa famiglia non siamo mica dei cafoni.»

Sarah aveva giurato che Iris non sapeva da dove venisse la maglietta, ma poiché Angélique la indossava la settimana prima a casa Leroy, soltanto Sarah poteva credere a una svista involontaria da parte della matrigna.

«Sono io la cafona che gliel'ha prestata» aveva detto Angélique, guardando Iris con insolenza dritto negli occhi.

Iris aveva alzato leggermente le spalle e non aveva replicato. Per Angélique era già una dichiarazione di guerra, e quella storia della piscina era la goccia che faceva traboccare il vaso.

Si è piazzata al centro del salotto, con le braccia incrociate.

«Ha già ribaltato metà della tua casa, ha messo candele profumate in ogni stanza, ti dice come devi vestirti, parlare, comportarti, e adesso vuole mandarti in piscina tre volte a settimana? Non è tua madre, Sarah!»

«Non è una tragedia. Possiamo sempre vederci nel fine settimana e il martedì e il giovedì... È per la carriera di mio padre, diventerà sindaco un giorno, sai, e lei non vuole che il mio comportamento danneggi la sua reputazione.»

«Ripeti tutto quello che dice lei, come un pappagallo! E poi, tu che c'entri con la carriera politica di tuo padre?»

«Siamo una famiglia, dobbiamo sostenerci l'un l'altro.»

«Sì, sì, lo so... ed è per questo che dobbiamo anche tirarci sempre dietro Benjamin quando siamo a casa da te!»

Sarah ha alzato gli occhi dai suoi fili di cotone, con le sopracciglia leggermente aggrottate.

«Perché non ti piace Benjamin? A me piace tanto, invece.»

«Sì, l'avevo notato! Benjamin di qua, Benjamin di là, così bello e così perfetto... Basta vedere come lo guardi per capire che sei cotta di lui!»

Sarah è arrossita.

«Angélique, non puoi parlare così dei miei fratelli.»

«Non sono i tuoi fratelli! Nove mesi fa non li conoscevi nemmeno!»

«Sono la mia famiglia, adesso, tu...»

«Iris ti sta comprando, ecco cosa fa» ha tagliato corto Angélique. «Ti porta a fare shopping, e basta un paio di pantaloni di Zara perché tu le obbedisca come un cagnolino.»

«Smettila.»

«È la verità! Sei cieca o cosa? Non puoi fare più niente, devi essere a casa alle sei e mezzo altrimenti è la fine del mondo; devi andare a farti due scatole così in chiesa; la domenica, pranzo in famiglia, niente gonne troppo corte, niente jeans sbiaditi, niente parolacce e bla bla bla.»

Angélique, beffarda, imitava Iris andando avanti e indietro per il salotto.

«Basta!» ha urlato Sarah, lanciando il braccialetto con rabbia. «Smettila di prenderla in giro! È quello che fanno tutte le madri normali, hai capito? Conosci molte persone della nostra età che possono restare fuori fino alle dieci di sera senza che i genitori sappiano dove sono?»

«Ma non è tua madre! Non può proibirti proprio niente!»

«Sta cercando di aiutarmi.»

Angélique si è messa a ridere.

«Ah sì? E ne conosci molte di madri che consigliano alle figlie di non mettere più gli occhiali perché trovano che stiano male?»

«Ha ragione, sto meglio senza.»

«Hai sempre mal di testa! Come fai a pensare che lo faccia per il tuo bene? Vuole trasformarti in una ragazzina modello, in una bambola, ma questa roba non c'entra niente con quello che sei tu, ti sta cambiando!»

Sarah si è piazzata di fronte ad Angélique coi pugni serrati.

«Tu forse ti puoi permettere di vestirti come vuoi perché sei bella e comunque ti adorano tutti, ma io non ho un fisico facile e devo fare degli sforzi, va bene?»

Angélique ha fissato Sarah con gli occhi sgranati.

«È stata quella stronza a dirti queste cose?»

«Non è una stronza, è l'unica persona che si occupa di me!»

«Prima che arrivasse lei, ci occupavamo l'una dell'altra ed era abbastanza» ha replicato Angélique.

Sarah non ha risposto. Si è messa a intrecciare con furia il suo braccialetto brasiliano e Angélique è tornata a sedersi sul divano.

«È la prima volta che litighiamo» ha osservato Sarah, di nuovo calma, dopo qualche minuto.

Poiché Angélique non diceva nulla, Sarah ha sollevato la testa dal suo lavoro e si è resa conto che la sua amica piangeva in silenzio. Si è alzata all'istante e l'ha abbracciata.

«Non è niente, non piangere, è solo un piccolo litigio, non è niente!»

«Non è vero che non è niente» ha singhiozzato Angélique asciugandosi le lacrime con la manica. «Io ho solo te e Fanny, non possiamo litigare.»

«Abbiamo fatto pace» ha dichiarato Sarah, dando dei colpetti sulla schiena dell'amica. «È tutto finito.»

«I miei genitori, a forza di dover fare sempre pace, hanno finito per odiarsi e ora non si vedono più.»

«Non noi. A noi questo non succederà mai, siamo troppo unite, siamo come quei tipi della cartolina, Montagne e Botticelli.»

«Vuoi dire Montaigne e La Boétie?»

«Sì, ecco... "Perché ero io, perché era lui", quella roba lì! Siamo sorelle. Le sorelle alla fine fanno sempre pace.»

Angélique ha alzato le spalle, poco convinta.

«Ascolta» ha continuato Sarah, «anche se un giorno ci trasferiamo da un'altra parte, anche se ci perdiamo di vista, ti prometto che potremo sempre suonare l'una alla porta dell'altra, anche fra vent'anni, e riprendere la conversazione esattamente da dove l'avevamo lasciata!»

Angélique ha abbozzato un sorriso tra le lacrime.

«Non ci riconosceremo, avremo trent'anni, saremo vecchie e tutte rugose.»

Sarah ha riso.

«Certo, e magari tu avrai sette figli e dei seni enormi, come la pasticciera!»

«E tu ti vestirai come la prof di scienze, con le tende del salotto.»

Il pensiero che potessero un giorno raggiungere l'età canonica dei trent'anni in quel modo è risultato così esilarante che ci hanno messo qualche minuto per riprendersi.

«Sai cosa? Anche se ci perdiamo di vista per cinquant'anni, quando tutti i rompiscatole saranno morti, tranne noi, entreremo nella stessa casa di riposo e ci divertiremo come pazze fino alla fine.»

«Buona idea, e gli altri vecchi si chiederanno perché ridiamo e noi non diremo niente!»

«E imbroglieremo nei tornei di bridge.»

«E anche a tombola! Ma ci servirà un codice» ha dichiarato Angélique, ufficialmente consolata, asciugandosi le lacrime dalle risate. «Qualcosa che ci permetta di riconoscerci, anche quando saremo vecchie.»

«Ce l'ho!» ha esclamato Sarah. «Faremo lago di *Aladdin*, nessuno lo sa fare bene come noi!»

All'istante, Angélique ha schiacciato le guance con le mani

e ha imitato il pappagallo del cartone animato strabuzzando gli occhi.

«Jafar, sono incastrato! Jafar, sono incastrato!»

Quell'imitazione, effettivamente molto riuscita, ha scatenato una nuova crisi di ilarità. Per terra, sulla moquette, hanno riso a crepapelle fino a quando Fanny, furiosa, è uscita dalla sua stanza: «Finitela di fare casino, sto cercando di studiare!».

La sua rabbia non ha fatto che aumentare l'ilarità incontrollabile di Angélique e Sarah.

«Ma Jafar, sono incastrato!» gridava Angélique tenendosi le costole, mentre Sarah quasi singhiozzava dalle risate.

Fanny ha alzato gli occhi al cielo.

«Siete davvero delle bambine» ha borbottato, mentre se ne andava per non mostrare il sorriso che la vista della sorella e della sua amica che si rotolavano dalle risate in quel salotto cupo le aveva fatto nascere sulle labbra.

In seguito, e fino all'incidente del deposito delle barche, i rari litigi tra Angélique e Sarah si sono risolti con un'imitazione di Iago in *Aladdin*. «Jafar, sono incastrato!» voleva dire «scusa» o «non fa niente». Sarah ha continuato a vedere Angélique ogni volta che non andava in piscina, nonostante la disapprovazione della sua matrigna. Quanto ad Angélique, si è trattenuta dal parlare male di Benjamin, anche se le toccava dividere un po' la sua amica con lui.

OGGI
FANNY

Dopo la colazione, che Lilou aveva passato a guardare il cellulare, Fanny aveva chiamato Esteban, il quale stava preparando la valigia per il viaggio negli Stati Uniti. Poi aveva parlato per qualche minuto con Oscar, che le aveva raccontato con profusione di dettagli la complicata storia di una sirena di pongo distrutta da una compagna poco sensibile. Oscar aveva pianto, ma la nonna lo aveva coccolato un po', e ora stava bene. Dopo aver messo giù a malincuore, Fanny spiegò alla responsabile dell'hotel che doveva lavorare e questa le mise a disposizione un salottino al piano terra. Le pareti erano tappezzate di libri e la stanza aveva la vista sul mare. Sistemò il suo computer di fronte alla finestra, aprì un documento Word e si mise a stilare una rapida cronologia degli eventi legati alla scomparsa di Sarah Leroy. Per quel giorno si sarebbe occupata di quella faccenda; l'indomani, sarebbe andata al funerale; poi, dopo aver sbrigato le questioni amministrative con Angélique, sarebbe tornata subito a Parigi.

Alle undici e mezzo comparve Lilou, con indosso una tuta.

«Stai già lavorando?» si lamentò con uno sbadiglio. «Potevi aspettarmi.»

Senza chiedere il permesso, si chinò sullo schermo di Fanny e lesse oltre la sua spalla. Poi collegò il suo portatile alla presa di corrente e si lasciò cadere sul divano.

«Okay, cosa vuoi che faccia?» sospirò.

«Senti, non sei obbligata ad aiutarmi, firmerò il tuo modulo di stage. Vai pure a fare una passeggiata in città.»

Lilou aggrottò le sopracciglia.

«Come pensi che riuscirò a prendere quindici punti per la mia relazione se non faccio niente? Poi papà non mi farà andare in vacanza con Kim, la cosa che aspettavo di più in questo anno di merda.»

Fanny si morse le labbra. Perché Esteban aveva trovato proprio l'unico argomento in grado di motivare Lilou a prendere sul serio quella storia dello stage?

«Fai come tutti gli stagisti del mondo, prepara il caffè» borbottò.

«Non sono mica la tua domestica, hai due mani e te lo puoi fare da sola, il caffè.»

«Cominciamo bene... Vedrai cosa succederà al lavoro se rispondi così al tuo capo il primo giorno.»

«Non sei il mio capo.»

«Tecnicamente, sono la tua tutor di stage, quindi fai come ti pare, ma sappi che sono tenuta a scrivere un resoconto sulle tue prestazioni per il tuo coordinatore, e ho intenzione di essere del tutto onesta e obiettiva.»

Lilou lanciò uno sguardo cupo alla matrigna e se ne andò sbattendo la porta. Fanny sorrise e si rimise al lavoro. La sua figliastra era un tipo rancoroso, avrebbe potuto lavorare tranquillamente almeno fino a sera.

Invece, cinque minuti dopo, la porta si aprì di nuovo e Lilou riapparve. Aveva in mano una tazza di caffè fumante che posò senza la minima delicatezza accanto al computer della matrigna.

«Ecco. Ora cosa faccio? Fotocopie? Pulisco i bagni?»

Fanny fissò per qualche secondo la tazza con stupore. Poi disse: «Trova su Internet gli articoli che sono stati scritti su Sarah Leroy, leggili e fai un riassunto degli eventi così come sono stati riportati dalla stampa».

Lilou si passò sulle labbra lo stick alla ciliegia e aprì il motore di ricerca.

«Ho digitato "caso Sarah Leroy" e ci sono più di nove milioni di risultati, da dove inizio?»

«Dal primo» rispose Fanny nascondendo un sorriso. «E poi vai in ordine.»

Avrebbe dovuto bastare per scoraggiare la ragazza dall'impicciarsi in quella faccenda. Lilou borbottò qualcosa e non alzò più lo sguardo dallo schermo nelle due ore successive. Anche Fanny si immerse nel suo lavoro. Alla fine fu lei a chiedere: «Andiamo a mangiare qualcosa?».

«*Moules-frites*?»

«Se vuoi.»

Si infilarono i cappotti e qualche minuto dopo Fanny parcheggiava sul molo. Non poteva impedirsi di provare una moltitudine di emozioni contrastanti mentre percorreva i luoghi della sua infanzia. Ogni posto le suscitava dei ricordi. Era stata davvero così infelice lì, come sosteneva con Esteban quando giustificava il suo rifiuto di tornare nella cittadina natale?

Appena arrivarono le *moules-frites*, Lilou posò il telefono accanto al piatto e chiese: «Lo sapevi che Sarah Leroy aveva perso sua madre quando era piccola, alla mia stessa età?».

Fanny le lanciò un'occhiata sorpresa.

«Sì, perché?»

«Chissà, magari è stata la matrigna. Le matrigne vogliono sempre liberarsi delle figliastre, guarda cosa succede nelle fiabe...»

«Non so come dovrei prendere questa ipotesi» osservò Fanny, «ma se hai fatto bene le tue ricerche, immagino tu sappia che l'assassino di Sarah è stato arrestato e condannato.»

«Può darsi, ma nei film un tizio che proclama la sua innocenza dall'inizio e continua a farlo vent'anni dopo è innocente. O forse Domi ha ragione, è stato il vecchio che gira davanti alla scuola elementare a ucciderla.»

«Non siamo in un film... C'erano prove, testimonianze, quello che hanno arrestato non aveva un alibi... Insomma, c'è stato un processo, e non si rinchiudono le persone in carcere per vent'anni senza una buona ragione.»

Lilou si asciugò le mani unte sulla tovaglietta, prese lo smartphone e mostrò lo schermo a Fanny.

«Guarda, ho trovato tutta la famiglia di Sarah su Facebook e anche alcuni dei suoi ex insegnanti. Non vuoi intervistarli?»

Fanny lanciò un'occhiata allo schermo, poi piegò con cura una foglia di lattuga con le posate, divisa tra il desiderio di mangiare il mais, che non era segnalato nel menu, e la tentazione di chiedere un'altra insalata, questa volta senza mais.

«Non stiamo conducendo un'indagine, Lilou, non è quello lo scopo. Facciamo qualche foto, interroghiamo due o tre commercianti e l'articolo è pronto. Non andremo a contattare persone direttamente coinvolte nella tragedia per chiedere loro di raccontare dettagli che risalgono a vent'anni fa.»

«Ho pensato di scrivere all'ex preside della scuola di Sarah, il signor Follet, per prendere un appuntamento.»

Fanny per poco non si strozzò con l'acqua frizzante.

«Cosa? E perché dovrebbe accettare di parlare con te?»

Lilou alzò le spalle.

«Gli dirò che sono una studentessa del liceo di Bouville e che lavoro a un progetto sulla storia della scuola per il quale sto cercando testimonianze di ex studenti o ex professori.»

Lilou si aspettava dei complimenti che non arrivarono. Fanny scosse con foga la testa.

«No, non se ne parla. Non è etico, non si estorcono informazioni alla gente raccontando frottole e mentendo sulla propria identità. Ti ho detto che stiamo facendo una rapida cronologia degli eventi, e basta.»

«Ma non è affatto quello che vuole Catherine, ed è lei la grande capa, l'hai detto anche tu. Sembra che tu non voglia davvero quella promozione, FC!»

«Sì, lo ha detto, ma a volte anche i grandi capi si sbagliano, guarda un po'!»

Lilou si infilò una generosa forchettata di patatine in bocca e replicò: «Su questo sono d'accordo. A me la mia capa ne fa di ogni».

Fanny non si degnò di rispondere. Prese la ciotolina con la *vinaigrette*, che le era stata servita a parte come da sua richiesta, e la rovesciò con furia sull'insalata, che divorò tutta, mais compreso, ripulendo persino il piatto con un pezzo di pane.

Lilou la osservava, sorpresa da quel comportamento per lo meno insolito. Finì le sue patatine in silenzio, poi disse: «Bene, paghi e torniamo in albergo? In fondo non è poi così male questa storia di Sarah Leroy, e ho del lavoro da fare per portare a termine il mio stage, io!».

Documento di lavoro
Caso Sarah Leroy – anni 1997-1998

Dopo la lite con Sarah, Angélique si è sforzata di evitare Iris il più possibile. Non andava più a casa dei Leroy durante il fine settimana e, quando si recava da loro dopo la scuola, se ne andava sempre prima delle sei e mezzo. Per nulla al mondo voleva rischiare di incontrare quella che chiamava tra sé e sé «la matrigna cattiva». Se ne rammaricava, perché a casa di Sarah era tutto più bello, il grande televisore con l'abbonamento a Canal+, la stanza spaziosa dove l'amica aveva uno stereo e un gran numero di cd singoli che adoravano ascoltare in loop, annotando le parole, o almeno quelle che capivano, nel quadernetto inizialmente destinato ad accogliere il loro diario segreto. Era stato il loro coordinatore, il professor Follet, a consigliare di tenerne uno. Il professore era noto per aver suggerito quell'esercizio a tutte le classi che frequentavano il suo corso di francese. Scrivere, secondo lui, era un buon modo per organizzare i pensieri e le emozioni, e sarebbe stato bello riscoprire, in seguito, ricordi d'infanzia dimenticati. A me è sempre piaciuto riversare in quei diari tutti i miei sentimenti e i miei sogni senza paura del giudizio altrui. Forse non sarei nemmeno in grado di scrivere tutto questo, oggi, se non avessi affinato la mia penna per anni su quei quaderni.

Senza volerlo, Iris ha fatto un regalo prezioso a Sarah costringendola a prendere lezioni di nuoto. Sarah aveva un dono particolare, o era solo perché pochi adolescenti della sua età passavano così tanto tempo a fare vasche nella piscina comunale? Fatto sta che ha scoperto di avere un vero talento per il nuoto. I complimenti che non riceveva mai, le osservazioni sempre più frequenti che Iris non mancava di fare sul suo corpo troppo robusto, sulle spalle troppo larghe, tutto, lì, aveva una ragion d'essere. Nello sguardo della signorina Chalou, l'insegnante di nuoto, lei finalmente esisteva. Molto presto, come Angélique aveva intuito, le maschere sono cadute e Iris ha tirato fuori gli artigli. I suoi commenti, in apparenza innocui, sul fisico della figliastra, sui suoi risultati scolastici mediocri, sulla sua incapacità di riuscire in qualsiasi cosa, agivano su Sarah come gocce di acido, lasciando ognuna una piccola cicatrice che solo la carezza dell'acqua riusciva a curare. In piscina, Sarah era come un pesce nell'oceano. Meglio ancora. Lei era l'oceano. Adorava il silenzio, la concentrazione, la sensazione di essere tagliata fuori dal mondo mentre fendeva le onde azzurre, leggera, slegata dai vincoli del suo corpo, della sua famiglia. Libera, finalmente. Quando usciva, esausta, dalla vasca piastrellata, si stendeva per qualche minuto sugli spalti avvolta nell'asciugamano e negli effluvi di cloro. Si lasciava invadere da un senso di pienezza fino ad allora sconosciuto. Si sentiva a suo agio solo lì, con indosso il costume bagnato, sospesa nell'umidità circostante, tra l'eco ovattata delle grida e il rumore degli schizzi.

Angélique si annoiava un po' senza la sua amica, ma ha compreso ben presto che il nuoto era vitale per Sarah. La ascoltava parlare con entusiasmo dei suoi tempi, delle distanze, dei movimenti... Annuiva e, anche se non ne capiva nulla, la incoraggiava. I mesi sono passati, e quelli sono diventati gli unici momenti in cui riconosceva la Sarah di prima. Sentiva che la sua amica era cambiata, ma non avrebbe saputo spiegare come. Quando glielo chiedeva, Sarah rideva e le faceva notare, a ragione, che anche Angélique era cambiata. Era la vita. Dopo la loro lite, Sarah non parlava più di Iris o della sua famiglia, e Angélique non poteva fare altro che accettare la cosa, anche se non riusciva a credere che tutto andasse per il verso giusto a casa Leroy. Angélique era cambiata perché suo padre se n'era andato, sua madre stava attraversando una depressione che cercava di affogare nell'Heineken e nel Get 27, e sua sorella pensava solo a scappare il più lontano possibile appena superato l'esame di maturità. Quanto a Sarah, si supponeva che avesse un focolare accogliente e protettivo: sarebbe dovuta sbocciare, invece pareva appassire a poco a poco.

A tredici anni, Angélique sembrava aver schivato l'età ingrata. Tuttavia, le reazioni di fronte alla sua bellezza erano cambiate col tempo. Invece della fettina di salame dalla macellaia, riceveva uno sguardo di disapprovazione sul suo décolleté; non solo il figlio del formaggiaio non le proponeva più di assaggiare il Saint-Nectaire, ma diventava rosso come un Babybel e perdeva l'uso della parola non appena lei compariva nel negozio. Quanto al fruttivendolo, invece di regalarle albicocche, aveva iniziato a offrirle banane, poi le fissava la bocca, come ipnotizzato dal movimento delle sue labbra. Angélique ha smesso di accompagnare sua madre a fare la spesa, nonostante fosse l'unico momento che trascorrevano insieme.

Da quando aveva fatto tre ore di coda per vedere *Titanic* al cinema, Leonardo DiCaprio e Kate Winslet avevano sostituito le Spice Girls sul poster sopra il letto. Eppure Angélique non era appassionata di storie d'amore. Come qualsiasi ragazza della sua età, parlava degli amori di *Primi baci* o *Hélène e i suoi amici*, sitcom di cui Sarah andava pazza, ma in fondo preferiva guardare *Friends*, la nuova serie che andava in onda su France 2 e che le faceva venire voglia di andare a vivere a New York. Si immaginava, in futuro, di lavorare nella moda o diventare una paleontologa, sull'esempio di Rachel o Ross. Angélique voleva seguire le orme della sorella maggiore. Sognava di andarsene, di vivere con dei coinquilini in un appartamento condiviso, di volare forse un giorno a Londra o in California, il più lontano possibile da Bouville e dal ristorante della sua infanzia. Nulla, per lei, poteva essere peggio che restare bloccata lì come sua madre, a servire pasti ai turisti per quattro mesi all'anno e lottare per pagare le bollette negli otto rimanenti. Sognava di essere libera, di vivere la vita a modo suo, senza vincoli. Quanto ai ragazzi, ci avrebbe pensato più avanti, prima bisognava essere indipendenti. Questo era ciò che le aveva insegnato Fanny, che riusciva in tutto.

Sarah, invece, pensava solo all'amore. Si vedeva camminare verso l'altare in abito bianco con un ragazzo diverso ogni settimana. La maggior parte degli eletti del suo cuore ignorava persino la sua esistenza, ma questo non era un problema per lei. Scriveva i loro nomi uno dopo l'altro nel suo diario, accanto a cuori trafitti, e passava ore sdraiata sul letto a immaginare scenari romantici tanto sublimi quanto improbabili. Sempre più spesso, il fortunato prescelto aveva il volto di Benjamin, il più giovane dei fratelli Chevalier. Non lo avrebbe mai confessato a nessuno, convinta com'era che, anche se non fosse stato il suo fratellastro, non avrebbe avuto nessuna possibilità di piacergli. Benjamin Chevalier sognava in quel periodo di fondare un gruppo rock. Passava la maggior parte del suo tempo ad ascoltare album dei Nirvana, Radiohead, Cranberries, Oasis, Offspring o AC/DC. Quando era scomparso Kurt Cobain, aveva pianto in segreto per diverse sere di fila. Da quando la morte del loro gattino li aveva avvicinati, voleva bene a Sarah come un fratello vuole bene a una sorella. Le uniche ragazze che avrebbero potuto interessargli si chiamavano Tina, Joan, Janis o Björk, e brandivano chitarre elettriche su MTV, con indosso giacche di pelle borchiata.

Un giorno, Sarah, che aveva la tonsillite, ha chiesto a Benjamin di recuperare i compiti dalla sua migliore amica. Per farle un favore, Benjamin e Angélique, che di solito si rivolgevano a malapena la parola, si sono incontrati nella biblioteca della scuola. Angélique indossava una giacca di jeans troppo grande che aveva fregato a sua sorella e un girocollo elastico stile tatuaggio che tutte le ragazze sfoggiavano all'epoca, tranne Sarah, perché Iris lo trovava «davvero orrendo». Mi dispiace ammetterlo oggi, ma Iris non si sbagliava del tutto su quest'ultimo punto. Hanno passato un quarto d'ora chini sul diario e sui fogli doppi perforati di Angélique, la quale, consapevole delle difficoltà scolastiche dell'amica, voleva essere certa che tutto fosse chiaro. Benjamin non aveva mai apprezzato granché Angélique. Masticava sempre gomme Hollywood con la bocca aperta, il che lo irritava al massimo grado; lo aveva sempre fatto sentire di troppo nelle poche occasioni in cui si era ritrovato con lei e Sarah; i suoi gusti musicali erano deplorevoli e quel giorno portava un orribile ombretto viola. Ciononostante, non appena si era messa a parlare, non era più riuscito a staccare gli occhi dalle sue labbra carnose e perfettamente disegnate, un po' screpolate dal freddo e dal sale, da cui, simili a farfalle dorate, uscivano espressioni come «tettonica delle placche», «pagina 185 del libro di scienze» e «verifica venerdì». Tutto questo doveva avere un senso; eppure, affascinato, non ci aveva capito assolutamente nulla. Angélique aveva addosso un profumo di clorofilla e gel doccia Yves Rocher alla pesca gialla. I suoi occhi, un cielo estivo nel cuore dell'inverno. La sua voce, miele, note, poesia. Quel viola sulle palpebre, alla fine, bellissimo. Purtroppo, è tutto ciò che gli è rimasto impresso di quell'incontro, il che ha avuto, tra le altre conseguenze, il fatto che la povera Sarah, senza sapere bene cosa studiare, si è beccata un 2 nella verifica di scienze il venerdì successivo.

Angélique e Benjamin sono poi andati al distributore automatico, si sono bevuti un Ice Tea alla pesca e un Oasis Tropical prima di prendere insieme l'autobus per tornare a casa. Benjamin aveva il quinto album dei Metallica nel suo Discman e ha offerto un auricolare ad Angélique. Lei ha accettato. Però, invece di ascoltare con devozione, gli ha chiesto se non avesse gli Aqua. Adorava *Barbie Girl*. Benjamin ha aperto la bocca pronto a dichiarare che era un fan sfegatato degli Aqua e, perché no, anche di Britney Spears, di Ricky Martin e perfino dei 2Be3, già che c'era. Ma mentire ad Angélique, no. Avrebbe significato rovinare tutto, sporcare un momento prezioso, un sacrilegio.

«Ti faccio ascoltare una cosa» ha detto. «Dovrebbe piacerti.»

È andato dritto alla traccia 4, *Nothing Else Matters*.

«Non male» ha commentato Angélique dopo qualche minuto. «Ma comunque non batte Whitney Houston. Mia madre ha la videocassetta di *Guardia del corpo*, la fine la riavvolgo sempre tre o quattro volte. *I Will Always Love You* è così bella, mi fa venire i brividi. Probabilmente è la canzone più bella che sia mai stata scritta, non credi?»

Lui ha alzato gli occhi al cielo.

«Sei pazza, è una zuppa mortale, quella canzone!»

Lei ha fatto spallucce, ridendo. Benjamin l'ha guardata ridere, come si guarda il Taj Mahal o la *Gioconda*, con lo stupore abbagliato di un cieco che ha acquistato la vista e vede il mare per la prima volta.

Non erano nella stessa classe, ma a partire da quel momento sono diventati amici. Ascoltavano musica insieme, anche se non erano mai d'accordo. Lei pensava che Jean-Jacques Goldman fosse un genio, lui giurava che non se ne sarebbe più sentito parlare nel giro di vent'anni. Lei detestava i Mickey 3D, che lui venerava. In ogni caso, discutevano come se si conoscessero da sempre. Si sono guardati *Friends* mangiando biscotti BN o Mikado, erano entrambi fan sfegatati di *Star Wars*, hanno aspettato Sarah all'uscita della piscina, si sono rubati le patatine dai rispettivi piatti in mensa, hanno fatto scherzi al telefono e si sono messaggiati per ore su MSN. Tutti sapevano che Benjamin era innamorato pazzo di Angélique. Alcuni dicevano che Sarah fosse follemente innamorata di Benjamin. Quel che provava Angélique, invece, rimaneva un mistero.

OGGI
LILOU

Da principio, Lilou aveva visto quell'idea di uno stage con Fanny come la possibilità di farsi firmare la convenzione senza dover lavorare. Prima dell'arrivo di Kim, all'inizio dell'anno scolastico, la ragazza non aveva amici al liceo privato parigino dove suo padre l'aveva iscritta. Poi, un bel giorno di settembre, Kim si era seduta di fronte a lei in mensa e la vita quotidiana si era illuminata. Quelle vacanze dai genitori della sua migliore amica, Lilou le aspettava con impazienza da settimane. Era fuori discussione che saltassero, quindi si sarebbe interessata al caso Sarah Leroy e avrebbe presentato una relazione di stage coi fiocchi, solo per essere lasciata in pace.

Dopo qualche ricerca superficiale fatta per convincere la matrigna della propria serietà, però, Lilou si era sentita suo malgrado intrigata dal personaggio di Sarah. Nelle foto diffuse dopo la sua scomparsa, Sarah non era particolarmente carina, ma era sempre ben vestita e pettinata. Il tipo di ragazza dolce e ordinata che di solito a Lilou stava sulle scatole. Tuttavia, scorrendo quelle immagini, aveva avuto la strana sensazione che Sarah indossasse una maschera, che quelle gonne plissettate, quei maglioncini aderenti, quel taglio di capelli con un'impeccabile riga nel mezzo, senza una ciocca fuori posto, servissero a nascondere qualcosa. Lilou sapeva meglio di chiunque altro che non si poteva perdere la propria mamma a otto anni senza provare rabbia verso l'universo intero. Non era l'età giusta per imparare che la vita non ha senso. Invece, nelle numerose foto di Sarah disponibili online, tutte scattate nei mesi precedenti alla sua scomparsa, la ragazza non mostrava alcuna emozione. Nessuna risata, nessun broncio, niente tristezza, niente collera. Nulla di nulla. Il viso liscio e levigato della figlia del sindaco che sa come comportarsi, discreta, quasi trasparente. Lilou aveva iniziato a provare un'insopprimibile curiosità nei confronti di quell'adolescente misteriosa che era balzata agli onori della cronaca da morta. E poi Kim, appassionata di serie poliziesche, era d'accordo con lei: se uno proclamava la sua innocenza da vent'anni, sapeva di errore giudiziario.

Senza parlarne con Fanny, Lilou aveva dunque chiesto a Dominique se c'era un autobus per raggiungere il centro della città e la donna le aveva risposto che l'hotel metteva a disposizione dei clienti delle biciclette.

«Altrimenti posso aspettare la prossima diligenza?» aveva chiesto Lilou, non particolarmente entusiasta all'idea di pedalare.

Dominique non aveva colto la presa in giro ed era andata a rispondere al telefono. Lilou si era trovata costretta a inforcare una vecchia bicicletta verde che la faceva sembrare una nonna in partenza per fare la spesa. Seguì le indicazioni di Dominique per tornare in centro lungo la pista ciclabile. Non era male, in fondo, non dipendere dall'auto a noleggio di Fanny. Almeno durante il tragitto non doveva pipparsi un podcast sui benefici del digiuno intermittente. Diede uno sguardo al telefono e seguì l'itinerario verso la scuola elementare di Bouville-sur-Mer. Arrivò verso le quattro e un quarto, scese dalla bici e aspettò. Qualche minuto dopo, a conferma di ciò che aveva detto loro la proprietaria dell'albergo il primo giorno, un vecchio signore andò a sedersi sulla panchina di fronte al cancello della scuola. Lilou esitò. Non c'era nessuno in giro e Dominique aveva insinuato chiaramente che il vecchio René era un depravato e che poteva essere stato lui a uccidere Sarah Leroy. Per farsi coraggio, Lilou pensò alle sue vacanze a Saint-Jean-de-Luz e si diede una passata di lucidalabbra alla ciliegia. Dopodiché si avvicinò all'anziano signore.

«Buongiorno.»

L'uomo girò verso di lei un viso rugoso come una prugna secca e sorrise. Con cautela, Lilou si sedette sulla panchina, il più lontano possibile da lui.

«Lei è... il signor René?»

«Il vecchio René, sì.»

Lilou fece un profondo respiro.

«Vorrei farle delle domande per un progetto scolastico.»

Lanciò un'occhiata all'anziano, che teneva gli occhi fissi sul cancello di fronte, davanti al quale alcuni genitori arrivati in anticipo stavano iniziando a radunarsi, con grande sollievo di Lilou.

«Per legge sono tenuta a informarla che sto registrando questa intervista» continuò rapida Lilou, posando tra di loro il telefono con l'app del registratore vocale aperta.

A quel punto, si rese conto che non sapeva cosa dire. Non aveva preparato delle domande.

«Vorrei sapere» iniziò «quali sono le sue ipotesi sulla scomparsa di Sarah Leroy.»

L'uomo girò piano il viso verso di lei, aggrottando le spesse sopracciglia che si univano sopra al naso.

«Da lontano ti ho scambiata per Caroline.»

«Non so chi sia Caroline» rispose Lilou, destabilizzata.

«Nemmeno io» fece lui dopo qualche momento di riflessione.

«E Sarah? Si ricorda di Sarah?»

«Certo, non sono mica rimbambito!»

«Mi dica un po', non ricordo più perché la polizia l'ha interrogata all'epoca...»

Lui alzò le spalle.

«Sarah veniva spesso a trovarmi, le ho insegnato a raccogliere le cozze con il cucchiaio. È un lavoro delicato, perché bisogna rimettere le cozze piccole sulla roccia, affinché possano continuare a svilupparsi.»

«Ed è per questo che è stato interrogato?»

Lui si accigliò.

«Mi aveva dato la sua medaglietta e hanno pensato che l'avessi rubata. Me l'hanno tolta, non me l'hanno mai restituita. Era l'unico ricordo che avevo di lei. La mia povera piccola Caroline.»

Le sue sopracciglia si rilassarono e la tristezza gli invase i lineamenti. Lilou non poté fare a meno di mormorare: «Mi dispiace».

L'uomo scosse la testa, perso nei suoi pensieri.

«Aspettavo il bel tempo, con lei. Senza sole, era bloccata.»

Lilou corrugò la fronte.

«Sarah?»

«Caroline era mia figlia, la mia bambina!»

Si voltò verso di lei, con un'aria inquieta. Iniziò a torcersi nervosamente le mani dalle vene sporgenti.

«Per favore, lascia stare Angélique, non è colpa sua.»

Lilou non capiva più nulla.

«Angélique?»

«La piccola Courtin. L'amica di Sarah!»

Lilou ebbe l'impressione che l'uomo stesse per mettersi a piangere e, anche se l'inattesa menzione della sorella di Fanny aveva fatto germogliare nella sua mente mille domande, gli appoggiò una mano rassicurante sul braccio.

«Non si preoccupi, non disturberò nessuno, signor René, è solo un progetto scolastico.»

«Lo so bene che sei della polizia» borbottò lui, spostando il braccio. «Sei venuta per arrestarle, è così.»

«Arrestare chi?»

«Angélique, Morgane, Jasmine... Le Disincantate, erano delle ragazzine, non sapevano cosa facevano.»

«Le cosa?»

La campanella stridula della scuola li fece sobbalzare entrambi. Lui si alzò e si mise in punta di piedi per vedere meglio i bambini che uscivano dal cancello, senza avvicinarsi.

«Caroline» sussurrò. «Caroline, sono papà...»

I bambini lo superavano senza vederlo, correvano verso la madre o il padre con le braccia tese. Il vecchio René sorrideva di fronte a quello spettacolo. Il suo viso rugoso si era illuminato.

«Grazie mille per il suo tempo, signor René» disse Lilou, di colpo triste per lui.

«Sì, sì, torna a trovarmi quando vuoi, abito proprio dietro la roccia del Corsaro, possiamo andare a raccogliere le cozze.»

Documento di lavoro
Caso Sarah Leroy – anno 1998

Angélique e Benjamin erano diventati inseparabili, non era un segreto per nessuno. Quando Sarah era in piscina, tornavano a casa insieme da scuola, la sera si parlavano su Internet o al telefono. La maggior parte dei messaggi che ciascuno dei due scriveva era per l'altro. Ovviamente, gli studenti dell'istituto facevano un sacco di allusioni stupide su Angélique e Benjamin. A quell'età, una vera amicizia tra ragazzo e ragazza non è così comune.

Éric portava spesso suo fratello più piccolo a giocare a calcio con i suoi amici, a bere una birra o a suonare la chitarra il sabato sera. Niente di che. Nella grande famiglia dei seduttori, Éric apparteneva più alla categoria del genero ideale che a quella del *bad boy*. Non fumava, non si ubriacava con birra o vodka a basso costo come alcuni dei suoi amici, non marinava la scuola. I suoi voti erano eccellenti, aveva compilato i moduli per entrare in una prestigiosa *classe préparatoire* dopo il diploma, con l'idea di accedere in seguito a una *grande école*. Iris e il patrigno, Bernard Leroy, continuavano a elogiare le qualità di quel figlio maggiore così bello, intelligente, amabile e servizievole, che dispensava «Buongiorno signora, arrivederci signora, per favore, dopo di lei, grazie» con un sorriso squisito. Certamente, Éric era un po' volubile. A casa Leroy, le ragazze sfilavano come i soldati nella parata del 14 luglio, ma era normale per un giovane della sua età. Chi avrebbe potuto biasimarlo? Aveva tutto il tempo per trovare quella giusta.

Dopo l'estate del 1998, Benjamin, Sarah e Angélique sono entrati in terza media ed Éric in quarta superiore. Quando, dopo le lezioni, il terzetto si svaccava sul letto o sulla moquette, di solito nella camera di Benjamin, più grande di quella di Sarah, ad ascoltare cd o scambiarsi pettegolezzi, Éric ha preso l'abitudine di unirsi a loro. A scuola, continuava a frequentare i suoi amici abituali, ma se incrociava uno dei tre nei corridoi, anziché ignorarli come faceva prima, lanciava un «Ciao!» e un sorriso, e si divertiva nel constatare, dall'effervescenza che scatenava al suo passaggio, che la sua fama era arrivata fino alla terza media. Quei segni di interesse avevano un effetto considerevole sulla reputazione di Sarah e Angélique, tanto più che Angélique era cambiata molto durante le vacanze estive. Le era venuto il ciclo, ora indossava il reggiseno e i ragazzi si voltavano al suo passaggio. Dopo l'incidente del deposito delle barche, è stato detto più volte che Angélique dimostrava quindici anni, forse anche sedici. Era falso. Sembrava avere la sua età, ovvero tredici anni. E anche se ne avesse dimostrati venti, non vedo come ciò avrebbe potuto costituire una scusa. Alla luce degli eventi successivi, mi sembra importante precisarlo.

Angélique e Sarah sono diventate popolari per contagio. Angélique era bella, Sarah era ricca, ed Éric Chevalier rivolgeva loro la parola. A scuola come nella vita, bastava e avanzava per essere importanti. Quando Sarah ha organizzato una festa per il suo compleanno, a ottobre, Iris le ha permesso di invitare quindici amici. In realtà quattordici, visto che l'ha costretta a invitare Julie Durocher. Angélique e Sarah hanno passato ore a compilare una lista diplomatica che permettesse di includere le loro amiche del momento e i ragazzi più carini senza offendere nessuno. Angélique ha proposto a Sarah di festeggiare nel ristorante dei suoi genitori: una domenica pomeriggio, sua madre forse avrebbe acconsentito. Iris ha replicato che non era il posto giusto per festeggiare i propri tredici anni e che il compleanno si sarebbe tenuto nella veranda della loro nuova casa, dalle cinque alle nove e mezzo. Poiché era ovvio che i fratellastri di Sarah, e in particolare il bell'Éric, sarebbero stati anche loro presenti, tutti speravano di essere tra i quindici fortunati prescelti.

La festa è stata un successo. I ragazzi avevano messo gel e deodorante, le ragazze gloss e profumo di fiori d'arancio. Della musica si occupava Alexis Girard, un ragazzo di seconda liceo che da grande voleva diventare dj, il che gli era valso l'invito. I fratelli Chevalier hanno ballato con tutte le ragazze presenti sulle note di Aqua, Manau, MC Solaar, Poetic Lover e Worlds Apart (ovviamente, con una selezione del genere, Alexis Girard non è mai diventato un dj). Éric ha nascosto una bottiglia di Absolut dietro una pianta. Chi voleva poteva versarne un po' nel proprio succo d'arancia. Angélique ha scattato delle foto con una macchina usa e getta. Le ha fatte stampare doppie e ha creato un album che poi ha regalato a Sarah. La festeggiata ha ricevuto in dono un paio di Dr. Martens, un buono acquisto da Zara, dei trucchi e un abbonamento a «Jeune et Jolie». Una coppia si è baciata sulla pista da ballo ed è durata per ben cinque settimane, un record. Tutti se ne sono andati alle dieci, con gli occhi brillanti e un sorriso incantato. Quella festa è stata un bel momento, pieno di allegria e innocenza infantile. Angélique ci ha ripensato a lungo con malinconia, guardando le foto che aveva scattato.

Appena otto mesi dopo, due settimane prima delle vacanze estive, Éric Chevalier ha festeggiato i suoi diciotto anni nello stesso luogo, senza limiti di orario o di numero di invitati. Iris e Bernard Leroy erano assenti, la veranda era invasa da una nube opaca di fumo. Nel giardino girava uno spinello, la birra e gli alcolici passavano di mano in mano. Julie Durocher stava con Alexis Girard, a cui questa volta non era stato chiesto di fare il dj. Verso l'una di notte, si sono viste Angélique e Sarah, barcollanti, dirigersi verso la spiaggia, sul sentiero che conduceva al deposito delle barche. Si tenevano per mano. È stata l'ultima volta che le hanno viste parlare senza insultarsi. Sono circolate talmente tante voci su quella serata che è difficile distinguere il vero dal falso. Quel che è certo è che tutti ricordano i diciotto anni di Éric Chevalier con una certa nostalgia, come una delle migliori serate della propria giovinezza. Il lunedì, non si parlava d'altro nei corridoi del Victor Hugo. Ne parlavano tutti, tranne Angélique, naturalmente, che non ha più rimesso piede in classe fino al ritorno a scuola, dopo le vacanze.

OGGI
ANGÉLIQUE

Angélique si passò con un gesto automatico la lingua sulle labbra seccate fin dalla nascita dalla brezza salata. Per quanto potesse ricordare, non era mai stata attratta dalle spiagge di sabbia calda. Le era sempre piaciuto il mare d'inverno, la costa deserta della sua infanzia, il vento che faceva volare la sabbia e danzare le onde. La Manica, così come la vedeva in quella mattina, fredda, agitata e inospitale, le sembrava più autentica rispetto alle acque azzurre del Mediterraneo o dell'Oceano Indiano. Almeno, si sapeva che cosa aspettarsi. Un po' come le persone. Le aveva sempre preferite ruvide e brutte. Non poteva fare a meno di provare una certa diffidenza per gli esseri umani belli e levigati, quelli di successo, sorridenti, che interpretavano alla perfezione l'elegante balletto delle convenzioni sociali senza mai un passo falso. Non era fatta per adattarsi a uno schema. In passato, per quanto se ne potesse pensare, ci aveva provato. Per far tornare suo padre, per far smettere di bere sua madre o per essere lasciata in pace. E poi, una bella mattina, Mia, sua figlia, le aveva fatto notare che, per entrare bene in uno stampo, bisognava essere una torta. Da quel giorno, se ne fregava.

«Obi-Wan! Vieni qui!»

Il golden retriever dal pelo bagnato che correva sulla riva tornò di corsa a sfregarsi contro i jeans della sua padrona. Angélique si accovacciò all'altezza dell'animale e, accarezzandogli le orecchie, lo rimproverò con una dolcezza che non avrebbe mai concesso a un essere umano: «Quando si nuota come un ferro da stiro, non si va così lontano, scioccherello!».

Il cane le rispose con una grande leccata sul viso e tornò a saltellare tra le onde. Era giovane, appena sei mesi. Non le obbediva. Angélique aveva vissuto con un pastore tedesco chiamato Chewbacca per tredici anni. Quando era morto, aveva giurato che non avrebbe mai più avuto un animale. E poi, il primo fine settimana di settembre, Mia era tornata a Bouville con Obi-Wan, una palla di pelo biondo con occhi neri da far sciogliere anche il ghiaccio, peggio del riscaldamento globale. Angélique aveva cercato di protestare e Mia le aveva risposto con la sua risata solare: «Non è per sostituire Chewbacca, lo so che è impossibile. È per sostituire me. Come faccio a concentrarmi sui miei studi di medicina, se so che sei qui da sola a deprimerti?».

Angélique aveva ceduto. Non diceva mai di no a Mia. L'ultima cosa che voleva era diventare un peso per sua figlia. Mia doveva essere libera, aveva un brillante futuro davanti a sé. Come aveva fatto Angélique, che nella vita aveva sbagliato tutto, a crescere da sola una ragazza sana come Mia? Per lei era un miracolo. Non aveva mai pensato di abortire quando si era ritrovata incinta a soli diciassette anni, poco più di un anno dopo la scomparsa di Sarah. Il padre del bambino, un giovane impiegato del club nautico con cui usciva da alcune settimane, l'aveva mollata non appena aveva appreso la notizia. Non aveva mai voluto riconoscere sua figlia.

Le persone attorno a lei erano inorridite all'idea che Angélique, che saltava la scuola per gironzolare con spacciatori e tossicodipendenti, si trovasse con un bambino a carico a diciassette anni. Angélique, invece, aveva capito subito che in quella maternità si trovava la sua possibilità di redenzione. Durante la prima ecografia, era rimasta sconvolta dal battito impetuoso di quel minuscolo cuore che il suo corpo, che fino ad allora non aveva fatto altro che danneggiarla, aveva costruito da solo, in segreto. Alla fine della visita, il ginecologo aveva infilato l'ecografia tra il certificato medico e il dépliant della pianificazione delle nascite. Angélique aveva buttato tutto nel cestino fuori dall'ospedale. Aveva conservato solo la foto sfocata in bianco e nero del piccolo fiore che cresceva dietro al suo ombelico. Diciannove anni dopo, la fotografia era ancora nel cassetto del suo comodino. Non era rimasta sorpresa quando le avevano annunciato che la data del parto era prevista per l'8 ottobre, il compleanno di Sarah. Non aveva chiesto aiuto a sua madre, la quale non faceva altro che ripeterle che crescere da sola lei e Fanny era stato il suo calvario. Angélique non aveva ascoltato nessuno, aveva smesso da un giorno all'altro di fumare, di farsi le canne e di bere per non fare del male al bambino e si era iscritta alla biblioteca per leggere dei libri sulla genitorialità.

Quando Marie-Claire Courtin si era resa conto che sua figlia non avrebbe ceduto, l'aveva cacciata di casa. Era estate, Angélique aveva iniziato a raccogliere cozze ogni mattina in un secchio di plastica, con il vecchio René. Per guadagnare qualche soldo, le rivendeva ai ristoranti del posto. Non a quello di sua madre, ovviamente, ma agli altri. Aveva dormito a casa di amici, aveva persino passato alcune notti sulla spiaggia ad agosto, con le mani posate sul pancione che deformava il suo corpo di adolescente. Quando le si erano rotte le acque, era andata a suonare alla porta di casa sua, piangendo. Marie-Claire, esasperata, malgrado tutto l'aveva accompagnata in ospedale. Aveva aspettato nel corridoio durante le trentadue ore di contrazioni, terribili quanto gli insulti che sua figlia pronunciava in sala parto. Mentre portavano d'urgenza Angélique, in preda a un'emorragia, in sala operatoria, non si era potuto far altro che piazzare Mia tra le braccia della nonna, nonostante le sue proteste. Marie-Claire aveva abbassato gli occhi su quell'esserino appiccicoso e urlante, con il viso deformato dal forcipe, ed era stata colta dallo stupore: aveva sempre trovato i neonati, compresi i suoi, disgustosi, rumorosi e raggrinziti, e invece aveva tra le braccia il bebè più bello, perfetto e adorabile che fosse mai esistito. Lei, che non aveva mai davvero saputo essere madre, era diventata nonna a cinquantuno anni, come si è colpiti dalla grazia divina. Quando Angélique, uscita dall'ospedale, aveva chiesto a sua madre di lasciarla tornare a vivere con lei e in cambio assumerla al ristorante come cameriera, Marie-Claire aveva accettato per paura di essere separata da Mia. Avevano vissuto così, insieme, prendendosi cura della piccola come se fosse l'ultima rosa dell'universo dopo l'apocalisse. E Mia, nutrita di tutto quell'amore, era cresciuta, solare, dolce e seria – l'esatto contrario di Angélique –, sotto gli occhi meravigliati della sua giovane mamma e della sua nonna incantata.

Angélique accese una sigaretta e lasciò che il mare accarezzasse le punte dei suoi stivali di gomma. Mia le mancava. Ogni mattina, da anni, faceva la stessa passeggiata, con qualunque tempo, per ricordare tutti quei meravigliosi istanti, volati via a una velocità vertiginosa, trascorsi con la figlia. Nella sua vita, nessuna gioia era paragonabile a quella che le aveva procurato la maternità, e del resto quello era l'unico ambito in cui avesse dimostrato un po' di talento.

«Obi-Wan!» chiamò. «Io vado, capito? Peggio per te!»

Girò le spalle al giovane cane e fece finta di allontanarsi, non senza gettare brevi occhiate dietro di sé per accertarsi che il suo compagno la stesse seguendo.

Risalì il viottolo sabbioso fiancheggiato da alte erbe taglienti fino al sentiero dei doganieri che correva lungo la costa e proseguì fino a una minuscola casa nascosta in mezzo alle dune. Come ogni mattina, bussò alla porta. Il vecchio René le aprì. Aveva già in mano due tazze scheggiate piene di caffè caldo. Ne porse una ad Angélique, brontolando, e si sedettero uno accanto all'altra di fronte alla baracca, un vecchio deposito che René aveva trasformato in abitazione venticinque anni prima, dopo aver perso tutto ciò che era stata la sua vita fino ad allora in un incidente d'auto, ovvero sua moglie e sua figlia Caroline, che continuava ad aspettare ogni giorno all'uscita della scuola elementare, e poi, in seguito, il lavoro, la casa e una parte della testa. Il comune non aveva avuto il coraggio di sfrattarlo, e da allora viveva lì. Già vent'anni prima lo chiamavano «il vecchio René», eppure all'epoca non aveva nemmeno cinquant'anni. La vecchiaia non è solo una questione di età, è un odore, una solitudine, una sorta di stanchezza nella postura che aveva assunto un po' troppo presto.

«Come va oggi, tesoro, i tuoi compagni ti infastidiscono ancora a scuola?»

Angélique bevve un sorso di caffè bollente e sorrise.

«Non troppo, dev'essere l'avvicinarsi della menopausa che li spaventa.»

Il vecchio annuì, soddisfatto della risposta.

«Ieri è venuta a parlarmi una poliziotta, cercava Sarah.»

Il sorriso di Angélique svanì.

«La polizia? Come? Cosa gli hai detto?» chiese con voce atona.

Il vecchio si grattò la testa. «All'inizio pensavo che fosse Caroline, ma in realtà era una poliziotta. Le stesse domande di sempre su Sarah. Quello che dico è affar mio. Ma tu devi stare zitta o avrai dei problemi.»

Posò la mano sulla sua e la strinse con sorprendente vigore. Fissò negli occhi azzurri di Angélique i suoi occhi scuri, tornati di colpo lucidi.

«Sono passati anni, e né il tuo senso di colpa né la verità cambieranno nulla per nessuno, adesso, quindi non fare sciocchezze, lascia che le cose seguano il loro corso.»

Angélique aveva freddo. Che cos'era quella storia della polizia? L'indagine era stata riaperta? Mandò giù il caffè con un gesto deciso.

«Devo andare» mormorò. «Obi-Wan!»

«Sono serio» ripeté il vecchio guardandola fisso. «Non dire niente o te ne pentirai.»

Da qualche parte nella pancia di Angélique, la bambina che non sopportava che le vietassero alcunché ebbe un sussulto di ribellione, pronta a fare per principio l'esatto contrario di ciò che le veniva consigliato, quali che fossero le conseguenze.

«Faccio quello che voglio» borbottò. «Forza, Obi-Wan, andiamo!»

Riattaccò contrariata il guinzaglio al collare.

«Grazie per il caffè» disse.

«Comprati dei guanti, Caroline, sono venticinque anni che vieni qui e non ti ho mai vista con un paio di guanti.»

Angélique infilò le mani screpolate nelle tasche del suo vecchio parka militare e si allontanò senza rispondere.

Documento di lavoro
Caso Sarah Leroy – anno 1999

Al ritorno a scuola, all'inizio della prima superiore, tutto era cambiato. E non solo perché Angélique e Sarah non si rivolgevano più la parola. Durante le vacanze, Sarah si era avvicinata a Julie Durocher e con la ripresa delle lezioni era diventata la sua nuova migliore amica. Sarah ha cominciato a truccarsi in modo discreto ed elegante, come le aveva insegnato Iris. Ha sostituito i suoi eterni jeans a zampa d'elefante e le felpe con gonne e maglioncini aderenti comprati da Kookaï, che mettevano in risalto i suoi reggiseni imbottiti. Con Julie, aveva scoperto una passione per le riviste femminili e aveva iniziato a divorare «Jeune et Jolie», «Fan 2» e «20 Ans» come fette di torta al cioccolato. Grazie a quella letteratura di alta qualità, a quattordici anni aveva sull'eyeliner le stesse competenze di una truccatrice di Hollywood, possedeva su «come soddisfare un ragazzo a letto» la conoscenza teorica di una sessuologa a fine carriera e avrebbe potuto scrivere l'equivalente di un'*Encyclopædia Universalis* di trucchi di bellezza e consigli su come conservare la linea.

Il resto del tempo lo trascorreva in piscina o nuotando nella Manica. Da marzo a fine ottobre, si tuffava dalla roccia del Corsaro e a volte restava per ore nell'acqua salata, lasciandosi cullare dalle onde o sfidandole, esplorando calette inaccessibili a piedi. Conosceva a memoria le correnti, gli orari delle maree e i mutamenti di colore dell'acqua, che poteva passare da un verde trasparente a un grigio scuro a seconda dei riflessi del cielo. Trascorreva del tempo con il vecchio René, che talvolta la confondeva con la figlia che aveva perso. Lui le spiegava la fauna marina e i venti. Così come il cimitero era il regno di Angélique, il mare era diventato l'impero di Sarah. Ha cominciato a raccontare timidamente che sperava di passare nella sezione sportiva dalla seconda, che la sua insegnante di nuoto, la signorina Chalou, sosteneva che lei possedesse la disciplina, il talento e la determinazione necessari per diventare una nuotatrice professionista. Forte di quel successo e dei suoi vestiti firmati che tutti le invidiavano, Sarah si era creata una banda di amiche. Qualche settimana dopo l'inizio della prima, aveva una vita sociale molto intensa, mentre Angélique passava la ricreazione nei bagni dismessi della scuola, chiusi per una questione di vernice all'amianto. Fumava sigarette in quel prefabbricato tossico e in rovina, aspettando che finisse la sua adolescenza. Non aveva più amici. Benjamin non le parlava più.

Dal compleanno del fratello maggiore di Sarah, Angélique era diventata taciturna. Dopo aver osato sostenere che Éric Chevalier l'aveva costretta ad avere rapporti con lui nel deposito delle barche, era stata messa al bando dal liceo Victor Hugo senza alcun processo. Il suo nome era ovunque, scritto con la scolorina o inciso col compasso sul legno dei banchi, sulla porta dei bagni, associato a epiteti che preferisco non citare qui. Le piovevano addosso insulti e pallini di carta. I suoi voti sono crollati, e il professor Follet, anche se non aveva più la sua classe quell'anno, ha tentato più volte di convocarla. Ma lei non ci è mai andata. Visto che non aveva restrizioni, né un coprifuoco, né l'obbligo di fare i compiti o rifarsi il letto, si è messa a sfidare i limiti. Prendeva l'autobus fino a Lille anziché andare a scuola, rubava cd da Fnac, trucchi al Prisunic e, nelle boutique alla moda, vestiti che si infilava uno sull'altro nei camerini. Si faceva dare gli spinelli dai liceali in cambio di un cd rubato o di una sbirciata al suo reggiseno. Ha cominciato a truccarsi in modo volgare, a strappare rabbiosamente i jeans con le forbici da cucina. Andava in giro per il cimitero, dava calci alle lapidi e spegneva i mozziconi nei vasi di fiori. Passava ore a osservare le onde infrangersi sugli scogli neri, chiedendosi quanto le ci sarebbe voluto per morire se si fosse lasciata cadere giù. Nei giorni di vento forte, camminava con le braccia aperte sul bordo delle scogliere, si sdraiava con gli occhi chiusi sui binari del treno e rotolava di lato solo all'ultimo momento, quando le rotaie vibravano fino a far saltare la ghiaia e lo stridio delle ruote metalliche le squarciava i timpani. Non che volesse morire, ma il fatto è che in un certo senso era già un po' morta.

È a questo punto che sono entrate in scena Morgane Richard e le Disincantate, poiché è stato grazie a Morgane che Angélique è tornata in vita. Ancora oggi, ogni volta che penso a Morgane, rivedo i suoi occhi, vivaci e affilati come due piccole lame d'argento. Uno sguardo intelligente e perspicace, senza la minima traccia di dubbio o esitazione, che destabilizzava tanto gli adulti quanto i bambini.

Alcuni anni prima, all'inizio delle medie per gli alunni dell'istituto Victor Hugo, Morgane si era già fatta notare. L'estate del 1996 era stata ricca di eventi: un Boeing 747 della TWA che collegava New York a Parigi era esploso in volo, un attentato bomba si era verificato durante le Olimpiadi ad Atlanta e la NASA sosteneva di aver rilevato tracce di vita su un meteorite proveniente da Marte. In quel periodo, quando il professor Follet aveva chiesto agli studenti di scrivere sulla scheda di presentazione quale evento avesse segnato la loro estate, Angélique aveva scritto: «Mio padre se n'è andato di casa». Sarah: «Ho una nuova famiglia, una matrigna e due fratelli, sembrano simpatici». E Morgane: «Claudie Haigneré ha passato sette giorni a bordo della stazione spaziale russa Mir. È quindi la prima donna francese ed europea a essere andata nello spazio». Il professor Follet aveva letto le schede, poi aveva invitato Morgane alla lavagna per parlare di Claudie Haigneré e spiegare perché fosse importante. I capelli folti di Morgane all'epoca erano tagliati dritti, appena sotto le orecchie, e la loro massa formava intorno al viso una semi aureola bruna di ricci crespi e densi, immuni agli assalti del vento e alla legge di gravità. Mentre tutti i nuovi studenti si erano dati da fare nella scelta dei vestiti, già consapevoli che il loro futuro nella giungla sociale della scuola dipendeva in gran parte dalla loro immagine, Morgane portava pantaloni di velluto a coste troppo larghi, una maglia a righe multicolori con le maniche ampie e i suoi immancabili occhiali rotondi. Non erano ancora quelli alla moda di Harry Potter, ma solo il modello più economico rimborsato dalla previdenza sociale. Non appena si era alzata, in classe si erano udite delle risatine. Morgane aveva sollevato il mento e si era piazzata davanti alla lavagna. Con le mani dietro la schiena, aveva detto con sicurezza: «Questo evento ha segnato la mia estate perché è una vittoria sia per la scienza sia per le donne. È importante proporre modelli femminili che si affermano in settori considerati maschili. Così la nuova generazione di ragazze saprà che può aspirare ad altro nella vita che non ai ruoli a cui la società patriarcale relega le donne da millenni, ossia madre, serva o prostituta».

Aveva undici anni. In poche frasi, il sorriso incoraggiante del professore di francese si era decomposto in un'espressione di orrore stupefatto. Dopo un secondo di gelo, tutta la classe era scoppiata a ridere. Il professor Follet si era ripreso e aveva tuonato: «Silenzio! È la prima e ultima volta che qualcuno usa un linguaggio del genere nella mia classe! È chiaro?».

Era paonazzo e tutti si erano zittiti, terrorizzati. Stranamente, però, non aveva mandato Morgane dal preside. Si era limitato a dirle di non ripetere ciecamente tutto ciò che sentiva a casa. La reputazione sulfurea dei genitori di Morgane, Xavier e Nicole Richard, non aveva raggiunto Bouville, ma a Saint-Martin tutti sapevano chi erano. Distribuivano volantini al mercato, all'uscita dalla chiesa e davanti alla scuola superiore. Avevano quindici anni nel '68. Femministi della seconda ondata, marxisti e ambientalisti molto prima che l'impegno politico diventasse un accessorio alla moda da sfoggiare nelle cene mondane, partecipavano a tutte le manifestazioni nel Pas-de-Calais. Servivano alla mensa dei poveri, ai Restos du Cœur, invitavano i senzatetto a pranzo da loro, ospitavano animali feriti, facevano volontariato in tutte le associazioni, bastava chiederglielo.

Morgane era tornata a sedersi, i commenti denigratori sussurrati dai compagni le erano scivolati addosso come olio su una tela cerata. Dopo quell'evento, nessuno le aveva più rivolto la parola. La trovavano strana. Da allora passava le ricreazioni, più seriosamente chiamate «interclassi», a leggere. Andava a scuola per studiare, non per socializzare. Raccoglieva valutazioni altissime e i complimenti dei professori meravigliati, poi tornava a casa a fare chissà cosa. Non aveva il permesso di guardare la televisione, al fine di preservare il suo cervello, che i genitori non volevano vedere triturato nell'infernale meccanismo di manipolazione delle masse orchestrato dai politici, dalla società dei consumi e dall'ipercapitalismo neoliberista. Morgane, che si annoiava di brutto, aveva quindi iniziato molto presto a divorare tutti i libri conservati nella biblioteca comunale, in ordine alfabetico. A quattordici anni, quando si era interessata ad Angélique, era arrivata alla «Z» di «Zola». Con il senno di poi, era evidente che sarebbe diventata qualcuno di importante, che un giorno il suo nome si sarebbe letto sui giornali. Ma nessuno avrebbe potuto immaginare a cosa dedica ora la sua vita e la sua intelligenza. E, soprattutto, non i suoi genitori, i quali, poverini, non si sono mai ripresi.

Ma sto divagando, non è questo il punto. Morgane non aveva mai preso parte ai dibattiti sull'incidente del deposito delle barche. Sembrava, come gli adulti, completamente impermeabile agli eventi che scandivano la vita scolastica degli altri studenti. Eppure una mattina, con tre parole, ha salvato Angélique. Va precisato che di parole Angélique ne aveva sentite un sacco, dopo l'incidente. Ma mai quelle giuste.

Avevi bevuto, vero? Probabilmente lui non ha capito. Non riesco a immaginare che possa fare una cosa del genere, è così gentile. Non devi essere stata abbastanza chiara. Non è che l'hai provocato un po'? Stai esagerando.

Bugiarda.

Com'eri vestita? Starai più attenta la prossima volta. Perché hai ballato con lui? Perché hai bevuto?

Bugiarda.

Non ti crede nemmeno la tua migliore amica. Lo abbiamo visto come lo guardavi. Cosa pensavi? Zoccola. Non ti vergogni? Cioè, eri pure vergine. Rispetta te stessa.

Puttana.

Facevi meglio a non bere. Facevi meglio a non vestirti così. Facevi meglio a non restare da sola con lui.

Troia.

In quella valanga di commenti, osservazioni, opinioni che non aveva mai richiesto, c'erano parole che Angélique aveva bisogno di sentire e che nessuno aveva pronunciato. Nemmeno il professor Follet, il suo insegnante preferito, nemmeno sua madre, nemmeno sua sorella maggiore o la sua migliore amica. Nessuno. Fatto sta che Morgane invece, già allora, le parole giuste sapeva trovarle in ogni circostanza. E un giorno, lei che conosceva appena Angélique, le si è piazzata davanti, l'ha fissata dritto negli occhi e ha detto, come se stesse lanciando un salvagente: «Io ti credo».

Seduta su un muretto, Angélique non ha risposto. Si sarebbe potuto pensare che non avesse sentito, addirittura che non avesse neanche notato la presenza di Morgane. Nel cortile risuonavano come al solito le risate, le conversazioni, il rumore dei palloni che rimbalzavano sotto il portico. Angélique ha esitato, poi si è spostata leggermente per lasciare un posto sul muretto e Morgane, in silenzio, si è seduta. In seguito, Angélique si è aggrappata a quella frase, «io ti credo», come un naufrago si aggrappa a una mano tesa, si è appoggiata a quelle tre parole per risalire i muri lisci del pozzo in cui era caduta, per allontanarsi dal bordo delle scogliere e dalle rotaie che vibravano, per raccogliere, una a una, le schegge della sua anima andata in frantumi sulla sabbia fredda di un deposito delle barche, qualche giorno prima dei suoi quattordici anni.

OGGI
MORGANE

Seduta sugli scalini di cemento, Morgane posò il bicchierino di caffè accanto a sé e accese una sigaretta. Non fumava più da anni, ma il verdetto sarebbe stato emesso a breve, quindi poteva permettersi di intasarsi un po' i polmoni. Si prese il tempo per gustarsela mentre seguiva con lo sguardo il movimento lento della grande ruota panoramica alla fine del molo di Scheveningen. La spiaggia, immensa, si estendeva davanti a lei fino alle onde impetuose. Qui l'acqua era verde, non il verde delle spiagge di Porquerolles o delle isole greche, ma un color kaki che non faceva sognare nessuno. Qualche pazzo si stava ancora facendo il bagno in costume, dei surfisti con la muta sfidavano i cavalloni. Anche se era cresciuta sulle rive della Manica, non reggeva il confronto con gli olandesi che nuotavano tutto l'anno o quasi nella fredda schiuma del Mare del Nord. Bouville-sur-Mer, paragonata all'Aia, sembrava un'isola delle Maldive. Dalla fine di ottobre, i ristoranti e i bar temporanei prefabbricati, che venivano allestiti ogni anno in primavera, venivano smontati e la spiaggia rimaneva vuota, battuta da un vento umido e grigio.

Morgane emise un sospiro. Il verdetto sarebbe stato pronunciato e con esso sarebbero arrivate le richieste di interviste, di commenti, di spiegazioni. Avrebbe dovuto rispondere alle domande. Sempre le stesse. Affrontare l'incomprensione generale, il disgusto, gli insulti sui social, persino gli sputi sul parabrezza dell'auto e le minacce contro suo marito e i suoi figli.

Schiacciò il mozzicone e finì il caffè freddo. Poi si alzò e andò verso la macchina. Raggiunta la Corte penale internazionale, passò come un automa attraverso i due varchi di sicurezza per recarsi in aula. Indossò la toga nera e prese posto. Le persone la salutavano con educazione, tenevano il loro biasimo per sé. Quante cose, per arrivare a questo. Mesi di udienze, dibattiti, deposizioni, tutti quei corpi senza vita, mutilati, presto dimenticati in un villaggio sperduto della Repubblica Centrafricana di cui nessuno si sarebbe ricordato il nome già il giorno dopo. Tutto questo, per una rinuncia dell'accusa in mancanza di prove sufficienti. Una rinuncia che proprio lei aveva lottato per ottenere. Perché era il suo mestiere. Perché ogni persona ha il diritto di essere difesa da un avvocato. Anche i mostri.

E l'avvocato dei mostri, quelli accusati di genocidio, di crimini contro l'umanità, stupri e torture, era lei.

Alle sue spalle, l'imputato attendeva il verdetto. Da mesi ascoltava, in quella gabbia, avvocati, testimoni e vittime elencare nel dettaglio la lista dei suoi crimini, senza mai manifestare altro che una certa noia. Più volte si era addirittura addormentato. Morgane conosceva a memoria l'elenco delle accuse: crimini di guerra e crimini contro l'umanità, omicidio, attacco contro una popolazione civile, saccheggio, reclutamento forzato di bambini, riduzione in schiavitù, stupro, tortura, mutilazioni...

Eppure sembrava normale, quell'uomo. Un nonnetto di sessant'anni, l'aria affabile, con una rassicurante pancetta, un po' calvo. Normale, anzi, piuttosto simpatico. Ci si sarebbe potuti sedere accanto a lui sull'autobus senza alcun problema, fidandosi del suo aspetto bonario. Era questo che colpiva Morgane ogni volta che posava gli occhi sugli imputati che difendeva: quanto i peggiori colpevoli potessero sembrare innocenti.

Diverse ore dopo, all'uscita, di fronte all'edificio ultramoderno composto da quadratoni di vetro e circondato da specchi d'acqua, i giornalisti erano in attesa. Morgane inspirò profondamente, chiuse gli occhi e si lanciò nell'arena. Dopotutto, c'era abituata.

«Perché lei difende sempre i colpevoli?»

«Perché il diritto a un processo equo è fondamentale. Devo ricordarvi inoltre che ogni persona è innocente fino a prova contraria.»

«Non le impedisce di dormire la notte, aiutare assassini, stupratori e pedofili a uscire di prigione?»

«Mi sforzo di vedere gli imputati come esseri umani. Sono qui per difendere i loro diritti, che, dobbiamo ricordarlo, sono uguali ai vostri e contribuiscono a costruire un mondo più giusto.»

«Lei crede nell'innocenza del suo cliente?»

«Non è questo il punto. Sono un avvocato, non lavoro per la polizia.»

«Ha pensato alle vittime? Alle loro famiglie?»

«Mi dispiace, devo andare.»

Si infilò nella macchina nera dai vetri oscurati che l'attendeva e finalmente respirò. Aveva vinto, era contenta. Non dubitava che il suo cliente avesse le mani sporche del sangue di civili, di bambini assassinati in nome di una lotta di potere che non aveva mai riguardato, nemmeno da lontano, le sue vittime. Morgane era come tutti gli altri, checché se ne pensasse. Una parte di lei sperava che quell'uomo fosse investito da un camion. Se fosse accaduto, non avrebbe provato alcuna compassione, ma piuttosto una certa soddisfazione. La rabbia, la violenza, l'istinto primordiale di vendetta li sentiva al pari di chiunque altro. Ma sapeva che tutto ciò non aveva nulla a che fare con la giustizia. Far assolvere un imputato per mancanza di prove non era un fallimento della giustizia, ma una prova del suo buon funzionamento.

Il cellulare vibrò. Lo estrasse dalla tasca e diede un'occhiata alla mail che aveva appena ricevuto nella casella di posta personale.

Ciao Morgane,
spero che tu e la tua famiglia stiate bene. Ho esitato a scriverti, dopo tutto questo tempo... ma René dice che la polizia è venuta a fargli delle domande riguardo a S... Non sono riuscita a capire se stavano riaprendo l'indagine o di cosa si trattasse esattamente, ma forse dovremmo vederci con Jasmine, no?

Baci,
Angélique

Morgane fissò lo schermo, dovette leggere più volte la mail per capire. Il vero fallimento della giustizia, per lei, non era l'impunità di certi colpevoli, ma una condanna ingiusta. Sì, perché molto tempo prima Morgane aveva lasciato che un uomo finisse in prigione per un crimine che non aveva commesso. Avrebbe potuto alzare la mano e dire: «Aspettate!». Sarebbe bastata qualche parola per salvarlo, in nome di quella giustizia che lei brandiva come uno stendardo fin dalla più tenera età. Ma non l'aveva pronunciata. Aveva girato lo sguardo. Aveva lasciato fare. E da allora pagava il suo debito.

Documento di lavoro
Caso Sarah Leroy – anno 1999

Morgane e Angélique hanno iniziato a sedersi vicine in classe, sull'autobus e su una panchina durante tutte le ricreazioni. Angélique continuava a essere oggetto di insulti di ogni genere, ma la presenza di Morgane attenuava l'intensità degli attacchi. Morgane non era popolare, ma le due o tre volte in cui era stata spintonata o derisa da altri studenti, non si era lasciata mettere i piedi in testa. Aveva scoccato qualche parola ben scelta, frecce avvelenate capaci di ridicolizzare o ferire in modo indelebile i suoi avversari. Così, alle sue spalle, le davano della strega o della lesbica, si prendevano gioco dei suoi vestiti, dei suoi capelli arruffati o dei suoi ridicoli genitori, ma in sua presenza di solito la lasciavano in pace.

La prima volta che Angélique è andata a casa di Morgane, le ha chiesto: «Lo sanno, i tuoi genitori?».

Non ha avuto bisogno di specificare di cosa stesse parlando. Morgane le ha risposto: «Ciò che ti è successo, solo tu puoi decidere se e a chi vuoi raccontarlo. Non spetta a me parlarne».

Angélique ha annuito. Mai Morgane aveva parlato di «incidente» come facevano tutti gli altri. Una volta, e solo una volta, aveva persino usato quella parola che Angélique non aveva mai osato pronunciare, nemmeno sottovoce, nemmeno nei suoi pensieri. «Stupro.» Angélique ne era rimasta scioccata. Aveva sussurrato «non dire così», guardandosi attorno, terrorizzata all'idea che qualcuno potesse aver sentito. Quella parola era pericolosa, le faceva paura e non poteva corrispondere all'incidente del deposito delle barche. Uno stupro vuol dire un adulto sconosciuto, di notte, in un parcheggio, un coltello alla gola, la polizia, un processo, la prigione. Non quello che era accaduto a lei, il fratello maggiore di un amico che durante una festa troppo alcolica non ascolta quello che gli dici. Talmente educato da chiamare il giorno dopo sul telefono di casa per scusarsi di essersi lasciato prendere la mano. Non sapeva che fosse la sua prima volta. Avrebbe dovuto dirglielo, avrebbe fatto più piano. Non erano poi così gravi, quei lividi sulle braccia, dove l'aveva stretta un po' troppo forte. Qualche traccia di sangue e sabbia su un paio di mutandine Petit Bateau di cotone rosa che aveva bruciato nel lavandino, come le sue icone religiose alcuni anni prima. Non c'era motivo di farne un dramma. Sono cose che succedono. Era quello che sua madre le aveva detto quando aveva cercato di parlarne con lei.

Angélique si è dunque presentata un giorno alla porta dei Richard, vagamente intimidita. Nicole, la madre di Morgane, era una donna nervosa che aveva sempre l'aria esausta: non come se avesse dormito male la notte prima, piuttosto come se fosse stanca dalla nascita, del mondo, della vita e delle persone. Ha aperto la porta, con una sigaretta all'angolo delle labbra.

«Immagino che tu sia Angélique...»

Aveva una voce dolce e per salutarla ha posato un bacio affettuoso, aromatizzato alla nicotina, sulla guancia della ragazza.

«Morgane è andata a comprare il pane, sarà qui tra dieci minuti.»

«Mi spiace, sono un po' in anticipo.»

«Nessun problema, vuoi un bicchiere d'acqua? Una limonata?»

«Una limonata mi farebbe piacere.»

Nicole è tornata un minuto dopo con un bicchiere in mano. Si è seduta di fronte ad Angélique e l'ha osservata, con gli occhi socchiusi, mentre aspirava la sua sigaretta. Aveva lo stesso sguardo grigio acciaio di Morgane.

«Sei molto carina, avrai problemi tutta la vita» ha sospirato. «Nessuno si interesserà mai a ciò che hai nella tua testolina.»

Consapevole che quel complimento in realtà non era tale, ma troppo sconcertata per elaborare una risposta diversa, Angélique ha replicato: «Grazie».

E si è sentita stupida.

«Sono contenta che Morgane abbia trovato un'amica» ha continuato Nicole. «Fa fatica a fare amicizia a scuola, è troppo intelligente per la sua età, soprattutto per essere una ragazza. Ho sempre paura che soffra per la sua solitudine. Voi siete amiche, no?»

Angélique ha bevuto un sorso di limonata e ha fatto spallucce. L'amicizia era un concetto fluttuante. Era innegabile che le ragazze, a cominciare da Sarah, fossero state molto più crudeli con lei negli ultimi tempi rispetto ai maschi.

«All'amicizia, io non è che ci credo molto.»

Nicole ha inarcato un sopracciglio.

«Perché dici così?»

«Avevo un'amica, era la mia migliore amica fin dalla terza elementare, e mi ha tradita.»

«In che senso?»

«Ha detto a tutti che ero una bugiarda e ha smesso di parlarmi.»

«E tu avevi mentito?»

Angélique ha scosso la testa.

«No, ma secondo lei, in nome della nostra amicizia, quel che ho detto avrei dovuto tenerlo per me.»

Nicole Richard, incuriosita, ha commentato: «È vero, l'amicizia può essere complicata, ma di Morgane ti puoi fidare, lei è leale, ha più principi di tutti gli adulti che conosco messi insieme».

Angélique ha posato il bicchiere sul tavolo. La limonata, senza zucchero, era troppo aspra.

«Sai, è così...» ha continuato Nicole con tono gentile. «Alle ragazze si insegna a boicottarsi tra loro. È una cosa che comincia fin dalla culla, con le fiabe: Cenerentola, tormentata dalle sue sorellastre, Biancaneve, avvelenata dalla matrigna...» Si è alzata in piedi, di colpo agitata, spargendo la cenere della sigaretta sul tappeto del salotto. «Tutto quel che vediamo sono donne gelose, in competizione tra loro, non per chi sarà la più generosa o la più intelligente, no, fin dalla notte dei tempi siamo gettate in una gara sfrenata a chi è la più bella, perché sarà la più bella, quella che meglio si adatta al modello dell'ideale femminile che nella mente delle bambine è rappresentato dalla principessa delle fiabe, a ottenere la ricompensa finale...»

Affascinata da quello strano discorso, Angélique ha chiesto: «E che cos'è la ricompensa finale?».

Nicole Richard ha sorriso con dolcezza.

«Il diritto di sposare il principe azzurro, di partorire i suoi figli, di fare le pulizie e cucinare e lavare gratis i suoi calzini. E il modo migliore per vincere è eliminare la concorrenza. In un certo senso, la tua amica, quella che non ti parla più, è stata reclutata.»

«In che senso "reclutata"?»

«È come se fosse vittima di una stregoneria. Tutte queste storie, questi comportamenti nei libri, nei film, che assorbi senza nemmeno accorgertene, sono un po' come un incantesimo: incidono nel profondo del tuo cuore l'idea che le altre donne non possano essere davvero tue amiche e che, messe alle strette, tra te e un ragazzo, sceglieranno sempre il ragazzo, che ti tradiranno, ti osserveranno e giudicheranno ogni tua azione, i tuoi vestiti, il tuo aspetto fisico, come alcune ragazze osservano e giudicano Morgane, solo perché è diversa, invece di lasciarla vivere come le pare, perché la sua libertà le spaventa...»

In quel momento, la porta d'ingresso si è aperta, interrompendo Nicole Richard nel suo discorso infervorato.

«Ah, ecco Morgane!»

La ragazza aveva le guance arrossate dalla corsa in bicicletta. Ha posato una baguette sul tavolo.

«Mamma ti stava esponendo la sua grande teoria sulla competizione tra le ragazze, ci scommetto.»

«Assolutamente sì» ha confermato Nicole. «Credimi, sono rimasta troppo spesso delusa dall'assenza di solidarietà femminile per non cercare di proteggervi.»

«Sì, sì, sì, la donna è un lupo per la donna, siamo tutte reclutate e bla bla bla... Vieni, Angélique, andiamo nella mia stanza.»

Angélique ha seguito Morgane fino a una cameretta mansardata con un letto singolo rifatto in modo impeccabile, e il cui ordine e la cui pulizia contrastavano con il resto dell'appartamento.

«Mi dispiace per mia madre, ha teorie su tutto e su tutti. Questa storia sulle principesse, le matrigne e le streghe la tira fuori a ogni occasione. Va detto che suo padre se n'è andato con la migliore amica di sua madre quando aveva quindici anni, non è bello...»

Angélique si è lasciata cadere sul letto, pensierosa.

«Ha un senso, la sua teoria... Guarda me e Sarah...»

«Tra te e Sarah è diverso, no? Non eravate in competizione, solo che lei ha sentito di dover scegliere tra te e la sua famiglia... Ha avuto paura, è stato più semplice per lei credere che tu stessi mentendo. Le persone sono disposte a credere a qualsiasi cosa, purché questo vada bene per loro.»

«Forse, ma è solo un altro modo di essere sotto un incantesimo.»

Morgane ha fatto un giro completo sulla sua sedia da ufficio.

«Se siamo tutte stregate, allora dobbiamo spezzare l'incantesimo. Ho un'idea!»

Ha frugato in una scatola da scarpe e ha tirato fuori una musicassetta.

«Sono riuscita a registrarla tutta su NRJ l'altro giorno, mancano solo i primi tre secondi.»

Ha inserito la cassetta nel lettore e ha premuto «play», poi, sui primi accordi di pianoforte, si è messa in piedi sul letto e ha declamato con voce solenne: «Io, fata Morgane, dichiaro che saremo amiche per tutta la vita, nella gioia e nel dolore, che resteremo unite in qualsiasi situazione e ci supporteremo sempre. E grazie a queste parole magiche e al potere conferitomi dalla sublime, unica, inimitabile, geniale Mylène Farmer, ci dichiaro ufficialmente "disincantate"».

«Ma "disincantate" non vuol dire quello! Vuol dire tipo "disilluse"» ha obiettato Angélique, tenendo il tempo della canzone.

«Significa quello che vogliamo noi... Non ci faremo mica imporre il significato delle parole!» ha esclamato Morgane, poi ha iniziato a canticchiare: «Se devo cadere dall'alto, che la mia caduta sia lenta, ho trovato riposo solo nell'indifferenza...».

«Non ci faremo imporre il significato delle parole, ma da qui a reinventare la lingua francese e pure Mylène Farmer...»

Per tutta risposta, Morgane ha alzato il volume al massimo.

«Vorrei ritrovare l'innocenza... Ma nulla ha senso... e nulla va...»

«Sulla mancanza di senso, sono d'accordo...» ha mormorato Angélique.

Morgane era troppo impegnata a cantare a squarciagola, non la stava più ascoltando. Angélique l'ha fissata per qualche istante, sconcertata. Vedeva per la prima volta una parte di Morgane che non conosceva. La sua amica girava con le braccia aperte per la stanza, cantando a pieni polmoni. Allora sul viso di Angélique è spuntato un sorriso, timido all'inizio, il primo raggio di sole dopo mesi di pioggia, poi sempre più grande fino a illuminare tutti e quattro gli angoli della cameretta sotto al tetto.

«Va bene, accetto di far parte della tua setta di disilluse.»

«Disincantate, Angélique, non disilluse!» ha gridato Morgane per sovrastare la musica.

«Disincantate» ha ripetuto Angélique più forte, salendo sulla scrivania. «Siamo disincantate!»

Morgane le ha lanciato una spazzola per capelli e Angélique l'ha afferrata al volo, brandendola come un microfono. Poi ha cominciato a gridare anche lei, gli occhi chiusi, il pugno alzato, come su un palco immaginario.

Tutto è caos, attorno a me,
tutti i miei ideali: parole rovinate...
Cerco un'anima che mi possa aiutare
Sono di una generazione disincantata.

OGGI
ANGÉLIQUE

Angélique camminò fino al lungomare e scorse, da lontano, il ristorante dei suoi genitori. Lo aveva chiuso per due settimane in seguito alla morte di sua madre. Le Comptoir du Fort era sempre affollato d'estate, la cucina era buona e aveva ottime recensioni in rete, ma il resto dell'anno, nonostante alcuni clienti abituali, era lungi dall'essere redditizio. Bisognava reggere alla concorrenza dei ristoranti dei Leroy, gestiti in modo più efficiente, tanto più che Marie-Claire Courtin si era sempre rifiutata di aumentare i prezzi, convinta com'era che i residenti non dovessero subire tutto l'anno il costo esorbitante che i turisti erano disposti a pagare in estate. Due sagome la aspettavano sotto l'insegna. La vernice si stava scrostando, doveva ricordarsi di dare una nuova mano di pittura. Un'auto a noleggio era parcheggiata davanti al ristorante. Angélique strizzò gli occhi, sorpresa.

«Abbiamo visite, Obi-Wan» mormorò.

Anche se Fanny non le parlava più da anni, senza che lei avesse mai capito davvero perché, Angélique riconobbe subito la figura slanciata di sua sorella e l'impazienza contenuta che traspariva dai suoi movimenti.

«Ciao» disse, avvicinandosi.

«Ciao» rispose Fanny, poi, chinandosi verso Obi-Wan: «Ciao, tu!», con un sorriso molto più sincero di quello che aveva rivolto alla sorella.

Quel traditore di Obi-Wan si lasciò grattare dietro le orecchie con entusiasmo e gratificò addirittura Fanny con una gran leccata.

Angélique fece un cenno con la testa all'adolescente che accompagnava sua sorella e la osservò con occhi incuriositi. La trovò subito simpatica. Non per il suo stile da falsa ribelle parigina – quando sei anarchica, di certo non ti compri la giacca col teschio firmata Zadig & Voltaire –, ma perché aveva l'aria di una pronta a incendiare macchine senza una ragione e la cosa doveva far impazzire Fanny.

«Ciao, sono Angélique.»

«Mi chiamo Lilou, sono la figliastra di Fanny.»

Ecco spiegata la discrepanza. Angélique era sorpresa. Non era da Fanny mettersi con un uomo divorziato e già padre, ma, ora che ci pensava, sua madre una volta aveva accennato all'esistenza di Lilou. E, in ogni caso, cosa ne sapeva lei delle evoluzioni di sua sorella?

«Non mi hai dato le informazioni pratiche per il funerale, così ho pensato di passare a trovarti. Possiamo entrare?»

Senza rispondere, Angélique prese la chiave che lasciava sempre in un vaso di fiori sul davanzale della finestra. Con Mia che dimenticava le chiavi una volta sì e una volta no, aveva mantenuto quell'abitudine. Aprì la porta che conduceva al primo piano. Dopo la partenza di Mia, e poi di sua madre, l'appartamento sopra il ristorante sembrava molto vuoto ad Angélique. Fanny appese la giacca all'attaccapanni, si tolse le scarpe e le allineò sotto i cappotti, come facevano quand'erano piccole, per evitare le sberle della madre se salivano con le suole sporche di sabbia. I capelli lisci e tinti di biondo di Fanny le incorniciavano il viso dai lineamenti regolari. Indossava un paio di jeans e un maglione di cachemire rosa che mettevano in risalto la sua silhouette. Si diresse verso la cucina.

«Posso avere un caffè?»

«Fai come se fossi a casa tua...»

Il commento era ironico perché, in effetti, Fanny era a casa sua. Angélique si chiese se non fosse quella la ragione della presenza della sorella. Forse voleva venderle la sua parte dell'appartamento e del ristorante. Angélique non avrebbe mai potuto permettersi di comprargliela. Fanny si fermò di colpo sulla soglia della cucina, sorpresa di non riconoscere i mobili marroni in formica della sua infanzia.

«Mia ha ridipinto tutto due anni fa» spiegò Angélique.

«Lei sta bene? Ci sarà al funerale?»

«È al primo anno di medicina a Lille. Arriverà tra poco.»

«Chi è Mia?» chiese Lilou.

«In teoria, la tua cugina acquisita» rispose Angélique.

Fanny annuì e lasciò vagare lo sguardo sui mobili dipinti di un azzurro delicato, scrutò le pareti verniciate di bianco alla ricerca di tracce della vecchia carta da parati marrone con figure geometriche degli anni Settanta che avevano detestato per tutta la loro infanzia. Era destabilizzata da quel cambiamento.

«Avete... avete cambiato altre cose?»

Angélique prese tre tazze da uno scaffale.

«Puoi fare un giro, se vuoi.»

Sua sorella uscì dalla stanza per visitare l'appartamento. Lilou si sedette vicino a Obi-Wan e lo accarezzò con cautela. Il cane le leccò le mani e un sorriso illuminò l'espressione imbronciata dell'adolescente.

Angélique prese il caffè dallo scaffale.

«Vuoi una cioccolata calda? Un succo d'arancia?»

Lilou, che faceva rotolare il suo lucidalabbra alla ciliegia sul pavimento per far divertire Obi-Wan, alzò la testa, indecisa.

«Un po' d'acqua, grazie.»

«Sei in vacanza?»

La ragazza prese il bicchiere che Angélique le aveva appena riempito.

«Mi hanno sospesa da scuola.»

Angélique alzò un sopracciglio, con aria divertita.

«Ah sì? Perché?»

«Perché ho fatto la caricatura di un idiota.»

«Doveva essere somigliante, allora.»

«Sì, sono piuttosto brava a disegnare.»

«Cosa aveva fatto?»

«Sei la prima adulta che me lo chiede... Chiama la mia migliore amica "la cinese" dall'inizio dell'anno. Lei gliel'ha chiesto almeno dieci volte di smetterla e lui continua, quello scemo... In più, è del tutto sbagliato, perché lei è vietnamita.»

Angélique sorrise e trattenne l'impulso di passare una mano tra i capelli di Lilou. Accese il bollitore elettrico, un regalo di Natale di Mia, e concluse: «La scuola è un posto pieno di idioti».

Lilou approvò e le restituì il sorriso, un sorriso vero stavolta, sincero, come quello che aveva accordato a Obi-Wan qualche minuto prima.

«Giusto. Comunque sono qui per uno stage con FC, cioè Fanny, quindi non ci devo tornare subito.»

«Uno stage di cosa?»

«Di giornalismo, dobbiamo scrivere un dossier per il lancio del nuovo sito di "Mesdames". Deve fare un grande scalpore. Riguarda Sarah Leroy, tu la conoscevi, vero?»

Angélique sobbalzò e la tazza ancora vuota che teneva in mano andò a schiantarsi sulle piastrelle arancioni del pavimento.

«Ora basta con questa storia, Lilou!» esclamò Fanny, tornando in cucina.

Per nascondere il suo disagio, Angélique prese una scopa e una paletta dallo stipo sotto il lavandino e si mise a raccogliere i pezzi di porcellana.

«Ferme, che vi tagliate!» ordinò con voce atona a Fanny e Lilou, che si erano chinate per aiutarla.

Buttò i frammenti nel bidone della spazzatura e chiese: «Che cos'è questa storia? Non eri qui per il funerale della mamma?».

«Sì, certo. Ma è vero che devo scrivere un articolo su Sarah Leroy, per la rivista...»

Angélique versò l'acqua calda sul filtro del caffè. Era strana, quell'abitudine di dire sempre «Sarah Leroy». Prima si riferivano a lei soltanto come «Sarah». Ma dal momento della sua scomparsa il cognome era diventato inscindibile dal suo nome. Nessuno l'aveva più chiamata solo «Sarah».

«La mia capa sa che sono cresciuta qui, non mi ha dato scelta...»

«Non hai bisogno di giustificarti» la interruppe Angélique secca. «So che la carriera per te viene prima di qualunque altra cosa... A dire il vero, mi stupisco solo che tu non abbia sfruttato prima questa opportunità...»

Angélique servì due tazze di caffè e riempì di nuovo il bicchiere di Lilou. Poi si sedette al tavolo della cucina e bagnò le labbra nella tazza. Il caffè aveva il sapore della delusione. Per un istante, aveva sperato che sua sorella fosse lì per rincollare i cocci, per il funerale, per la loro famiglia.

«A che ora è la funzione?» chiese Fanny.

«La messa è alle due.»

«È... è morta di cosa?»

«Un cancro alla gola che si è esteso in pochi mesi. Non te l'ha detto?»

Fanny guardò Angélique con orrore.

«Certo che no! Se avessi saputo che era malata... sarei venuta.»

Angélique aprì la bocca, come per dire qualcosa, poi si fermò.

«Ha avuto la diagnosi appena prima di partire per il compleanno di Oscar» spiegò dopo un attimo. «Mi ha detto che te ne aveva parlato...»

«Per niente... Non l'ho trovata particolarmente in forma, ma...»

Fanny scosse la testa, smarrita. Avrebbe dovuto capire che qualcosa non andava. Non aveva fatto alcuno sforzo, quando sua madre era andata a trovarli. Fanny non l'aveva lasciata nemmeno un secondo da sola con Oscar e la madre l'aveva rimproverata aspramente di non fidarsi di lei, accusa che, sapendo come Marie-Claire Courtin si era presa cura delle sue figlie, era piuttosto comica.

«Abbiamo litigato, l'ultimo giorno... Io... I mesi sono passati in fretta, aveva torto, quindi ho pensato che toccasse a lei chiamare. Non era la prima volta che succedeva, ma non avrei mai pensato...»

Fanny, suo malgrado, sentì gli occhi riempirsi di lacrime. Angélique sospirò e le allungò un pezzo di carta da cucina.

«Era cambiata, sai. Se l'avessi vista con Mia, credo che l'avresti perdonata. Ora capisco meglio. Non mi ha raccontato che avevate litigato. Mi dava tue notizie di tanto in tanto, come se vi foste parlate al telefono. Se avessi saputo che eri all'oscuro, ti avrei avvertita.»

Fanny si alzò di scatto.

«Noi andiamo, ci vediamo al funerale» mormorò. «Immagino che sarà sepolta in quel cimitero terribile sulla scogliera.»

«Ma che dici, è bellissimo!»

Anche se il luogo era indissolubilmente legato al ricordo di Sarah, Angélique aveva sempre amato quel cimitero. Non aveva mai lasciato Bouville-sur-Mer e sperava, anche lei, di essere sepolta lì un giorno, in cima alla scogliera battuta dal vento, di fronte al mare.

«Ci vediamo dopo» disse Angélique, dato che Fanny non rispondeva.

Lilou seguì la sua matrigna, dopo aver fatto un piccolo cenno con la mano ad Angélique. Quest'ultima sollevò la tenda della cucina per osservare la sorella mentre risaliva in macchina. Sentì montare in lei un senso di colpa familiare. Aveva creduto alla madre quando sosteneva di avere notizie regolari da Fanny. Invece avrebbe dovuto verificare, avvisare Fanny quando era stata ricoverata in ospedale. A dirla tutta, non ci aveva pensato. Non si parlavano da così tanto tempo che persino il messaggio per annunciare la morte della madre era stato inviato diverse ore dopo l'accaduto.

Angélique lasciò ricadere la tenda e si mise a sistemare le tazze nella lavastoviglie. Adesso non poteva pensare alla storia dell'articolo su Sarah Leroy... Forse era quella la vera ragione della presenza di Fanny, non si poteva mai sapere con lei. La polizia che interrogava il vecchio René, e ora Fanny che voleva pubblicare un articolo sull'argomento nella più importante rivista femminile francese... Angélique esitò, poi, controvoglia, prese il telefono e digitò «Sarah Leroy» nel motore di ricerca. Classificò i risultati dal più recente al più vecchio e fece scorrere rapidamente la prima pagina. Nulla di nuovo. Se l'indagine era stata riaperta, l'informazione non era di pubblico dominio. Era possibile che Fanny ne fosse venuta a conoscenza comunque? Sospirò e si prese la testa tra le mani. Perché quella faccenda doveva venire fuori proprio quel giorno? C'era stato un tempo in cui la verità sarebbe stata una liberazione per lei. Ma adesso aveva paura di un solo giudizio: quello di sua figlia. Mia, che era sempre stata una bambina dolce e tranquilla, sarebbe stata in grado di capire le scelte radicali che sua madre aveva fatto vent'anni prima?

«Mamma?»

Angélique sobbalzò. Mia era appena entrata in cucina. Immersa nei suoi pensieri, non l'aveva nemmeno sentita arrivare. Strinse a sé il corpo snello della figlia e affondò il naso nei suoi lunghi capelli biondi che sembravano illuminati dal sole tutto l'anno, per respirare il profumo dello shampoo al miele che usava da quando era piccola.

«Come stai, tesoro?»

«Bene, ma tu, piuttosto?»

«Sto bene, cucciola. Sapevamo che prima o poi sarebbe successo.»

«Sarei dovuta venire subito, ma avevo gli esami e...»

«Ma certo, non devi scusarti. L'importante è che tu sia qui per il funerale. Mi cambio in un momento e andiamo a mangiare qualcosa prima, va bene? Mi racconti un po' come sono andati i tuoi esami.»

Mia annuì e Angélique andò a prendere un vecchio vestito nero di lana dal suo armadio. Era un'eternità che non indossava altro che un paio di jeans.

Documento di lavoro
Caso Sarah Leroy – anno 1999

Jasmine Bensalah ha conosciuto Angélique e Morgane nell'aula studio della scuola. Le due amiche allora non sapevano che Jasmine era la figlia della nuova donna delle pulizie dei Leroy. Iris aveva licenziato la precedente perché non passava l'aspirapolvere sul bordo dei battiscopa. Morgane, Jasmine e Angélique non erano nella stessa classe, ma tutte e tre si erano beccate due ore di punizione. Morgane perché aveva fatto notare al professore di matematica che stava dicendo un mucchio di sciocchezze (aveva ragione, ma con tutta evidenza non era quello il punto), Angélique perché era perennemente in punizione, e Jasmine perché al professore di tecnologia non piacevano gli arabi. Non era un'ipotesi, ma un dato di fatto. Lui stesso glielo aveva confermato, una volta: «Non mi piacciono gli arabi, ci rubano il lavoro e vivono di sussidi senza fare niente». La contraddizione insita nel discorso non era sfuggita a Jasmine, che tuttavia era rimasta in silenzio. La sera, quando aveva raccontato l'episodio ai genitori, suo padre aveva risposto: «Non resta che dimostrargli che si sbaglia, lavorando più degli altri». Jasmine non capiva perché avrebbe dovuto lavorare il doppio per dimostrare qualcosa a quell'uomo orribile, né perché le veniva da sorridere in automatico quando i suoi compagni di classe le cantavano *Aïcha* di Khaled mentre passava nei corridoi, anche se odiava quella canzone. Dai Bensalah non si indulgeva al vittimismo, e c'era scarsa inclinazione per le rimostranze. Il mantra era: «Nella vita, bisogna saper stare al proprio posto». Lavoravano in silenzio dalla mattina presto fino alla sera tardi, pagavano le tasse, passavano l'aspirapolvere sui battiscopa quando la padrona di casa lo chiedeva, e non si lamentavano. La loro unica ambizione era garantire un futuro dignitoso ai figli. A volte li sognavano, senza crederci troppo, in un ufficio. A fare cosa? Non lo sapevano con precisione, ma un ufficio sarebbe stato sicuramente meglio delle pulizie e dei turni in fabbrica. Per questa ragione, dopo tre anni di disoccupazione, quando un lontano cugino aveva aperto una società di trasporti nel Nord, avevano lasciato la loro casa nella periferia di Marsiglia. Nonostante il sole e i rapporti di solidarietà che avevano instaurato coi loro vicini di lì, l'assenza di futuro sembrava sigillata nel cemento grigio. A Bouville-sur-Mer soffrivano per la solitudine, ma come a Marsiglia c'era il mare e, soprattutto, un posto fisso per Ahmed Bensalah.

Jasmine, consapevole di tutti i sacrifici che i genitori facevano per lei e per suo fratello, non avrebbe voluto per nulla al mondo deluderli. Quindi rimaneva al suo posto. E rimanere al suo posto, con tutta evidenza, significava stare zitta e farsi andare bene le cose. Quel giorno, senza cercare di capire perché ancora una volta veniva punita senza una ragione valida, aveva richiuso il suo quaderno ad anelli ed era andata nell'aula studio. Lì aveva visto Angélique con gli occhi persi nel vuoto, seduta in fondo alla stanza, le braccia incrociate sulla felpa dei Nirvana, in attesa che passasse quell'ennesima ora di punizione della sua adolescenza. In quanto nuova arrivata al liceo di Bouville, Jasmine aveva sentito solo vagamente parlare dell'incidente del deposito delle barche, almeno nella sua versione ufficiale: era lì che Angélique aveva perso la verginità a tredici anni, da puttana qual'era. Éric Leroy aveva dichiarato che era talmente ubriaco da non ricordarsi nulla, se non che lei gli era saltata addosso. Questo aveva chiuso in modo definitivo la questione, riducendo l'evento, per quanto lo riguardava, a un semplice incidente di percorso che nessuno vedeva più alcuna ragione di rivangare. Per Angélique purtroppo le cose non erano state così facili. Da allora sul suo conto correva un certo numero di dicerie e leggende: le venivano attribuiti atti sessuali in luoghi squallidi, locali per la spazzatura di qualche condominio, il cimitero di Bouville dove la si vedeva spesso gironzolare, o i bagni del bowling. Quelle voci vedevano di solito coinvolti i ragazzi stessi che le inventavano, a volte persino un professore o il padre di uno studente poco popolare, addirittura il vecchio René, con cui Angélique era stata vista parlare ogni tanto sulla spiaggia. Jasmine dunque sapeva benissimo chi era e le faceva un po' paura.

Angélique invece non aveva idea di chi fosse Jasmine e le ha lanciato uno sguardo indifferente prima di rimettersi a contemplare le sue unghie smangiucchiate e smaltate di nero. Jasmine ha aperto il libro di matematica e si è messa a fare gli esercizi uno dopo l'altro sul quaderno di brutta, a matita, per poterli poi cancellare senza sprecare carta. Il suo più grande sogno, la sua ambizione segreta e inconfessata, era di partecipare al concorso Kangourou, ma non aveva mai osato iscriversi. Jasmine adorava la matematica, la sua assenza di ambiguità, la sua rassicurante esattezza. A nessuno sarebbe mai venuto in mente di mettere il 2 da un'altra parte, se non tra l'1 e il 3. Le cifre sapevano stare al loro posto. Rispettavano le regole. Era bello così.

Pochi minuti dopo, nella stanza è entrata anche Morgane, con un'aria furibonda e il diario in mano. Sotto lo sguardo incredulo di Jasmine e quello divertito di Angélique, ha passato l'ora successiva a spiegare al bidello esasperato che era vittima di una terribile ingiustizia dovuta all'ego ipertrofico del professore di matematica, il quale non aveva sopportato che lei mettesse in luce la sua comprensione imperfetta del teorema di Pitagora. Morgane aveva un'intelligenza di gran lunga superiore alla media e si era sempre espressa molto bene. Inoltre, mostrava già allora una totale incapacità di accettare qualsiasi forma di ingiustizia. Non esistevano Golia o mulini a vento in grado di farla desistere, se pensava di avere ragione. E, soprattutto, aveva la capacità di infonderti forza e convinzione che non sapevi nemmeno di avere. Per la maggior parte del tempo era piuttosto discreta, ma se si ficcava in testa di dimostrare qualcosa, avrebbe potuto persuadere un astronauta che la Terra era piatta. Anch'io ci sono cascata più di una volta. Di punto in bianco, si metteva in modalità soldato, le sue spalle si raddrizzavano, il suo sguardo grigio iniziava a brillare e un'energia comunicativa si irradiava da tutto il suo corpo, dalle dita dei piedi fino alle punte delle ciocche, così folte che sembravano tagliate con le cesoie, come una sfera di bosso. Quel giorno, sotto gli occhi ammirati di Jasmine, è riuscita a convincere il bidello a lasciar andare tutte e tre. È stato questo che ha subito affascinato Jasmine in Morgane: quel rifiuto totale della rassegnazione o del compromesso. Così, quando le tre ragazze si sono ritrovate nel cortile deserto della scuola, invece di tornare al loro posto, in aula studio o in classe, Jasmine ha preso una grande boccata d'aria e ha chiesto: «Volete andare a bere o fare qualcosa?».

Non aveva mai chiesto a nessuno di andare a «bere o fare qualcosa». Aspettava sempre che fosse qualcun altro a proporlo. Aveva troppa paura di disturbare. E comunque, non aveva soldi da spendere in caffè. Morgane e Angélique l'hanno squadrata, un po' sorprese. I bravi studenti di solito evitavano la loro compagnia. L'impopolarità al liceo si prende come all'asilo si prendono i pidocchi. Basta un contatto con la persona sbagliata per essere contagiati, e poi si fa una fatica boia a sbarazzarsene. Angélique ha guardato Morgane con aria interrogativa e lei ha risposto con un sorriso: «Perché no?».

Sono andate a prendere delle bottiglie di Orangina al ristorante di Angélique per berle al cimitero, di fronte al panorama. Il cielo era di un azzurro perfetto.

«Guardate!» ha esclamato Angélique, indicando col dito le bianche scogliere di Dover. «Oggi si vede l'Inghilterra!»

Jasmine ha annuito, divertita dal suo entusiasmo.

«Gertrude Caroline Ederle ha attraversato la Manica da Cap Gris-Nez nel 1926. Ha battuto il record mondiale maschile dell'epoca» ha proseguito Angélique, pensierosa.

Morgane ha inarcato un sopracciglio.

«Come fai a saperlo?»

Angélique ha alzato le spalle e una nube di tristezza ha oscurato i suoi occhi azzurri.

«Me l'ha detto una persona, tanto tempo fa.»

Quel giorno, Jasmine non ha parlato molto. Ha gustato il succo acidulo dell'Orangina, che aveva accuratamente agitato come raccomandava la pubblicità. Meravigliata, ha ascoltato Morgane e Angélique discutere di tutto e di niente, le ha guardate fare la ruota tra le tombe e scalare le cappelle di famiglia. Prima, Jasmine non sapeva che si potesse fare la ruota nei cimiteri, che si potesse alzare la voce quando si era puniti ingiustamente. Non sapeva che si potesse decidere di essere la prima donna ad attraversare la Manica a nuoto, alzarsi un mattino e tentare di battere un record. Non sapeva che si aveva il diritto di non tacere e di non rimanere al proprio posto. Quando ha cominciato a calare la notte, le tre ragazze si sono salutate, dandosi appuntamento in mensa a pranzo, il giorno dopo. Ci sono incontri che aprono delle porte. Quella sera, tornando a casa, Jasmine ha annunciato ai suoi genitori che si sarebbe iscritta al concorso Kangourou.

OGGI
FANNY

Il funerale si svolse senza sorprese. Fanny tornò in albergo del tutto depressa e andò dritta a letto. Il mattino dopo, ricevette una chiamata da Catherine. La sua capa voleva sapere se il lavoro su Sarah Leroy stava procedendo e reiterò la proposta di mandarle un fotografo o un videomaker per documentare le sue interviste. Fanny declinò l'offerta e promise di inviarle al più presto i primi elementi. Quando Lilou apparve per la colazione, rischiò di cadere dalla sedia. L'adolescente aveva sostituito i suoi vestiti informi con una gonna plissettata blu scuro e una camicetta bianca, sopra la quale aveva indossato la sua giacca di jeans. Si era struccata. Lei, che di solito era pettinata come se avesse appena tirato fuori la testa dal reattore di un aereo, aveva raccolto la folta chioma in una coda di cavallo impeccabile, in cui persino le ciocche rosa facevano «brava ragazza».

«Che ne pensi della mia divisa da lavoro?» chiese.

«Quasi non ti riconoscevo... Da dove li hai tirati fuori quei vestiti?»

«Mamma mi ha insegnato che bisogna sempre portarsi

un abito elegante in valigia, caso mai servisse. Dovrebbe piacerti, questo stile da prima della classe un po' sfigata.»

Fanny alzò le spalle e osservò la figliastra con le sopracciglia aggrottate.

«È strano vederti così.»

«Sì, okay. La direttrice dell'hotel mi presta una bicicletta, vado a fare un giro!»

«Dove?»

«Non lontano, non preoccuparti!»

«Non puoi andare via senza fare colazione, è il pasto più importante della giornata.»

«Non ho fame!»

Senza dare alla matrigna il tempo di protestare, l'adolescente uscì dalla stanza. Fanny si avvicinò alla finestra e la osservò mentre inforcava la bicicletta. L'immagine della ragazza che diventava sempre più piccola sulla pista ciclabile, con lo zaino disseminato di strani portachiavi e la sua coda di cavallo danzante, riportò di colpo alla mente di Fanny l'immagine di Angélique e Sarah che pedalavano insieme, in inverno come in estate, spargendo al vento le loro risate che si mescolavano ai gridi dei gabbiani. Fanny ammirava l'amicizia che univa la sorella minore e Sarah Leroy. La loro madre non era mai stata in grado di offrire la tenerezza e l'attenzione di cui avevano bisogno, ma, a differenza del padre, le andava riconosciuto che non le aveva abbandonate. Quando Fanny se n'era andata per continuare gli studi, lo aveva fatto senza sensi di colpa, convinta che Angélique, con Sarah vicino, non avrebbe sofferto per la sua partenza. Sembravano così inseparabili, così felici insieme. Ridevano in continuazione, per un nonnulla, per battute incomprensibili, per riferimenti che appartenevano solo a loro e che nessun altro capiva. Architettavano progetti complicati, il cui scopo sfuggiva totalmente a Fanny: andare in piscina vestite allo stesso modo, andare a vedere *Titanic* al cinema sei volte, registrare una falsa trasmissione radiofonica interpretando il ruolo di un orso polare, farsi delle fototessere storte nelle cabine automatiche, percorrere tutta la strada da scuola a casa rantolando e strabuzzando gli occhi, con le braccia tese in avanti come gli zombie nel video di *Thriller* di Michael Jackson... Fanny non sapeva nemmeno un quarto di quello che erano capaci di inventare e, naturalmente, si lamentava quando cercava di studiare e le risa dall'altra parte del muro le impedivano di concentrarsi. Diceva loro che erano delle bambine, alzava gli occhi al cielo e minacciava di cacciarle di casa. Tuttavia, si sorprendeva ad amare la gioia rumorosa che accompagnava la presenza di quelle due nel loro appartamento e che era sempre crudelmente mancata nella loro famiglia. Quando Fanny era tornata per le vacanze estive, dopo il primo anno di università, le foto e le fototessere, i biglietti del cinema tenuti come ricordo, il poster di Robbie Williams erano spariti dalle pareti della camera di Angélique. Rimanevano solo i buchi delle puntine e alcuni rettangoli leggermente più scuri, uniche testimonianze ancora visibili di quella che era stata la più bella storia d'amicizia che Fanny avesse mai avuto l'occasione di vedere, e che era ormai finita.

Documento di lavoro
Caso Sarah Leroy – anno 1999

Durante una cerimonia che Morgane ha definito druidica e al suono della canzone di Mylène Farmer che hanno urlato in coro in un giorno di pioggia dall'alto delle scogliere di Bouville-sur-Mer, Jasmine è entrata a far parte delle Disincantate e ha promesso alle sue nuove amiche una solidarietà indefettibile. Per l'occasione, Angélique ha scritto con la Bic la parola «Disincantate» su tre nastri rosa che le ragazze si sono legate al polso in segno di solidarietà. La solidarietà in questione consisteva principalmente nell'aiutarsi coi compiti, nel confermare una bugia occasionale a un genitore preoccupato che chiamava per sapere dove fosse sua figlia e nel condividere segreti, caramelle, spiccioli, cd, trucchi e vestiti.

Un giorno, all'uscita da scuola, mentre Angélique e Morgane slegavano le biciclette per tornare a casa, Jasmine ha chiesto loro se una delle due poteva farla salire sul portapacchi e darle un passaggio fino a casa dei Leroy. Morgane e Angélique si sono bloccate di colpo. Una con il lucchetto in mano, l'altra già in sella, si sono consultate con lo sguardo.

«Perché vuoi andare dai Leroy?» ha chiesto Morgane circospetta.

«A mio fratello hanno rubato la bicicletta, gli ho prestato la mia. Siccome mia madre lavora da loro, vado a fare i compiti lì e poi mi riporta a casa lei in macchina.»

«Solo stasera?» ha chiesto Morgane.

«No, due volte a settimana. Mio fratello avrà una bicicletta nuova per il suo compleanno...» ha spiegato Jasmine, senza capire perché evocare i Leroy provocasse tanto disagio.

«Io lì non ti porto» ha dichiarato Angélique. «Faresti meglio ad andare a studiare in biblioteca.»

E con quelle parole è fuggita sulla sua bicicletta, senza nemmeno salutare. Morgane ha sospirato.

«Forse non è una cattiva idea andare a studiare in biblioteca. Se vuoi, resto con te fino a quando passa l'autobus.»

«No, mia madre mi aspetta» ha insistito Jasmine. «Che problema c'è con i Leroy? Ancora quella vecchia storia con Angélique? Ma cosa è successo esattamente?»

Morgane ha riflettuto aggrottando le sopracciglia, segno che stava pesando le parole.

«Dovresti chiederlo ad Angélique. Se non te ne ha parlato, non tocca a me farlo.»

«Mia madre mi aspetta, se non mi porti, ci vado a piedi.»

Messa alle strette, Morgane ha fatto salire Jasmine sul portapacchi e ha pedalato fino alla grande casa con le persiane azzurre dei Leroy. Ha seguito Jasmine con gli occhi mentre suonava al cancello, che si è aperto automaticamente, e poi risaliva il viale ciottolato fino alla porta d'ingresso. La sua amica l'ha salutata con la mano sorridendo e la porta si è chiusa dietro di lei. Morgane è rimasta davanti al cancello, immobile. Aveva messo in guardia Jasmine, ovviamente, ma lei non sembrava aver preso sul serio i suoi consigli. Forse doveva avvertire la madre di Jasmine? Ma la sua amica si sarebbe risentita, non sopportava di creare problemi ai suoi genitori. Mentre si scervellava, timorosa di aver messo in pericolo l'amica, qualcuno le ha posato una mano sulla spalla. Morgane è sobbalzata e si è girata in modo così brusco che ha rischiato di cadere dalla bicicletta. Benjamin Leroy, il proprietario della mano in questione, ha afferrato il manubrio appena in tempo.

«Morgane? Ti chiami così, vero?»

Benjamin aveva allora quattordici anni. La sua voce era diventata profonda e, anche se non aveva il sorriso irresistibile del fratello maggiore, iniziava ad avere anche lui un certo successo tra le ragazze. Morgane lo ha fissato per alcuni lunghi secondi prima di rispondere secca: «Sì, e allora?».

«Sei amica di Angélique Courtin.»

Era più un'affermazione che una domanda, pronunciata in tono neutro, e Morgane l'ha interpretata come una minaccia.

«E a te che importa?» ha chiesto, sollevando il mento, per mostrare che non era tipo da rinnegare Angélique, nemmeno di fronte al pericolo.

Lo sguardo azzurro di Benjamin si è oscurato davanti a quella inattesa ostilità.

«Sta bene, Angélique?»

«Non vedo in che modo ti riguardi.»

Benjamin ha alzato una mano in segno di pace.

«Okay... È solo che... magari potresti dirle...» Si è interrotto, è sembrato riflettere, poi ha ripreso piano: «Potresti dirle che mi dispiace che... che abbiamo litigato per quella storia?».

Morgane lo ha scrutato con uno sguardo d'acciaio, stupefatta. L'odio le è risalito in gola sotto forma di una nausea violenta. Si è chinata in avanti e ha fissato i suoi occhi minacciosi in quelli di Benjamin.

«Non le dirò niente! Credi davvero che abbia voglia di sentir parlare di te o di qualunque altro membro della tua famiglia? Potete andare tutti al diavolo. E se uno di voi, chiunque, osa avvicinarsi a Jasmine, te lo giuro sulla testa dei miei genitori, lo uccido con le mie stesse mani.»

Dopodiché è saltata in sella e ha pedalato con tutte le sue forze il più lontano possibile da Benjamin Leroy, che è rimasto lì impalato per un minuto buono, sconvolto dalla violenza di quelle parole.

OGGI
LILOU

Lilou si concesse del tempo per ammirare la vista dall'alto della scogliera, con la schiuma che biancheggiava attorno alle rocce nere e la lunga spiaggia deserta da cui emergevano a tratti i resti di cemento di un bunker della Seconda guerra mondiale. Le piaceva sentire gli spruzzi sul viso e il vento che giocava con la sua coda di cavallo. Si chiedeva come fosse stata l'infanzia di Sarah, se andava in spiaggia dopo la scuola per nuotare nell'acqua fredda, se andava in bicicletta o se raccoglieva conchiglie in un secchiello quand'era più piccola.

Controllò la destinazione sullo smartphone e riprese a pedalare. Sapeva che ci avrebbe messo ancora un po'. A differenza di quanto aveva detto a Fanny, non era uscita solo a fare un giro. La sua curiosità per Sarah continuava a crescere; voleva intervistare il signor Follet, l'ex preside e insegnante di francese del liceo Victor Hugo frequentato da Sarah. Ora viveva in una casa di riposo a Wimereux, come indicava il suo profilo Facebook, sorprendentemente aggiornato per una persona della sua età. Ignorando il divieto di Fanny, Lilou gli aveva scritto, convinta che non avrebbe risposto e, contro ogni aspettativa, lui le aveva subito proposto di andare a trovarlo.

Dopo l'incidente stradale che aveva sconvolto la sua vita, Lilou aveva fatto visita a sua madre ogni sera per le sette settimane, quattro giorni e diciassette ore in cui era rimasta in coma. Anche se sua nonna disapprovava. «Non è un posto per una bambina. Lei preferirebbe sapere che tu ti diverti, che passi del tempo con i tuoi amici. Non vorrebbe che la vedessi in questo stato.» Ma nei film le mamme in coma si svegliano, sentono quando i figli parlano loro, aprono gli occhi, riportate in vita dalla voce di coloro che amano. Quindi Lilou correva in ospedale non appena usciva da scuola. Faceva i compiti sul metrò, poi, nella stanza di sua madre, leggeva ad alta voce i libri che lei aveva l'abitudine di accatastare sul comodino: a volte le ci volevano mesi prima di decidersi a cominciarli o metterli via nella libreria del salotto. Quando i libri sul comodino erano finiti, Lilou era andata in libreria. Si aggirava tra gli scaffali, sconfortata: il tempo passava e non sapeva cosa scegliere. Il libraio, un uomo calvo con le sopracciglia folte e gli occhiali rettangolari, le si era avvicinato e le aveva offerto il suo aiuto.

«Non è per me, è per mia madre» aveva detto Lilou.

«Ah, ottima idea regalare dei libri, non c'è dono più bello. Cosa piace alla tua mamma? È per il suo compleanno?»

«Penso che avrebbe bisogno di qualcosa che dica che la vita è bella nonostante i problemi, e anche qualcosa di un po' divertente. Sarebbe meglio, è in ospedale.»

«Oh... mi dispiace.»

Le aveva accarezzato goffamente i capelli e Lilou si era

ritratta di scatto, per liberarsi di quella mano che pesava con tutta la sua compassione sulla sua testa di bambina.

«No, no, va tutto bene, è solo per tenerla occupata finché esce, tra qualche giorno sarà a posto.»

«Okay, d'accordo.»

L'uomo le aveva dato un romanzo: *La vita davanti a sé* di Émile Ajar. Lilou aveva pagato ed era corsa in ospedale. Le era piaciuto così tanto, quel libro, che era tornata in libreria ogni settimana a scegliere un nuovo romanzo per le sue sessioni di lettura ad alta voce. Aveva provato di tutto per far risvegliare sua madre. Quando le infermiere non guardavano, le metteva sulle labbra delle gocce di caramello al burro salato per ricordarle la Bretagna da cui veniva. Teneva a lungo davanti al suo naso immobile rametti di lavanda o cartoncini su cui una commessa della profumeria aveva spruzzato, su sua richiesta, un po' di Chanel n° 5. Le infilava le cuffie nelle orecchie e le faceva ascoltare a tutto volume Mozart, Beethoven, Céline Dion e i Rammstein, le parlava fino a perdere la voce, le sussurrava le filastrocche della sua infanzia, le gridava, nel caso tutto ciò fosse solo un grosso malinteso dovuto a un problema di udito, di non andare assolutamente verso la luce. Una volta, le aveva anche conficcato nel braccio una piccola spilla da balia. Niente. Il personale del reparto la chiamava per nome, le offriva caramelle, le accarezzava la testa, rispondeva alle sue domande con delicatezza. Lilou sentiva solo ciò che voleva sentire, il suo cervello filtrava. Tra la speranza e la realtà, sceglieva sempre la prima. E poi, un giorno, suo padre l'aveva abbracciata con tutte le sue forze. Aveva bisbigliato: «Dobbiamo dirle addio». Lei non aveva capito subito. Il papà glielo aveva dovuto ripetere tre o quattro volte per superare la barriera della negazione. Aveva pianto, urlato, aveva persino detto, mentendo, che sua madre le aveva stretto la mano quel pomeriggio, che stava per svegliarsi! La decisione era già stata presa. Così Lilou si era chiusa in camera con sua madre. Come in un film, aveva infilato una sedia sotto la maniglia della porta. Mentre suo padre, sua nonna e degli sconosciuti che non capivano nulla bussavano supplicandola di aprire, Lilou aveva spazzolato con dolcezza i lunghi capelli biondi da Bella addormentata della mamma, le aveva messo un po' di mascara nero sulle lunghe ciglia. Poi si era sdraiata accanto a lei e l'aveva abbracciata, l'aveva cullata dolcemente, le aveva detto: «Andrà tutto bene, non aver paura».

Anche se non andava affatto bene e non era mai stata così terrorizzata come in quel momento.

Dopo il funerale, era tornata in libreria.

«Non verrò più» aveva annunciato al libraio.

L'uomo aveva annuito con aria triste, le aveva detto che era dispiaciuto, poi le aveva chiesto il permesso di farle un regalo. Lei aveva alzato le spalle, ormai indifferente a tutto, e lui le aveva consegnato un romanzo avvolto in carta kraft.

«So che è il tuo preferito, questo ha sopra la dedica dell'autore, è il mio libro più prezioso. Te lo regalo.»

Più tardi, Lilou aveva aperto il pacchetto: era *La vita davanti a sé*.

Di quel periodo della sua vita aveva conservato una paura viscerale degli ambienti ospedalieri. Ecco perché, arrivata davanti alla casa di cura Le Onde, Lilou ebbe bisogno di qualche istante per trovare il coraggio di varcare la porta a vetri e andare fino alla reception.

«Buongiorno, sono venuta a trovare il signor Follet.»

Qualche minuto dopo, la accompagnarono in una stanza dalle pareti azzurre. Le indicarono un vecchio signore seduto di fronte alla grande vetrata, chino su una scacchiera. Lilou si avvicinò, esaminando il suo futuro interlocutore. Il cranio liscio, simile a un uovo macchiettato, luccicante sotto la luce artificiale dei neon, indicava un'età che Lilou non era in grado di stimare. A quindici anni, non si fanno grandi distinzioni tra i cinquanta e i novantacinque. Se hai più di trent'anni, sei vecchio, punto e basta.

«Buongiorno, signor Follet, sono Lilou Giraud, le ho scritto su Facebook per la mia ricerca sull'istituto Victor Hugo...»

Lilou sfoderava il suo più bel sorriso e dava prova di una cortesia che avrebbe lasciato di stucco Fanny.

«Ah sì, mi fa piacere avere visite. In che classe sei?»

«Prima superiore.»

«Ah, è una classe molto importante...Hai buoni voti?»

«Sono la prima del mio corso» mentì Lilou con sicurezza.

«Bene, molto bene. Allora, cosa vuoi sapere, piccola?»

«Vorrei ricostruire la storia del liceo negli anni Novanta. Se non le spiace, potrei registrarla mentre parla, ho un'applicazione sul mio telefono.»

«Va bene.»

«Posso farle delle domande?»

«Forza!»

«Signor Follet, c'è un evento che mi interessa in particolare di quel decennio: la scomparsa di Sarah Leroy. Si ricorda di lei?»

Lilou credette di avvertire un'impercettibile tensione nel vecchio, che si girò verso la finestra.

«Sarah, sì, povera ragazza.»

«Si ricorda che tipo fosse?»

«L'ho conosciuta in prima media. Una bambina comune, era dislessica. I suoi genitori non hanno mai voluto portarla dal logopedista, non era molto brava a scuola, ma di buona volontà. Erano carine, lei e la sua amica... la piccola Angélique.»

«Intende dire Angélique Courtin?» chiese Lilou. «Erano così amiche?»

Come nella conversazione con il vecchio René, il nome di Sarah aveva subito richiamato alla mente quello di Angélique.

Il signor Follet sorrise con tenerezza, aveva lo sguardo perso in lontananza.

«Inseparabili, sempre a ridere, nessuno sapeva perché. Ho dovuto vietare loro di sedersi vicine durante le ore di francese. Angélique, se avesse voluto... avrebbe potuto fare buoni studi. Mi piacevano molto, tutt'e due. Non sono riuscito ad aiutarle.»

«In che senso?» chiese Lilou con dolcezza.

Era consapevole che il vecchio, perso nei suoi ricordi, ormai non stava più parlando che a se stesso. La sua domanda fu seguita da un lungo silenzio e Lilou temette di aver interrotto l'incantesimo e il flusso delle sue confidenze.

«Hanno litigato» mormorò. «Se fossi riuscito a parlarci, a farle riconciliare, forse nulla di tutto questo sarebbe accaduto.»

«Vuole dire che, se Angélique e Sarah non avessero litigato, Sarah non sarebbe morta? Ma non capisco, che legame c'è tra Angélique e la scomparsa di Sarah?»

Gli occhi del signor Follet si riempirono di tristezza e, per un breve istante, Lilou, seduta con lo zaino sulle ginocchia, ebbe paura che si mettesse a piangere.

«E quella storia delle lezioni private, non l'hanno mai usata la stanza che avevo messo a loro disposizione, non ho mai capito perché quelle ragazze avessero mentito...»

«Chi erano "quelle ragazze"?»

«Le Disincantate...»

«Non capisco, chi erano le Disincantate? Cosa c'entra con Sarah?»

«Angélique, Morgane e Jasmine. Un gruppo di amiche, in apparenza inoffensivo; si facevano chiamare così, nessuno sapeva bene perché. E poi, Sarah e Angélique, dopo la lite, si odiavano così tanto... Mi sono sempre chiesto se non sarebbero state capaci di...»

Si interruppe, di colpo agitato, e iniziò a tirare nervosamente i bottoni del suo gilet a trecce.

«Capaci di cosa? E cosa intende con "quella storia delle lezioni private"?»

Il signor Follet scosse la testa.

«È acqua passata. Quello che è fatto è fatto.»

Fece un cenno a un giovane uomo in camice, che si avvicinò subito.

«Sono stanco, può aiutarmi a risalire in camera, per favore?»

«Nessun problema, la accompagno.»

Lilou prese il telefono, interruppe la registrazione e osservò il vecchio insegnante dirigersi verso l'ascensore con l'infermiere. Per due volte, le sue domande su Sarah avevano portato ad Angélique e alle Disincantate. Che cos'era quel gruppo di ragazze? Una setta? E se Angélique e Sarah erano state così vicine, perché Fanny non intervistava sua sorella per l'articolo?

Si rimise lo zaino sulle spalle e inserì l'indirizzo dell'istituto Victor Hugo nel navigatore del cellulare. Al suo arrivo, chiese alla reception se poteva consultare gli archivi delle foto di classe per un progetto scolastico. La segretaria, una signora affabile e piuttosto loquace, le disse che avevano appena digitalizzato tutto. Con pochi clic da un computer della biblioteca, Lilou avrebbe potuto vedere tutte le foto di classe dal 1967 in poi.

Selezionò gli anni che le interessavano, dal 1996 al 2001; le foto erano state digitalizzate insieme alla pagina su cui venivano scritti i nomi degli studenti nell'ordine in cui apparivano. Sulle pagine della prima, della seconda e della terza media, trovò Angélique e Sarah. Non erano sedute vicine: Sarah, più alta, era sempre nell'ultima fila. Lilou, tuttavia, non poté trattenere un sorriso. In tutte le foto, Sarah e Angélique indossavano la stessa maglietta a righe blu e rosse. Era un particolare insignificante, e se fosse stato così soltanto in una delle immagini, Lilou avrebbe anche potuto non notarlo. Ma facendo scorrere tutti gli anni uno dopo l'altro, risultava evidente: Angélique e Sarah si divertivano a vestirsi allo stesso modo il giorno della foto di classe. Era un dettaglio, ma un dettaglio che confermava la loro complicità. Dalla prima superiore in poi, non era più così. Angélique aveva un'aria triste, indossava enormi felpe scure e informi, mentre Sarah, sempre nell'ultima fila, sembrava più femminile, più curata. Lilou individuò anche le due ragazze di cui aveva parlato il signor Follet: Morgane Richard e Jasmine Bensalah. Prese nota dei loro nomi.

Fotografò gli scatti col cellulare, poi tornò in albergo.

Fanny non stava affatto lavorando al dossier: leggeva un romanzo nel salotto, accanto al camino. Lilou osservò la sua matrigna, colta da un dubbio. Era davvero per prendere le distanze dal giornalismo scandalistico o c'era qualche ragione personale dietro al suo rifiuto categorico di immergersi in quella storia? In ogni caso, l'atteggiamento di Fanny non faceva altro che alimentare ancora di più la curiosità della figliastra.

«Non ho fame, puoi cenare senza di me» disse Lilou. «Posso prendere in prestito il caricabatterie del tuo iPhone? Il mio cavo non funziona.»

«Sì» rispose Fanny tendendole la chiave. «Poi riportamelo, per favore.»

Nella camera di Fanny, Lilou scollegò il caricatore attaccato vicino al letto e lo sguardo le cadde su una cartellina blu posata sulla piccola scrivania di legno. Le due lettere «S. L.» erano scritte in nero sulla copertina e la ragazza non poté fare a meno di dare un'occhiata. La sua matrigna non aveva perso tempo: aveva già scritto sei articoli sul caso Sarah Leroy. Scorrendoli, Lilou constatò che tutti gli elementi della vicenda erano trattati con grande chiarezza. Si prese il tempo di leggerli tutti. Quando ebbe finito, richiuse la cartellina, pensierosa. La sua matrigna non poteva aver prodotto qualcosa di tanto preciso e dettagliato in così poco tempo, facendo le ricerche necessarie. Fanny conosceva il caso Sarah Leroy nei minimi dettagli, era evidente. Ed era chiaro che non voleva che se ne parlasse, non voleva che venisse messa in discussione la versione della polizia. Perché? Perché aveva minimizzato l'amicizia tra Angélique e Sarah? Perché aveva reagito così male quando Lilou aveva tirato fuori l'argomento davanti a sua sorella?

Lilou tornò nella sua stanza e accese il computer. Era troppo curiosa, sarebbe venuta a capo di quella storia. Digitò «Sarah Leroy – Angélique Courtin» su Google. Non le ci volle molto prima di imbattersi in un elemento rilevante, che tuttavia non compariva in nessuno degli articoli di Fanny.

Angélique Courtin, 16 anni, è stata interrogata dalla polizia due giorni fa nell'ambito del caso Sarah Leroy. La loro inimicizia era nota e durante una lite, avvenuta alcuni mesi prima dei fatti, Angélique Courtin aveva picchiato e minacciato Sarah Leroy nel cortile dell'istituto Victor Hugo, di fronte a una decina di testimoni. Un testimone oculare ha inoltre affermato di aver visto Sarah e Angélique litigare sulla spiaggia il giorno prima della scomparsa.

Lilou copiò il passaggio e lo incollò in un documento Word. Qualche articolo dopo, lesse:

Angélique Courtin, la liceale sospettata per il caso Sarah Leroy, è stata rilasciata subito dopo il suo interrogatorio. Il giorno della scomparsa di Sarah Leroy, si trovava a Boulogne-sur-Mer con sua sorella, Fanny Courtin, e un'amica di quest'ultima. Entrambe hanno confermato il suo alibi.

Lilou copiò anche questo estratto e si appoggiò allo schienale della poltrona. Ripensò all'improvviso pallore di Fanny quando la sua capa aveva menzionato il caso Sarah Leroy, alla sua evidente volontà di non occuparsene. Fanny, in un modo o nell'altro, sembrava coinvolta. Lilou non sapeva come, ma la sua matrigna aveva mentito più volte e nell'articolo aveva taciuto il proprio coinvolgimento nella liberazione di Angélique. Lilou rabbrividì. Digitò «assassino Sarah Leroy» e fece scorrere le foto del giovane dal sorriso affascinante che era apparso sullo schermo. Era bello, aveva un'aria simpatica e non aveva mai smesso di proclamare la sua innocenza. Era stato condannato principalmente perché la giacca di camoscio chiaro di Sarah era stata trovata, macchiata di sangue, nel suo borsone da sport. Fanny avrebbe mentito alla polizia per proteggere Angélique, che sembrava nutrire per Sarah Leroy un'inquietante avversione? Era possibile che Éric Leroy, il quale si era beccato vent'anni di prigione per l'omicidio della sua sorellastra, fosse stato condannato ingiustamente?

Documento di lavoro
Caso Sarah Leroy – anno 1999

Jasmine ha preso l'abitudine di andare dai Leroy due volte a settimana. A parte sua madre, che faceva le pulizie, la casa con le persiane azzurre era vuota per la maggior parte del tempo. Éric Chevalier frequentava una *classe préparatoire* a Lille e tornava a casa ogni tanto durante il fine settimana. Iris passava le giornate nel suo salone di bellezza e Bernard Leroy era sempre chiuso in municipio o impegnato a lisciare il pelo a qualche prefetto potenzialmente utile per la sua carriera. Sarah tornava tardi dalla piscina e Benjamin non aveva mai pronunciato più di un «ciao» quasi impercettibile quando la incontrava, cosa che sembrava comunque evitare. Se per caso Jasmine incrociava un altro membro della famiglia, era come se lei fosse invisibile.

Si metteva nella grande cucina con i pensili gialli. Sua madre le raccomandava di non toccare nulla e di essere il più discreta possibile: Iris Leroy era stata abbastanza generosa da accettare che sua figlia trascorresse un'ora al giorno da loro per fare i compiti, ma non doveva assolutamente sembrare che i Bensalah stessero approfittando della situazione. A Jasmine piaceva quella casa. A volte, quando sentiva l'aspirapolvere in salotto, saliva in punta di piedi al piano di sopra e socchiudeva le porte delle camere da letto, affascinata dalla moquette soffice, dai mobili di design, dal marmo dei due bagni. In particolare, le piaceva contemplare l'armadio di Iris. Assomigliava a quello di Carrie Bradshaw in *Sex and the City*. Jasmine passava le mani sui vestiti stirati con cura da sua madre, chiudeva gli occhi e inspirava il profumo di lavanda fresca e di tessuto nuovo. Immaginava di infilare un abito o un paio di scarpe col tacco, si stendeva sul viso un po' della costosissima crema antirughe che troneggiava accanto allo specchio nel bagno adiacente. Si chiedeva cosa bisognasse fare per avere la fortuna di essere Iris e possedere tutto ciò che lei possedeva.

Un giorno, mentre accarezzava una sciarpa di cachemire così morbida che avrebbe voluto poggiarci la guancia, non ha sentito la porta della stanza aprirsi. Un colpo di tosse ha interrotto le sue fantasticherie. Jasmine è sobbalzata e si è girata, in preda al panico. Sarah Leroy era lì davanti a lei, lo zaino Eastpak ancora sulle spalle, e la osservava con un misto di divertimento e curiosità. Jasmine è arrossita e ha rimesso in fretta la sciarpa sullo scaffale.

«Sto aiutando mia madre» ha balbettato. «Mi ha chiesto di mettere a posto questa sciarpa.»

Con un sorriso malizioso, Sarah si è avvicinata alle camicie di seta appese per colore e le ha sfiorate con le dita.

«Hai voglia di provare qualcosa?» ha domandato con aria complice.

Jasmine ha scosso energicamente la testa. Sarah ha fatto scivolare lo zaino per terra. Ha preso un cappotto di pelliccia, se l'è infilato e si è guardata allo specchio.

«Mi sta bene?»

«Sì» ha sussurrato Jasmine, lanciando sguardi preoccupati verso la porta. «È molto carino.»

Sarah è scoppiata a ridere.

«Bugiarda. Secondo Iris ho le spalle troppo quadrate, sembro un camionista travestito da orso.»

Jasmine, scioccata, ha esclamato senza riflettere: «Ma è terribile dire una cosa così!». Poi si è messa la mano sulla bocca, inorridita dalle parole che aveva appena pronunciato.

Dopo un breve silenzio, Sarah ha detto: «È Iris... Nessuno se ne accorge, ma è completamente suonata. Specchio, specchio delle mie brame, chi è la più bella del reame?» ha continuato, facendole il verso e mettendosi in posa davanti allo specchio con la sua pelliccia.

Poi, di colpo, ha afferrato il polso di Jasmine.

«Cos'è questo?» ha chiesto indicando il nastro rosa che la ragazza indossava. «Disincantate» ha letto ad alta voce. «Che cosa vuol dire?»

«Niente, è solo un braccialetto.»

«Ce l'avete uguale tutte e tre» ha osservato Sarah.

Il lampo di rabbia che le è passato negli occhi non è sfuggito a Jasmine.

«È solo un gioco, non vuol dire niente di particolare. Mi stai facendo male...»

Sarah le ha lasciato andare il braccio. Era impallidita, teneva le mascelle serrate. Ha lasciato cadere la pelliccia a terra ed è uscita dalla stanza senza dire una parola. Jasmine ha raccolto velocemente il cappotto e lo ha appeso con cura sulla gruccia. È tornata in cucina e si è immersa negli esercizi di matematica, con le mani un po' tremanti. Sua madre, intenta a spolverare nel soggiorno, non si era accorta di nulla.

Nei giorni seguenti, Jasmine ha vissuto nell'angoscia di essere denunciata da Sarah e di vedere sua madre licenziata dai Leroy. Non è riuscita a chiudere occhio per diverse notti di fila, ma non è accaduto niente. La settimana successiva, Morgane ha lasciato come al solito l'amica davanti alla casa con le persiane azzurre e la vita ha ripreso il suo corso. Jasmine si è sistemata in cucina e ha fatto i compiti in silenzio. Da quel giorno, non ha più osato uscirne, neanche per andare in bagno. Ogni tanto, tuttavia, Sarah veniva a parlarle, a volte si sedeva accanto a lei per fare i compiti e le faceva delle domande. Qualche tempo dopo, il fratello di Jasmine ha ricevuto in regalo una bicicletta nuova per il suo compleanno, e lei non è più tornata dai Leroy.

OGGI

FANNY

Il ristorante dell'albergo era vuoto, solo Lilou e Fanny facevano colazione una di fronte all'altra, in silenzio. Fanny stava leggendo «Le Monde» sul cellulare e Lilou la osservava di nascosto.

«Perché mi guardi così?» chiese Fanny senza nemmeno alzare gli occhi.

«Perché è tanto problematico per te scrivere sul caso di Sarah Leroy?»

Fanny posò il telefono e sospirò.

«Quando sono stata assunta a "Mesdames Magazine" è stato per fare vero giornalismo, scrivere su argomenti di società, non su squallidi fatti di cronaca solo per far fruttare gli spazi pubblicitari.»

«Può darsi, ma c'è dell'altro... Angélique è stata la migliore amica di Sarah Leroy per anni, è stata sospettata durante l'indagine, ma non l'hai mai citata nei tuoi articoli. Fai come se fossero state solo delle compagne di classe, ma in realtà erano molto più vicine di quello che lasci intendere.»

«Hai rovistato tra le mie cose?»

«Gli articoli erano sul tavolo, non è roba confidenziale, presto saranno pubblicati su Internet...»

Fanny sostenne lo sguardo di Lilou e mandò giù un sorso di caffè, come se il contatto con la tazza potesse impedire alle sue dita di tremare.

«C'era molta gente in città che apprezzava Éric Chevalier. Era il figlio del sindaco.»

«Figliastro» corresse in automatico Lilou.

«Okay... Quando è stato arrestato, alcune persone ne hanno accusate altre ingiustamente, perché non volevano credere alla sua colpevolezza. Angélique aveva sedici anni; dopo essere stata interrogata dalla polizia, le hanno sputato addosso per la strada ed è stata insultata da alcuni pazzi convinti che fosse colpevole. Non ho voglia di risvegliare la malvagità di simili cretini, tutto qui.»

«Perché hanno litigato, Angélique e Sarah?»

Fanny alzò le spalle.

«Penso che fossero innamorate dello stesso ragazzo.»

«Chi?»

«Benjamin Chevalier, l'altro fratellastro di Sarah.»

«Non è un po' strano che Sarah si fosse innamorata del suo fratellastro?»

«Tecnicamente non avevano nessun legame di sangue...»

«Mmm... Come fai a sapere che erano tutte e due innamorate di lui?»

Fanny sospirò, combattuta tra il desiderio di condividere con qualcuno quei ricordi dolorosi e quello di dimenticarli del tutto. Ma conosceva abbastanza Lilou per sapere che non l'avrebbe lasciata in pace finché non avesse ottenuto delle risposte.

«Dovevano essere in seconda media, anzi no, in terza, io

ero già andata via, era l'anno dopo la mia maturità. Tornavo a casa per il weekend ogni tanto e, togliendo le lenzuola di Angélique per metterle nel cesto della biancheria sporca, ho...»

«Perché eri tu a cambiare le lenzuola a tua sorella quando tornavi per il weekend?»

«Mia madre... nostra madre non era molto presente... Ad ogni modo, sotto il materasso ho trovato una serie di fototessere di Angélique e Benjamin, guancia a guancia. Sul retro aveva scritto la data e qualcosa tipo "il giorno più bello della mia vita" seguito da un cuore. L'ho presa un po' in giro, niente di che. Devo averle detto: "Non sapevo che avessi un fidanzato"... Lei è scoppiata a piangere e mi ha spiegato che non avrebbero mai potuto stare insieme, perché Sarah era innamorata di Benjamin e lei non avrebbe mai fatto del male a Sarah, e che quella fototessera era già un tradimento...»

«E?»

«Io le ho detto che era stupido, se erano innamorati avrebbero dovuto stare insieme. Se tanto a Benjamin Sarah non piaceva, che cosa cambiava?»

Lilou si ficcò un pezzo di croissant in bocca.

«Diciamo che non sei proprio la solidarietà fatta persona, FC.»

«Ho avuto ragione, perché alla fine l'amicizia tra Angélique e Sarah è andata in fumo, qualche settimana dopo.»

«Perché lei lo ha fatto? È uscita con Benjamin?»

«Non lo so... Ma quando sono tornata la volta successiva, Angélique non voleva più sentir parlare di Sarah, la odiava... Credo che sia successo qualcosa durante quella strana serata...»

«Quale serata?»

Fanny aggrottò le sopracciglia.

«Éric Chevalier aveva organizzato una grande festa per il suo compleanno, tutto il liceo era invitato e Angélique era super eccitata all'idea di andarci con Sarah. Mi aveva telefonato per chiedermi un consiglio su cosa mettersi, voleva che le prestassi una maglietta, insomma, sai com'è... a quell'età, una festa è l'evento del secolo.»

«E?»

«Angélique mi ha chiamata alle cinque del mattino, aveva bevuto troppo, non capivo niente, piangeva. Io ero nella settimana degli esami, mi aveva svegliata in piena notte e...»

«E hai fatto come tuo solito, l'hai mandata a quel paese.»

Fanny si morse le labbra, un'ombra di tristezza le attraversò lo sguardo.

«Le ho detto di richiamare quando le fosse passata la sbornia, che era assurdo bere alla sua età e che non capivo niente di quello che mi stava dicendo.»

Fanny avrebbe preferito non ricordare quella telefonata con tanta precisione. Il cervello a volte registra a nostra insaputa un evento cruciale nei minimi dettagli. Avrebbe dovuto seguire il suo istinto: anche mezza addormentata, aveva sentito che era successo qualcosa di grave. Ma sul momento era arrabbiata per essere stata svegliata nel cuore della notte, alla vigilia di un esame importante, e per il fatto di sentirsi in colpa perché la sua sorellina si ubriacava in terza media e la loro madre, come al solito, non si occupava di lei. Fanny era stufa di gestire tutto, le pulizie di casa, Angélique, le tasse e le bollette che Marie-Claire lasciava accumulare sopra al microonde. Non aveva insistito, non era stata dolce e comprensiva. Non era mica sua madre, in fondo. E aveva riagganciato.

«Ho richiamato il pomeriggio dopo, lei non ha risposto, e mia madre nemmeno, era alta stagione, lavorava tutto il tempo. Non riuscendo a contattarle, alla fine ho telefonato a casa di Sarah. Mi ha risposto la sua matrigna, Iris Leroy, che mi ha detto che non sapeva dove fosse Angélique, che lei e Sarah non erano più amiche e che non voleva più sentir parlare di mia sorella. È stata gelida, era strano.»

«È normale, le matrigne fanno quell'effetto» sogghignò Lilou.

«E le figliastre? Pensi che sia sempre divertente? Comunque, non è questo il punto. Tutto questo non c'entra niente con la scomparsa di Sarah, è successo diversi anni prima... Ma quando Sarah è sparita, sono venute a galla vecchie storie, e dato che Angélique e Sarah si erano picchiate poco prima nel cortile della scuola, alcune persone hanno cominciato a pensare che Angélique avesse ucciso Sarah per gelosia. Mia sorella aveva una brutta reputazione a quei tempi...»

«E tu?»

«E io cosa?»

«Tu pensi che avrebbe potuto fare del male a Sarah?»

Fanny sobbalzò.

«No!»

«Hai esitato» osservò Lilou stringendo leggermente le palpebre.

«No, certo che no» ripeté Fanny con tutta la convinzione che poteva trovare in sé.

Maledisse Lilou, che aveva appena fatto ad alta voce la domanda che Fanny evitava di porsi da vent'anni. La verità era che l'Angélique post lite con Sarah, quella che saltava la scuola e che si era fatta mettere incinta da un ragazzo con cui usciva da meno di due mesi, Fanny non la conosceva.

«Ma eri davvero con tua sorella il giorno della scomparsa?»

«Certo! Siamo andate a Boulogne a fare shopping, lei è stata tutta la giornata con me e una mia amica che ha pure testimoniato. Cosa pensi? Che avrei mentito alla polizia?»

Lilou rifletté per qualche secondo.

«No, hai ragione, non ti ci vedo a mentire alla polizia.»

Fanny si versò dell'altro caffè e, lei che non faceva mai colazione, afferrò un croissant dal cestino e vi affondò i denti con foga per far tacere l'angoscia che le stringeva il petto. Il giorno della scomparsa di Sarah, un giorno di settembre, poco prima del rientro a scuola, Fanny si era alzata e aveva trovato Angélique in cucina. Aveva brontolato perché c'era della sabbia nell'ingresso e la sorella aveva dimenticato di togliersi le scarpe da ginnastica. Angélique, lo sguardo fisso, le mani tremanti, non aveva nemmeno reagito. Sembrava così turbata che Fanny, preoccupata all'idea di lasciarla sola, le aveva proposto di andare con lei a Boulogne. Aveva a malapena visto Angélique durante l'estate. Sempre in giro con Morgane e Jasmine, sua sorella non le parlava più e Fanny ci teneva a passare un po' di tempo con lei prima di tornare a Parigi per l'inizio dell'anno accademico. Angélique aveva accettato. Aveva trascorso la giornata come uno zombie, con lo sguardo perso nel vuoto, trasalendo al minimo rumore. E, quando Fanny era stata convocata in commissariato per verificare se Angélique si trovasse effettivamente con lei, aveva confermato la versione della sorella. Sì, erano partite subito dopo colazione; no, non aveva notato nulla di strano. Aveva intenzionalmente omesso di menzionare il fatto che Angélique non era tornata a casa quella notte, aveva taciuto sulle scarpe da ginnastica piene di sabbia, sul fondo dei pantaloni inzuppato di acqua salata e sul comportamento strano di sua sorella nel corso della giornata. E soprattutto si era astenuta dal precisare alla polizia che, il giorno della scomparsa di Sarah, Angélique era tornata dalla spiaggia tenendo in mano la giacca di camoscio della sua ex migliore amica, la famosa giacca macchiata di sangue che era stata rinvenuta qualche tempo dopo nel borsone di Éric Chevalier.

Documento di lavoro
Caso Sarah Leroy – anno 2000

All'inizio del nuovo anno scolastico, Jasmine, Morgane e Sarah si sono trovate tutte e tre nella stessa classe, in seconda A. Angélique e Benjamin sono finiti insieme in seconda B. Il primo giorno, Angélique è andata dal professor Follet, che non era più il suo coordinatore ma era l'unico di cui si fidava, e ha chiesto di cambiare sezione. Lui ha discusso la proposta con la dirigenza, che l'ha respinta. Iris Leroy aveva espressamente richiesto che Angélique e Sarah non fossero più nella stessa classe.

Poco dopo l'inizio delle lezioni, Sarah è svenuta durante l'ora di educazione fisica. Il professore l'ha mandata in infermeria e da lì l'hanno rispedita a casa. Sarah è tornata a scuola solo una settimana dopo. Era pallida e per un po' è sembrata stanca, persino depressa. Nemmeno Julie Durocher sapeva dire se le fosse successo qualcosa. Dopo alcune settimane, Sarah è tornata la stessa di sempre. Ha passato un fine settimana a Parigi con i suoi fratelli per assistere a un concerto di Pink, e continuava a essere la leader del suo gruppetto di amiche, al quale si erano aggiunti alcuni ragazzi. Il venerdì sera c'erano spesso delle feste nella veranda dei Leroy. Si giocava a «obbligo o verità» oppure a «bottiglia», si fumavano sigarette e ogni tanto una canna, ascoltando Difool su Skyrock o gli ultimi gruppi alla moda. A volte, Benjamin tirava fuori la chitarra e accennava una canzone dei Nirvana o dei Radiohead. Allora tutti si zittivano. Con la vecchia giacca da aviatore che non si toglieva mai e i suoi occhi chiari, aveva un fascino malinconico che spezzava più di un cuore, benché le ragazze non sembrassero interessarlo davvero. È uscito con una compagna di classe di Sarah, Magali, per alcune settimane. Lei aveva disegnato un cuore con la scolorina sul suo astuccio. Li si vedeva camminare per i corridoi mano nella mano e baciarsi a lungo davanti al cancello della scuola. Avevano l'età in cui limonare strusciandosi per due ore di fila costituiva un'attività vera e propria. Lui ha interrotto la relazione senza un motivo apparente e senza nemmeno aver cercato di portarsela a letto. Magali, offesa, ha dichiarato a chiunque la stesse a sentire che era gay e depresso. Sarah ha preso le difese del fratellastro e Magali, con il cuore spezzato, si è trovata esclusa dal gruppo. Benjamin sembrava affogare un dolore segreto nella sua musica. Girava con gli studenti più popolari della scuola, ma in realtà si confidava poco e rimaneva un tipo solitario. Io credo che Benjamin, soprattutto, non si fosse ancora ripreso dal fatto di aver perso Angélique. Passavano tutto il tempo insieme e, da un giorno all'altro, non avevano più potuto parlarsi. Il primo amore non si dimentica facilmente.

Sarah ora aveva uno scooter rosso. Si pavoneggiava, col casco sotto il braccio e una giacca di camoscio chiaro che tutte le ragazze le invidiavano. Continuava a passare molto tempo in piscina, e si profumava all'uscita per coprire l'odore del cloro. Gli effluvi di Anaïs Anaïs, la fragranza di Cacharel di moda all'epoca, annunciavano il suo arrivo da un capo all'altro del corridoio. Alcuni professori, infastiditi, glielo avevano fatto notare, preoccupati che finisse per asfissiare i suoi compagni.

Anche se non erano più nella stessa classe, Angélique era comunque sempre vicina a Jasmine e Morgane. Si aspettavano per pranzare insieme in mensa e all'uscita, quando i loro orari lo permettevano. Si vedevano nei fine settimana, si telefonavano regolarmente e portavano sempre i loro braccialetti rosa delle Disincantate. Tuttavia, lontana dalle sue amiche per gran parte della giornata, Angélique ha iniziato a frequentare cattive compagnie. In ottobre, ha cominciato a uscire con un ragazzo che ripeteva la quarta superiore. Si chiamava Christophe, e spacciava hashish. Si è detto che Angélique stava con lui solo per fumare gratis. Di tutte le voci che sono circolate su di lei, questa è probabilmente l'unica che contenesse un fondo di verità.

Due eventi quasi simultanei hanno fatto notizia a scuola nel primo trimestre. Uno è stato il ritorno di Éric Chevalier a Bouville. Dopo un primo anno brillante in *classe préparatoire*, aveva di colpo deciso di interrompere gli studi a soli sei mesi dai concorsi per i quali si era tanto preparato. È tornato a casa dei genitori con il pretesto di «riflettere sul suo futuro». Tutti sono rimasti molto sorpresi da quella decisione. Il secondo evento è stato il diffondersi di una voce secondo cui Sarah Leroy era stata sorpresa mentre baciava una ragazza nei bagni in disuso in fondo al cortile, in cui il problema dell'amianto non era ancora stato risolto. Ad aver messo in giro quella voce era stato proprio Christophe, il ragazzo di Angélique, che usava quel posto per spacciare in tutta tranquillità. Ha raccontato la scena con dovizia di dettagli, il che, data la sua totale mancanza di immaginazione, rendeva l'episodio particolarmente credibile. Non aveva riconosciuto l'altra ragazza, che era scappata via non appena lo aveva sentito. Un duro colpo per la reputazione di Sarah.

Mentre si cominciava a mormorare nei corridoi, Sarah ha negato il fatto con decisione. Ha raccontato che Angélique aveva chiesto al suo ragazzo di diffondere quella ridicola voce per gelosia. Tutti sapevano che Angélique non era altro che una tossica mitomane, come Christophe. Da quel momento, Sarah ha cominciato a tormentare Angélique. A mano a mano che i giorni passavano, le aggressioni si moltiplicavano. Agli insulti sono seguiti gli sputi, poi Angélique ha trovato il suo astuccio che galleggiava nei bagni della scuola, infine le hanno rubato tutti i vestiti mentre si cambiava negli spogliatoi dopo l'ora di ginnastica, costringendola a uscire in mutande per chiedere a qualcuno di prestarle una tuta. Le amiche di Sarah la aspettavano con una macchina fotografica usa e getta. Quelle immagini, stampate e fotocopiate, sono state affisse nei corridoi. La dirigenza, che considerava comunque Angélique un caso disperato, era indulgente nei confronti di Sarah, i cui genitori erano persone influenti.

All'inizio, Angélique ha reagito con totale indifferenza alle ripetute aggressioni della sua ex migliore amica. Il giorno dopo l'episodio delle foto, tuttavia, ha attraversato il cortile durante la ricreazione, si è piazzata di fronte a Sarah e le ha mollato un sonoro ceffone. Un silenzio di tomba è calato dopo quel gesto violento. Poi Sarah si è avventata su Angélique e si sono accapigliate come due lavandaie finché Julie Durocher non le ha separate. Tutti hanno sentito Angélique, con la mano davanti al naso sanguinante, pronunciare con voce glaciale: «La prossima volta che mi dai fastidio, sei morta».

Quelle parole in seguito sono state riportate agli inquirenti durante l'indagine; i testimoni avevano chiaramente interpretato la frase, e il tono con cui era stata pronunciata, come una vera minaccia di morte.

Dopo quell'alterco, Sarah ha lasciato Angélique in pace, sembrava essersi ripiegata in se stessa. I suoi voti sono peggiorati, tranne in inglese, l'unica materia che pareva in qualche modo interessarla, e non ci sono state più feste a casa dei Leroy. L'ossessione di Sarah per il nuoto è diventata quasi una malattia. Si è allontanata dalle sue amiche. Alla polizia, Julie Durocher ha raccontato che, dopo la rissa con Angélique, Sarah la evitava, era cambiata. Julie si era persino chiesta se non avesse paura di qualcosa. L'amica sembrava stranamente distaccata da tutto, aveva lo sguardo perso nel vuoto, non era più disponibile né si entusiasmava per nulla.

Poco più di nove mesi dopo, Sarah Leroy è sparita.

OGGI
LILOU

Lilou saltò la colazione e inforcò la bicicletta dopo aver inviato un messaggio alla matrigna: «Vado a fare un giro». Tutto sommato, andare in bici era piuttosto piacevole. Sudava sulle salite e respirava durante le discese, col vento salato sulla faccia, il mare a perdita d'occhio e un senso di libertà e solitudine che faceva svanire tutti i suoi problemi a scuola, gli sguardi pieni di disapprovazione di Fanny e l'assenza del fratellino, che le mancava molto. Il caso la portò davanti al cancello arrugginito e sprangato che proteggeva il piccolo cimitero dove la madre di Angélique e Fanny era stata sepolta. In basso si ergeva, austera, la chiesa di pietra grigia dove si era tenuta la messa. Lilou appoggiò la bicicletta al cancello e lo scalò per saltare a piedi uniti sull'erba mal tenuta. Era un'habitué dei cimiteri. Andava a trovare sua madre almeno una volta al mese, cambiava i fiori e puliva la pietra liscia e levigata della sua tomba. L'unica cosa peggiore di morire era essere dimenticati. Non aveva paura di quei luoghi di pace e riposo, per i vivi come per i morti. E quello, abbarbicato sulla scogliera, le era sembrato un posto particolarmente adatto per un'ultima dimora. Sulla tomba di Marie-Claire Courtin, i mazzi di fiori erano ancora freschi. Una macchia rosso vivo attirò l'attenzione di Lilou su una sepoltura discreta, un po' più lontana; una di quelle lapidi che l'oblio aveva ricoperto di muschio e guano di gabbiani, e che davano a quelle dei morti più recenti, tenute con cura, un'aria sfrontata, quasi di cattivo gusto. Si avvicinò. Era una rosa rossa, posata sulla pietra sporca e nuda, ad aver catturato il suo sguardo. Se c'erano state delle targhe commemorative su quella tomba, erano state portate via dalle tempeste o dagli anni. Lilou raschiò via il muschio e fece apparire il nome inciso nella pietra: «Claudette Leroy, 1961-1992». Raccolse la rosa, la rigirò piano tra le dita. Al funerale della madre, Angélique aveva portato un grande mazzo di rose rosse che erano state lanciate sulla bara dai parenti della defunta. Qualcuno ne aveva conservata una e l'aveva posata sulla tomba abbandonata della madre di Sarah. Chi? Angélique? Fanny? Qualcun altro?

Se un giorno lei non fosse stata più lì per farlo, Lilou avrebbe voluto che qualcuno si prendesse cura della tomba di sua madre. Così si accovacciò e iniziò a pulire l'ultima dimora di Claudette Leroy. Grattò via il muschio con le unghie, tolse le erbacce come meglio poteva e rimise con cura la rosa dove l'aveva trovata. Quindi tirò fuori il quaderno e una matita e disegnò la tomba e il fiore, il volo dei gabbiani e la schiuma delle onde che si infrangevano lontano. Sarah era venuta in quel cimitero da bambina, aveva seppellito la madre come Lilou aveva seppellito la sua, praticamente alla stessa età. Lilou aveva la sensazione di essere legata a Sarah dallo stesso dolore, era convinta che, se si fossero incontrate, si sarebbero capite. Sarah Leroy doveva essere cresciuta come lei, con un vuoto nel cuore, un dolore fantasma che diventava più forte nei giorni tristi e la domenica sera. Poi qualcuno le aveva fatto del male. Qualcuno l'aveva fatta sparire e non le aveva lasciato nemmeno la possibilità di essere sepolta al suo posto, lì, accanto alla sua mamma, di fronte al mare.

Per Lilou, aver separato la madre e la figlia per l'eternità era quasi altrettanto grave che aver ucciso Sarah. Esitò, poi aggiunse sul suo disegno, sotto il nome della madre, quello della figlia, «Sarah Leroy, 1985-2001», in modo che almeno nel suo universo immaginario le due fossero finalmente riunite. Mise via il quaderno. Se non avesse scoperto cos'era successo davvero a Sarah, chi lo avrebbe fatto?

Decisa a continuare le sue ricerche, risalì in sella alla bicicletta e si diresse verso il centro di Bouville. Quando suonò al campanello dell'appartamento di Angélique, sopra il ristorante, non ottenne risposta. Forse la donna usciva ogni mattina per portare a passeggio Obi-Wan. Lilou si sedette sul muretto che costeggiava la barriera frangiflutti di cemento e restò in attesa, inviando foto delle onde a Kim. A un certo punto, un abbaiare gioioso le fece alzare la testa. Obi-Wan correva verso di lei con entusiasmo. Lilou sorrise e ripose il telefono per accogliere il cane, che le leccò affettuosamente la faccia.

«Ciao» disse Angélique, avvicinandosi. «Cosa ci fai qui?»

«Ero in giro, ho pensato di passare a salutarti.»

«Okay, sali.»

Lilou seguì Angélique, che, come la volta precedente, tirò fuori la chiave dal vaso di fiori per aprire la porta.

«Ti va una cioccolata calda? Mi sembri infreddolita.»

«Sì, grazie.»

Qualche minuto dopo, Lilou era seduta sul divano del salotto, con la testa di Obi-Wan sulle ginocchia e una tazza fumante in mano.

«Stai mettendo in ordine?» domandò, indicando la scala che portava in solaio. Non aveva notato la botola sul soffitto la prima volta che era stata lì.

«Sì... Visto che Fanny è qui, sarebbe bene che recuperasse le sue cose, mia madre conservava tutto, non le piaceva buttare via niente. Abbiamo un mucchio di roba vecchia che occupa un sacco di spazio e io vorrei affittare l'appartamento. Ma insomma, di questo parleremo quando io e Fanny andremo dal notaio oggi pomeriggio.»

«Ah, non lo sapevo. A che ora avete appuntamento?»

«Alle quattro, a Boulogne.»

Lilou fece un rapido calcolo. Almeno venti minuti di strada andata e ritorno, forse un'ora di appuntamento: voleva dire quasi due ore di tranquillità. Stava cercando un modo astuto per portare la conversazione sull'argomento che le interessava, quando Angélique la anticipò: «A che punto è, Fanny, coi suoi articoli su Sarah Leroy?».

Angélique aveva posto la domanda con nonchalance, come se parlasse del tempo. Semplice curiosità o paura di ciò che la sorella avrebbe potuto rivelare? Lilou colse la palla al balzo.

«Fa delle ricerche» rispose l'adolescente con un tono enigmatico. «È pazzesca quella storia, non trovi? Come avete preso la notizia a scuola, all'epoca?»

Angélique bevve un sorso di caffè e fece spallucce.

«È scomparsa qualche giorno prima dell'inizio delle lezioni. In un primo momento ci hanno solo chiesto di contattare il preside nel caso avessimo delle informazioni su Sarah, poi vari alunni sono stati interrogati dalla polizia.»

Lilou spalancò gli occhi con aria innocente.

«È per quello che hanno interrogato anche te? Perché eravate molto amiche?»

Angélique ebbe un moto di sorpresa.

«È stata Fanny a dirtelo? No, ero stata sua amica in passato, ma non lo ero più da tempo. Però alcuni alunni hanno raccontato che ci eravamo accapigliate nel cortile, diversi mesi prima della sua scomparsa, e i poliziotti hanno voluto saperne di più.»

Angélique aggrottò le sopracciglia, come se stesse tentando di raccogliere i ricordi.

«A dire il vero, non me lo ricordo nemmeno più... Cose da ragazzine, di sicuro. Ma perché mi fai queste domande? Fanny parla di me nel suo articolo?»

Lilou ignorò la domanda.

«Ti immagini se FC trova la verità? Dopo tutti questi anni, non si guadagnerebbe solo una promozione, sarebbe una vera e propria consacrazione!»

Angélique si accigliò.

«Quale verità? C'è stato un processo. La verità la sanno tutti.»

Lilou assunse un'aria innocente.

«Io non ne so niente, ma Fanny sembra convinta che la verità vera non la conosca nessuno. Tu cosa ne pensi?»

Lilou non riusciva a interpretare l'espressione impenetrabile di Angélique. Era preoccupata o indifferente?

L'adolescente decise di tentare il tutto per tutto. Bevve tre sorsate di cioccolata, poi disse: «In ogni caso, sta esplorando nuove piste, ho visto dei nomi sul suo quaderno: Jasmine Bensalah e Morgane Richard, ti dicono qualcosa?».

A Lilou sembrò che Angélique fosse impallidita. Buttò giù d'un fiato quel che restava del suo caffè e rispose: «Bene, non è che voglio metterti alla porta, ma adesso ho del lavoro da fare!».

Lilou la ringraziò per la cioccolata e risalì in bicicletta. Lanciando uno sguardo verso l'appartamento sopra il ristorante, le parve di scorgere la sagoma di Angélique che la osservava dalla finestra della cucina.

Documento di lavoro
Caso Sarah Leroy – anno 2000

Ciò che è successo dopo l'episodio della rissa, nessuno lo ha mai saputo. Se chiedi a quelli che erano a scuola in quel periodo con Sarah Leroy, Angélique, Jasmine e Morgane, ti diranno che non hanno mai più visto Sarah parlare con Angélique. All'epoca si ricordavano della lite, certo, e del fatto che era stata Angélique a provocarla. Questo è anche il motivo per cui è stata la principale sospettata fino all'apparizione provvidenziale, nel borsone di Éric Chevalier, della giacca di camoscio chiaro di Sarah. Quando la giacca è stata ritrovata, tutta la Francia faceva ipotesi su cosa fosse accaduto alla ragazza. La polizia era sommersa di false testimonianze. C'erano quelli che pensavano che Sarah fosse stata uccisa dalle sue amiche per una storia di ragazzi finita male, quelli che accusavano il padre, la matrigna, un insegnante con cui avrebbe avuto una relazione (l'infermiera della scuola aveva riferito che Sarah era rimasta incinta all'inizio dell'anno, anche se nessuno aveva notizia che fosse mai stata fidanzata), quelli convinti che Sarah fosse ancora viva, i quali chiamavano giurando di averla incontrata, a Nizza, a Bruges, quelli sicuri che fosse stata rapita da una setta, che fosse entrata in convento o vi fosse stata rinchiusa dai genitori con la forza, che fosse un'extraterrestre tornata a vivere sul suo pianeta... C'è stato persino uno che ha chiamato la polizia e ha giurato su tutti i santi di averla vista all'aeroporto di Londra, poco prima degli attentati alle Torri Gemelle, e che tra l'altro si domandava se quei due eventi non fossero collegati: era stata verificata la possibile connessione tra Sarah Leroy e al-Qaida?

Insomma, una gran confusione.

La verità, eccola qui: la sera stessa dell'episodio della rissa, Angélique è andata a suonare alla porta dei Leroy. Era furiosa, voleva dare un taglio alla situazione. Da mesi non reagiva agli insulti e alle aggressioni di Sarah, ma era stanca di sopportare. Avrebbero messo in chiaro le cose, una volta per tutte.

Sarah le ha aperto. Prima che potessero scambiare una sola parola, Éric, che aveva sentito il campanello, è apparso dietro di lei. Da quando aveva abbandonato la *classe préparatoire*, stava a casa senza far niente. I suoi vecchi amici già lavoravano o continuavano gli studi. Lui si annoiava.

«Che cavolo ci fai qui?» ha chiesto.

Angélique non ha risposto, fissava Sarah. All'apparizione di Éric nel suo campo visivo, la sua ex amica era sobbalzata e un lampo d'angoscia, subito dissimulato, le aveva attraversato gli occhi. Quel terrore gelido, quell'impercettibile ritrarsi del corpo di fronte al pericolo, Angélique lo ha riconosciuto all'istante. Lo conosceva benissimo. Lo provava ogni volta che, girando l'angolo di un corridoio a scuola, vedeva comparire la sagoma di Éric Chevalier e, con lui, il ricordo di quel che le aveva fatto nel deposito delle barche.

«Allora, che cosa vuoi?» ha ripetuto Éric, irritato dal suo silenzio.

Angélique è sembrata svegliarsi, l'ha fissato e, presa dal panico, ha detto la prima cosa che le è venuta in mente: «Cercavo Benjamin».

Sarah non ha reagito, aveva lo sguardo vuoto, come se la semplice presenza di Éric l'avesse anestetizzata, come se avesse dimenticato chi era Angélique. Éric sembrava vagamente sollevato.

«Non è in casa» ha mormorato. «Tu non sei la benvenuta qui.»

E ha richiuso la porta.

OGGI
LILOU

Lilou era ormai convinta che Angélique sapesse più di quanto voleva ammettere sulla scomparsa di Sarah Leroy. Passò il pomeriggio a leggere articoli di giornale sull'argomento. L'infermiera della scuola aveva rivelato che, appena dopo l'inizio della seconda superiore, Sarah aveva abortito. Éric Chevalier era stato interrogato quando uno dei suoi amici aveva intravisto la giacca della ragazza macchiata di sangue sul fondo del suo borsone e l'aveva portata alla polizia. Éric aveva giurato di non avere idea di come fosse finita tra i suoi effetti personali, poi aveva raccontato che Sarah gli aveva parlato più volte di suicidio, circostanza che veniva invece vigorosamente smentita da Julie Durocher, la migliore amica della vittima. Dei vicini avevano dichiarato di aver sentito Sarah litigare con Éric in giardino la sera prima della sua scomparsa. Da principio, il ragazzo aveva negato, poi aveva affermato di non ricordare il motivo del loro diverbio. La notte prima della scomparsa di Sarah, nessuno aveva potuto confermare che lui si trovasse a casa. Il giorno dopo, aveva preso in prestito un catamarano dal club nautico prima dell'apertura. Certo, non era un comportamento insolito: il club nautico apparteneva a Bernard Leroy, ed Éric aveva la chiave. Aveva sostenuto che c'era un sole meraviglioso, quel giorno, e che era l'unica ragione di quell'uscita mattutina. Nondimeno, sarebbe stata anche l'occasione ideale per sbarazzarsi di un corpo in mare aperto. Quando il caso era balzato agli onori della cronaca a livello nazionale, un anonimo aveva segnalato alla polizia che una studentessa della *classe préparatoire* di Éric era stata a un passo dal denunciarlo, dopo una festa che era degenerata. La questione sarebbe stata risolta tra i genitori, la scuola e la dirigenza, e messa a tacere a condizione che Éric lasciasse l'istituto. La giacca, la lite, l'accumularsi di bugie e contraddizioni, il fatto che fosse stato l'ultimo a vedere Sarah viva e la mancanza di un alibi erano stati fatali per Éric. Era stato condannato a vent'anni di prigione.

Lilou sospirò. Se Éric non aveva ucciso Sarah, perché tutte quelle bugie? Cosa aveva da nascondere? Dopo la visita al cimitero, si sentiva quasi in dovere nei confronti di Sarah di far emergere la verità: era convinta che quella vera non fosse mai stata rivelata.

Doveva vederci chiaro. Appena la macchina di Fanny lasciò il piccolo parcheggio dell'albergo in direzione di Boulogne, Lilou riprese la bicicletta. Corse fino a casa di Angélique e suonò. Come si aspettava, nessuno rispose, anche Angélique era in viaggio verso lo studio del notaio. Infilò la mano nel vaso di fiori, tirò fuori la chiave nascosta, aprì la porta e salì la scala che portava all'ingresso.

«Angélique?» chiamò.

In risposta, fu Obi-Wan ad accoglierla, facendole le feste.

«Ciao, bello» sussurrò Lilou accarezzandogli le orecchie. «Contento di rivedermi?»

La botola che portava in soffitta era ancora aperta, così salì di sopra. Obi-Wan abbaiò con rammarico in fondo alla scala su cui non poteva salire, lei gli mandò un bacio con la punta delle dita.

«Ti faccio una super coccola quando scendo» promise.

Si ritrovò in una piccola soffitta ingombra di scatoloni, vecchi mobili e valigie polverose che dovevano essere inutilizzate da anni. Dietro ad alcuni scatoloni pieni di carte e documenti amministrativi, ne trovò un paio che dovevano contenere i ricordi d'infanzia di Fanny e Angélique. Qualcuno aveva scritto col pennarello «Scuola Angélique + Fanny» e «Oggetti vari ragazze». Lilou aprì il primo. Foto di classe, pagelle, qualche compito, qualche verifica, quaderni di appunti e diari... Sfogliò con curiosità le pagelle su carta carbone. Fanny non mentiva quando le diceva che era una brava studentessa: aveva sempre ricevuto buoni voti e commenti lusinghieri dai suoi insegnanti. Sebbene le venisse rimproverato di chiacchierare troppo con Sarah, anche le pagelle di Angélique erano piene di elogi: «immaginazione straordinaria, ma troppo distratta», «grandi capacità, ma impegno discontinuo», «bambina molto vivace», «potenziale inespresso». Una frase attirò l'attenzione di Lilou: «Angélique è una studentessa brillante, ma si annoia in classe, possibilità di saltare un anno?». Era l'insegnante di francese, il professor Follet, ad aver annotato quelle parole sulla pagella di Angélique alla fine della prima media. Dalla prima superiore in poi, improvvisamente, il tono diventava meno indulgente e i voti crollavano: «studentessa distratta, insolente, litigiosa», «troppe assenze», «bisogna recuperare!!!», «possibilità di ripetere l'anno».

In un altro contenitore, Lilou trovò una scatola da scarpe piena di foto. Dovevano essercene un centinaio, erano di epoche diverse, alcune avevano ancora un po' di nastro adesivo o di colla sul retro, segno che erano state appese al muro.

Lilou osservò a lungo un'immagine in cui si vedevano Angélique, Morgane e Jasmine, sorridenti davanti al mare. Sembravano molto unite, felici. Lilou girò la foto e lesse: «Disincantate... 2001». L'estate della scomparsa di Sarah.

La scatola conteneva anche un foglio piegato in quattro. Lilou lo aprì.

Giuramento delle Disincantate: promettiamo di restare amiche nella vita e nella morte, nella buona e nella cattiva sorte, saremo solidali, qualunque sia la situazione, e ci sosterremo sempre. Siamo le Disincantate.

Il testo era firmato da Morgane, Angélique e Jasmine.

Lilou pensava di aver esaminato tutto il contenuto della scatola da scarpe, quando si accorse che c'era ancora uno scatto, girato al contrario sul fondo, nascosto sotto la carta velina che proteggeva gli altri. Lo voltò e le ci volle qualche secondo per riconoscere Sarah. Era quasi buio. Lei era in piedi sulla spiaggia, il viso risoluto, concentrata su qualcosa in lontananza che non si vedeva. Non sembrava consapevole di essere fotografata. Doveva avere circa quindici anni, ma sembrava diversa dalla ragazza dolce e dal sorriso un po' spento che Lilou aveva visto nelle foto di classe. Aveva i capelli tagliati a caschetto, molto più corti rispetto alle immagini diffuse dalla stampa, ed erano castano scuro. Aveva una macchia nera sul sopracciglio sinistro, come una crosta. Le gambe e le braccia erano segnate da lunghe tracce bianche di crema solare spalmata male. Con le spalle dritte, il mento alzato, aveva l'aspetto forte e determinato di qualcuno che si prepara ad affrontare un avversario. C'era però una scintilla nei suoi occhi, che contrastava con quell'atteggiamento spavaldo e che fece rabbrividire Lilou. Sarah aveva paura. Lilou ne era certa. Sul retro della foto erano scritti in blu alcuni numeri misteriosi: «13-28».

Lilou avrebbe continuato volentieri a rovistare, ma il tempo stringeva. Non voleva correre il rischio di essere scoperta da Angélique. Esitò, poi prese la scatola da scarpe. Rimise con cura tutti i cartoni come li aveva trovati. Fece a Obi-Wan la carezza che gli aveva promesso, riempì d'acqua la sua ciotola vuota e ripartì verso l'albergo, con la scatola da scarpe piena di foto rubate sul portapacchi.

Documento di lavoro
Caso Sarah Leroy – anno 2000

Il giorno dopo la rissa e la visita a casa dei Leroy, Angélique ha passato la lezione di matematica a guardare fuori dalla finestra, immersa nei suoi pensieri. Durante la ricreazione, Morgane e Jasmine parlavano di un concerto a Lille a cui pensavano di andare, ma Angélique sembrava assente. Poco prima che suonasse la campanella che annunciava la fine dell'intervallo, Benjamin si è avvicinato al gruppo.

«Ciao» ha detto, rivolto ad Angélique.

Le tre ragazze lo hanno guardato sorprese. Benjamin indossava come al solito un paio di jeans slavati, la sua giacca da aviatore e le cuffie del walkman intorno al collo. Era di moda portare i capelli spettinati, sollevati con gel o cera, e lui non faceva eccezione. Grazie a Dio, quella moda non è sopravvissuta al passaggio al XXI secolo.

«Mi cercavi?» ha chiesto il ragazzo.

Morgane e Jasmine si sono girate verso Angélique, in attesa di una spiegazione. Lei si è morsa il labbro, d'un tratto imbarazzata.

«Mi hanno detto che sei passata a casa a cercarmi» ha continuato Benjamin, di colpo meno sicuro di sé di fronte al silenzio che si era creato.

«Chi te lo ha detto?» ha chiesto Angélique. «Éric o Sarah?»

«Sarah. Perché sei venuta?»

«Ho sentito una canzone alla radio, non riesco a ritrovarla. Volevo solo sapere se conoscevi il gruppo che la canta.»

Dopo qualche istante di stupore di fronte a quella richiesta, piuttosto sorprendente, Benjamin ha domandato: «Che canzone era?».

Angélique ha canticchiato: «Perché siamo giovani e scemi, perché sono vecchi e pazzi, perché c'è chi crepa sotto i ponti, ma a questo mondo non importa...».

«Saez, *Jeune et con*» ha detto Benjamin, laconico.

«Okay, grazie.»

Angélique ha preso lo zaino Eastpak che aveva posato per terra e, un attimo prima di andarsene, si è voltata verso il ragazzo.

«Ah, senti, potresti dare una cosa a Sarah da parte mia?»

Benjamin ha aggrottato leggermente le sopracciglia.

«Dipende... che cos'è?»

Angélique ha tirato fuori il diario e ha strappato una pagina a caso, il che la dice lunga sull'importanza che attribuiva ai suoi compiti. Ci ha scarabocchiato sopra qualcosa con una penna multicolore mordicchiata. Benjamin ha letto il messaggio, perplesso.

«Che cosa significa? Perché, se dovete di nuovo insultarvi o prendervi a schiaffi, preferirei che trovassi un altro messaggero.»

«Lei capirà» ha detto Angélique, richiudendo l'astuccio. «E

dallo solo a lei, non ne parlare con nessuno, e soprattutto non con quello stronzo di tuo fratello.»

Su queste parole, ha girato i tacchi seguita da Morgane e Jasmine, lasciando Benjamin con il messaggio in mano.

«Puoi spiegarci che sta succedendo?» ha chiesto Morgane. «Sei andata a casa loro dopo che ti eri azzuffata con Sarah? Cerchi guai o cosa?»

«Non posso parlarne per ora» si è limitata a rispondere Angélique. «È complicato.»

OGGI
FANNY

Fanny e Angélique uscirono dall'ufficio del notaio un po' stordite, come se gli ultimi passaggi amministrativi avessero sancito in modo definitivo la morte della madre. Fanny osservava sua sorella nella luce del tardo pomeriggio. I capelli di Angélique erano stati raccolti in fretta e furia in una coda di cavallo morbida, da cui spuntavano alcune ciocche più chiare, ricordo di un colore che aveva fatto due anni prima e mai più ripreso. Indossava un paio di jeans consumati e un pile blu economico di Decathlon; quanto al parka militare che le faceva da cappotto, Fanny sapeva che era appartenuto al padre trent'anni prima. Niente trucco, nessuna alterazione dei suoi tratti armoniosi, delle sue labbra dalle proporzioni perfette, così ben definite, raramente sorridenti e sempre screpolate in inverno.

Da giovane, Fanny ricordava di aver provato invidia per la bellezza di Angélique e i complimenti che lastricavano la strada della sorella minore, come un tappeto di luce. Oggi, a essere onesta con se stessa, non invidiava tanto la bellezza della sorella, quanto piuttosto la sua evidente indifferenza verso le questioni riguardanti il fisico. Fanny era la sorella maggiore dall'aspetto comune, seria e rotondetta, Angélique era la sorellina solare davanti a cui tutti andavano in estasi. Una volta, Fanny aveva sentito sua madre dire che la fata madrina che si era chinata sulla loro culla aveva dato la bellezza a una, l'intelligenza all'altra. Un'affermazione che l'aveva ferita doppiamente, non solo perché era cattiva, ma soprattutto perché era falsa. Oltre a essere la più bella, Angélique aveva anche un'incredibile facilità a scuola, se la cavava molto bene facendo il minimo indispensabile, almeno fino alla fine della terza media. Se la madre le avesse prestato anche solo un minimo di attenzione, Angélique avrebbe potuto continuare gli studi. Ma nessuno si era più preoccupato di lei, dopo che la sorella maggiore se n'era andata. Fanny era stata presa dal panico quando Angélique, in quarta, era rimasta incinta. Era tornata a casa, aveva cercato di convincerla a non tenere il bambino, a proseguire comunque i suoi studi, di colpo consapevole che qualcosa aveva compromesso il potenziale della sua sorellina. Ma Angélique non aveva voluto sentire ragioni. Fanny era convinta che la sorella vedesse in quella gravidanza una scusa ufficiale per smettere di frequentare le lezioni, che già saltava quasi del tutto. Avevano litigato. Fanny non era andata a vedere Mia in ospedale, aveva smesso di rispondere alla sorella e col passare degli anni il legame si era spezzato.

«Andiamo a bere un caffè?» propose Angélique. «Vorrei parlarti di una cosa.»

Fanny annuì. Si sentiva sollevata. Sua madre, contro ogni aspettativa, aveva trovato il tempo di fare un testamento. Non c'era scritto molto, se non che le figlie potevano vendere il ristorante per pagare i debiti che aveva lasciato loro. Non si aspettava che lo mandassero avanti. Le due sorelle si sedettero al tavolino di un bar. Fanny ordinò un tè e Angélique un caffè lungo.

«Vorrei riscattare la tua quota del ristorante» spiegò Angélique, «ma in questo momento non ho i soldi. Ho fatto dei calcoli, potrei versarti una rendita, saresti in qualche modo azionista del locale per il tempo che mi ci vuole a rimborsarti.»

Posò davanti a Fanny un quadro riassuntivo su dieci anni dei profitti che sperava di ottenere e delle somme che prevedeva di poter versare alla sorella. Fanny analizzò il documento.

«Cos'è questa riga?»

«Pensavo di affittare l'appartamento in estate, tra giugno e settembre, sarebbe un'entrata aggiuntiva.»

«E tu dove vivrai?»

«Affitterò un monolocale.»

«E cosa ti fa pensare che Le Comptoir du Fort diventerà redditizio? Mamma ha lavorato come una matta per tutta la vita, e hai visto i debiti che ci ha lasciato...»

«Cambierò alcune cose, pensavo di fare dei lavori, modernizzare, creare un sito Internet, magari fare piatti da asporto e, perché no, invitare un gruppo a suonare il sabato sera d'estate o affittare il locale per i matrimoni... Permetterebbe di aumentare i prezzi. Ho letto i commenti che la gente lascia online, dicono che il cibo è ottimo, il costo molto conveniente, ma l'ambiente un po' datato.»

Fanny osservava la sorella mentre le esponeva i suoi piani. Aveva le sopracciglia aggrottate, sembrava seria, coinvolta, ma non particolarmente entusiasta.

«Penso che sarebbe meglio vendere» dichiarò Fanny.

«Vendere tutto, il ristorante, l'appartamento, saldare i debiti, e la faccenda sarebbe risolta.»

La mascella di Angélique si irrigidì.

«Ascolta, non ho mai lasciato questo posto, il ristorante è la mia vita, il mio lavoro, la mia quotidianità... Se vuoi i soldi subito, posso provare a ottenere un prestito, o aumentare i versamenti. Se non prendo un monolocale, d'estate posso dormire nella sala sul retro e...»

Angélique esaminava i suoi calcoli alla ricerca di una soluzione. Fanny scosse la testa.

«Lascia stare, Angélique, non ho bisogno dei soldi e la decisione è tua, ma credo che faresti meglio a sbarazzartene.»

«Non mi ci vedo a fare altro. E ti restituirò i soldi, te lo prometto, ho solo bisogno di un po' di tempo.»

Fanny fece un gesto indifferente con la mano.

«Sei stata tu a prenderti cura di mamma, a starle vicino, ad aiutarla con Le Comptoir du Fort per tutti questi anni, è solo...»

Fanny si interruppe e Angélique alzò le sopracciglia.

«È solo cosa?»

«Perché rimani qui? Mia se n'è andata, tu hai trentasei anni, potresti ricominciare una nuova vita. Con quei soldi saresti libera, potresti viaggiare, andare dove vuoi, non so... È un tale peso, questo ristorante, lo è sempre stato, ha rovinato la nostra infanzia.»

«Dove vuoi che vada? Non ho mai preso un aereo in vita mia... So che per te sono solo brutti ricordi. Ma Mia è cresciuta qui, questa è casa mia.»

«Quand'eri piccola avevi un sacco di sogni, così lontani dalla vita che fai ora... Capisco che tu sia rimasta qui per

Mia, ma ora cosa ti trattiene? Mi ricordo che parlavi di andare all'estero, stavi persino imparando l'inglese con Sarah per trasferirvi a New York, un giorno...»

Nel sentire il nome di Sarah, il viso di Angélique si indurì.

«Perché tiri in ballo Sarah?» chiese con voce secca. «Perché sei tornata a rivangare quella storia?»

«Non sto rivangando nulla, dicevo solo...»

«Devi smetterla con questa faccenda degli articoli su Sarah, non porterà nulla di buono, per nessuno!»

«Ma di cosa parli?»

«La tua indagine su Morgane, Jasmine e me! Credi che non ne sia al corrente?»

Il tono aggressivo di Angélique irritò Fanny.

«Ma che cosa stai dicendo?»

«Lilou è passata a trovarmi stamattina, mi ha detto su cosa stai lavorando. A che serve? Sarah è morta, e non tornerà, okay?»

Fanny fissò la sorella con stupore.

«Ma io non sto indagando su di voi, non so da dove Lilou abbia tirato fuori questa cosa, è falso!»

«Quei nomi non se li è certo inventati! Potresti almeno avere la decenza di assumerti le tue responsabilità!»

«Responsabilità di cosa, esattamente?»

«Del modo in cui metti la tua ambizione prima di tutto, ancora una volta, calpestando chiunque incontri sulla tua strada! Del modo in cui sei pronta a fare qualsiasi cosa per quella stupida promozione senza pensare nemmeno per un attimo alle conseguenze delle tue azioni!»

Fanny tirò fuori dieci euro dalla borsa e li lanciò sul tavolo.

«Sei proprio la persona giusta per parlare di responsabilità» mormorò con voce gelida, «tu che non ti sei mai assunta la responsabilità di nulla. Ti manderò il mio dossier su Sarah Leroy, l'ho finito stamattina. Non preoccuparti, vedrai che non c'è nulla su di te né sulle tue amiche. Cosa credi? Che io abbia mentito vent'anni fa per metterti nei guai adesso, mentre un innocente ha passato più della metà della sua vita in prigione a causa vostra?»

Il viso di Angélique si decompose, ma Fanny non ci fece caso. Continuò coi denti serrati mentre si infilava il cappotto: «E tutto questo perché tu facessi cosa della tua vita? Perché smettessi di andare a scuola, con le potenzialità che avevi? Perché rimanessi incinta come l'ultima delle cretine e finissi proprio dove ci eravamo giurate di non finire mai: al posto di nostra madre, a lavorare come una schiava per due soldi in un luogo che detesti, a chiederti ogni mese se riuscirai a pagare la bolletta della luce? Prendilo, il tuo ristorante, tu che sei la peggior padrona di casa che ci sia, che hai sempre odiato cucinare, che non sai parlare del più e del meno con la gente e che odi ogni forma di vincolo. Rinchiuditi ancora di più in un passato che non potrai mai cambiare. Alla fine, sei imprigionata nella tua vita tanto quanto lo saresti stata se io non avessi mentito per te alla polizia. E se mi ritrovassi nella stessa situazione, puoi credermi, non correrei di nuovo il rischio!».

E, senza aspettare una risposta, Fanny uscì come una furia dal bar.

Documento di lavoro
Caso Sarah Leroy – anno 2000

Tornando a casa il giorno dopo la visita dai Leroy, Angélique ha trovato una busta di carta kraft indirizzata a lei nella cassetta delle lettere. L'ha aperta e all'interno ha trovato un'audiocassetta TDK. Non c'era nessun messaggio, ma l'etichetta incollata alla cassetta diceva: «Saez, *Jeune et con* + altre cose che dovrebbero piacerti». Angélique ha contemplato il regalo con stupore per alcuni secondi, poi ha represso la gioia proibita che le cresceva nello stomaco. Ma non è riuscita a resistere. Ha inserito la cassetta nel lettore portatile e, con gli occhi chiusi, ha ascoltato di fila tutti i centoventi minuti di musica che Benjamin aveva registrato, solo per lei. Sul lato A, c'erano Saez, Oasis, Nirvana, U2, Mickey 3D, Aerosmith, Offspring, Kyo, Mylène Farmer, Fool's Garden, Noir Désir... Sul lato B, che iniziava con *Wannabe* delle Spice Girls, la selezione era più eclettica: Aqua, Francis Cabrel, Jean-Jacques Goldman, Bonnie Tyler, Robbie Williams... Tutte le canzoni che un tempo piacevano ad Angélique e che Benjamin definiva «spazzatura» durante le loro accese discussioni. Canzoni che non ascoltava più da tanto, perché mentivano, parlavano d'amore, di un mondo che esiste solo nei sogni delle bambine e nei romanzi rosa. Angélique è rimasta stoica, con gli occhi fissi sul soffitto, vietandosi qualsiasi interpretazione, resistendo alla tentazione di leggere qualsivoglia messaggio nei «ti sto aspettando» di Axelle Red, nei «ti ho amato, ti amo e ti amerò» di Cabrel e nei *Nothing Compares 2 U* di Sinéad O'Connor. E poi, a un certo punto, la voce di Whitney Houston ha invaso senza preavviso le cuffie con *I Will Always Love You* e, di colpo, le guance di Angélique erano inzuppate di lacrime, inzuppate dal desiderio di riavvolgere il nastro sfilacciato dei suoi ricordi d'infanzia, di riarrotolarlo girando con delicatezza la punta di una matita nella ruota dentata, di cancellare i brutti ricordi con canzoni dolci, di ripararlo incollando pezzetti di scotch sui punti strappati. Anche se gracchiava un po', il passato sarebbe sempre stato più bello del presente. Piangeva per la certezza che il meglio era ormai alle sue spalle e che non ne aveva nemmeno approfittato, piangeva per i momenti così dolci insieme a Benjamin, che pensava eterni e che Éric aveva distrutto per sempre in pochi minuti nell'oscurità gelida del deposito delle barche.

OGGI
ANGÉLIQUE

Senza rendersene conto, Angélique aveva strappato con le dita nervose la bustina di zucchero che le avevano portato col caffè. Doveva rientrare, si era scordata di mettere l'acqua nella ciotola di Obi-Wan prima di uscire. Guidò in uno stato di semincoscienza fino a casa. Cosa sapeva esattamente Fanny da tutti quegli anni? Perché non aveva mai parlato?

Parcheggiò, recuperò la chiave dal vaso di fiori e salì le scale. Obi-Wan le saltò addosso gioioso.

«Sì, ora usciamo, bello» lo rassicurò, grattandogli la testa.

Mentre stringeva il cane a sé, si sentì subito confortata. Fece per riempirgli la ciotola d'acqua, ma si accorse che era già piena. Si immobilizzò, aggrottò le sopracciglia e richiuse lentamente il rubinetto della cucina. Era certa che la ciotola fosse vuota appena prima che lei andasse a Boulogne.

«È venuto qualcuno a trovarci, Obi-Wan?»

Il cane le rispose abbaiando festoso. Angélique non lo aveva mai considerato un cane da guardia, ma faticava a credere che avrebbe permesso a uno sconosciuto di entrare in casa senza opporre alcuna resistenza. Fece un giro per l'appartamento: niente sembrava essere stato rubato o spostato. Lo sguardo le cadde sulla scala che portava al solaio e, presa da un brutto presentimento, salì fino alla botola aperta. Nulla da segnalare. Stava per scendere, rassicurata, quando la sua attenzione fu attratta da un tubetto di plastica rosa che era scivolato tra due scatole. Si chinò, raccolse l'oggetto e osservò per alcuni istanti il lucidalabbra alla ciliegia. Lo sguardo di Angélique si indurì. Lei, che era stata un'adolescente capace di mentire col suo più bel sorriso, meravigliandosi di vedere gli adulti cedere sempre di fronte ai suoi grandi occhi innocenti senza mai sospettarvi la minima doppiezza, come poteva essersi fatta fregare dal finto candore di Lilou?

OGGI
LILOU

Lilou aveva sparpagliato le fotografie davanti a sé e le studiava con attenzione, cercando di dare un senso a tutte le informazioni che aveva raccolto. Al centro di quel disordine, aveva inserito la foto di Sarah sulla spiaggia. Era certa che quella foto fosse la chiave, soprattutto perché non aveva senso che fosse lì. Sarah non era amica di Morgane, Angélique e Jasmine, non faceva parte delle Disincantate. Inoltre, quella era l'unica immagine in cui aveva i capelli corti e castano scuro. Su tutte le foto di classe, in tutti gli scatti trovati su Internet, Sarah Leroy aveva i capelli lunghi e chiari. Quel dettaglio, così come la ferita sulla fronte della ragazza, doveva avere un significato. Sullo sfondo, sopra la spiaggia di sassi neri su cui si trovava Sarah, Lilou distinse un faro sfocato: il balcone e la cupola erano neri e quest'ultima era sovrastata da una sorta di elica. Digitò «fari Côte d'Opale» nel motore di ricerca e fece scorrere le immagini. Individuò rapidamente quello della foto: si trattava della torre di controllo del Centro regionale operativo di sorveglianza e salvataggio in mare di Cap Gris-Nez. La torre dominava una spiaggia di ciottoli neri.

Digitò «13-28», il misterioso numero scritto sul retro dello scatto. L'anno in cui Filippo VI di Valois era salito al trono, il numero di un articolo del Codice civile sulla proprietà, un codice postale nei Paesi Bassi, il numero di un volo Air France... Nulla che sembrasse avere alcun rapporto con Sarah Leroy.

Contrariata, l'adolescente si infilò la foto in tasca e si rimise in sella. Pioveva, ma pedalò fino a Cap Gris-Nez e arrivò madida di sudore in cima alla scogliera su cui si ergeva la famosa torre di controllo. Il parcheggio, che d'estate ospitava le auto dei turisti venuti ad ammirare il panorama, era deserto. Lasciò la bici in cima a un sentiero sabbioso che scendeva fino alla spiaggia e proseguì a piedi. Anche i gabbiani erano spariti. Il mare brontolava, le onde si scatenavano, spruzzando i loro fiocchi di schiuma sui grossi massi piatti, levigati dall'acqua e dagli anni. Ufficialmente, era lì che la Manica si fondeva con il Mare del Nord.

La foto doveva essere stata scattata più o meno a quell'ora, al calare del sole. Sarah, dando le spalle al faro, i pugni stretti, fissava con un misto di paura e determinazione un nemico invisibile. Chi stava guardando? Lilou individuò il punto in cui doveva trovarsi il fotografo e si mise nella posizione di Sarah. Cercò di immaginare il suo misterioso nemico, di visualizzare Éric, Angélique, Morgane, Jasmine di fronte alla ragazza quel giorno. Ma tutto ciò che vide fu il mare che andava a infrangersi sulle rocce nere e la nebbia che aveva inghiottito l'orizzonte.

OGGI
FANNY

Fanny tornò in albergo in uno stato di intenso nervosismo. Avrebbe dovuto calmarsi, telefonare a Esteban, parlare con Oscar in videochiamata, ma dopo la discussione con Angélique era troppo furiosa per prendersi il tempo di riflettere. Bussò alla porta della camera di Lilou. Nessuna risposta. Si stava facendo buio e pioveva a dirotto. Dove poteva essersi ficcata quella ragazza? Scese di nuovo e, con un sorriso, chiese a Dominique la chiave della stanza di Lilou, dicendo che la figliastra aveva dimenticato qualcosa. La proprietaria dell'albergo gliela diede. Ignorando il cartello «Non disturbare» appeso alla maniglia, Fanny aprì la porta. Appena entrata, si fermò di colpo. Sulla spessa moquette erano sparpagliate decine di foto, disegni e appunti su Post-it.

Fanny si inginocchiò sul pavimento e prese una foto a caso. Sulla maggior parte degli scatti c'erano Angélique, Morgane e Jasmine, nell'estate del 2001, appena prima della scomparsa di Sarah. Un brivido le corse lungo la schiena. Afferrò un Post-it: «13-28?». Poi degli altri: «Perché Angélique e Sarah hanno litigato?», «Perché FC mente?», «Éric Chevalier innocente?»... C'era il disegno di una tomba con il nome di Sarah Leroy e il profilo del signor Follet, il loro insegnante al liceo, abbozzato a carboncino... Decine di domande senza risposta, i pezzi di un puzzle insolubile, che Fanny aveva cercato di risolvere anni prima, ma la cui unica risposta plausibile era insopportabile, impossibile da accettare. Osservò le foto una per una, con le mani tremanti. Lilou aveva detto ad Angélique che Fanny faceva ricerche su Morgane e Jasmine per vedere la sua reazione. Aveva pensato che sua sorella stesse bluffando, invece era evidente che Lilou stava indagando per conto suo e aveva già scoperto fin troppi elementi.

«Che ci fai qui?»

Fanny sobbalzò e si voltò. Lilou era sulla porta, che Fanny non aveva chiuso. Era bagnata dalla testa ai piedi, il fondo dei jeans larghi era impregnato di acqua e fango, e i capelli gocciolavano sulla moquette.

«Da quando frughi tra le mie cose?» gridò Lilou, furibonda. «Non ti basta leggere il mio diario? Devi anche venire a rovistare nella mia camera!»

Senza nemmeno togliersi le scarpe piene di sabbia, si mise a raccogliere alla rinfusa le foto e i Post-it. Fanny la fissava in silenzio. *Non ti basta leggere il mio diario?* Quindi Lilou sapeva che lei l'aveva letto?

«Dammele» ordinò la ragazza, indicando le foto che Fanny teneva ancora in mano.

«Dove le hai trovate?»

«Non ti riguarda!»

Lilou cercò di strappare le foto a Fanny, ma lei si scansò.

«Rispondimi!»

«A casa di Angélique!»

«E con che diritto le hai rubato queste foto? Perché sei andata a dirle che scrivevo su Morgane e Jasmine?»

Lilou incrociò le braccia sul petto.

«Ho bluffato, volevo vedere come reagiva!»

Fanny inspirò e chiuse gli occhi per qualche secondo, cercando di calmarsi. Poi disse con voce gelida: «Ascoltami bene, ti proibisco di tornare da lei, ti proibisco di frugare tra le sue cose e ti proibisco di continuare le tue ricerche su Sarah Leroy».

«No.»

«Come no?»

«No. Voglio sapere cosa le è successo, e poi il corpo non è mai stato ritrovato, chi ci dice che non sia scappata?»

Fanny, esasperata, alzò gli occhi al cielo.

«Questa è la prima pista che è stata presa in considerazione, è ovvio, era la figlia del sindaco, la polizia non si è certo risparmiata! Hanno controllato tutte le stazioni, i traghetti, gli aeroporti, i caselli dell'autostrada, persino in Belgio, nel caso avesse passato il confine a piedi. Non ha mai lasciato Bouville...»

«Si è tagliata e tinta i capelli poco prima di scomparire... Forse non è stata riconosciuta. Magari è ancora viva da qualche parte!»

«Lilou, non voglio che ti immischi in questa faccenda, io...»

«Ma che ti importa se continuo a cercare?» urlò la ragazza. «Non te ne frega niente comunque di quello che è accaduto a Sarah! A nessuno importa, perché sua madre è morta, e quando tua madre muore, a nessuno frega più niente di te!»

«Basta...» tentò di interromperla Fanny, senza successo.

«E anche quando crepi a quindici anni non importa a nessuno, tutti ti dimenticano e continuano la loro piccola vita come se non fossi mai esistita!»

«È proprio perché mi importa di te che voglio che tu la smetta!» gridò a sua volta Fanny, lanciando le foto con tutta la forza che aveva attraverso la stanza. «Se Angélique e le sue amiche hanno fatto del male a Sarah e hanno fatto sparire un corpo a quindici anni, cosa pensi che faranno a una quattordicenne che rischia di rivelare la verità vent'anni dopo? Ci hai pensato a questo?»

La rabbia di Lilou scemò di colpo. Scrutò Fanny per alcuni lunghi istanti, poi sussurrò, sbalordita: «Tu pensi che Angélique abbia ucciso Sarah».

«No, non ho mai detto questo, io...»

«Invece sì... È per quello che nei tuoi articoli non hai menzionato il fatto che Angélique era stata sospettata. Tu sai qualcosa. Fin dall'inizio, sapevo che stavi mentendo. In realtà, stai proteggendo Angélique.»

Fanny si sedette su una poltrona, la sua rabbia si era sgonfiata come un soufflé e si sentiva invadere da un'enorme stanchezza.

«Non so nulla, non so cosa sia successo, so solo...»

«Cosa?» chiese Lilou.

«So solo che la notte della scomparsa di Sarah, Angélique non ha dormito a casa, è tornata all'alba, con l'aria strana.»

«Cos'altro?» insistette Lilou.

«Niente...»

«Stai nascondendo qualcosa. Ti conosco, FC, stai mentendo.»

Fanny sospirò e ci mise qualche secondo a rispondere.

«Se esce da questa stanza, negherò tutto.»

«D'accordo.»

«Il giorno della scomparsa, Angélique aveva la giacca di camoscio di Sarah.»

«La giacca che è stata trovata nel borsone di Éric Chevalier? Quella con le macchie di sangue?»

Fanny annuì, sentendosi stranamente sollevata da un peso opprimente. Erano vent'anni che custodiva quel segreto come una spina nel cuore, ed ecco che ora le sembrava di respirare meglio.

«Non l'hai detto alla polizia?»

«Era mia sorella... Nostra madre non si è mai davvero presa cura di noi, io l'avevo lasciata da sola per andare a studiare lontano, non potevo tradirla. Non ho mai pensato che Éric sarebbe stato condannato, era inimmaginabile che un ragazzo come lui si trovasse in una situazione del genere. Poi è stato interrogato, e non solo nessuno ha potuto confermare il suo alibi, ma ha anche mentito su molte cose... Mi sono convinta che fosse stato lui a ucciderla e che Angélique avesse trovato la giacca sulla spiaggia... Volevo credere che non c'entrasse nulla...»

«È per questo che ti sei allontanata da lei?»

«In parte sì... Ogni volta che la vedevo, che tornavo qui, pensavo a Sarah. Non sopportavo l'idea che Angélique potesse essere coinvolta in una storia così brutta. Io...»

Fanny si mise a piangere piano.

«Erano così vicine, si volevano così bene... Mi sembrava che nulla potesse separarle. Quando me ne sono andata per i miei studi, l'ho fatto senza sensi di colpa, perché Angélique aveva Sarah. Mai avrei pensato che potessero arrivare a odiarsi come si sono odiate dopo.»

Scosse la testa, prese il fazzoletto che Lilou le tendeva e si soffiò rumorosamente il naso. Il trucco le si era sciolto di sicuro, doveva avere un aspetto orribile.

«Mi dispiace di aver letto il tuo diario, non avrei dovuto. Ma in mia difesa sappi che stavo cercando di capire perché mi detestavi così tanto.»

Lilou alzò le spalle.

«Perché bisogna sempre fare tutto in funzione tua, come quando hai rovinato le nostre vacanze a New York con la storia del passaporto scaduto.»

«Non era scaduto, non era colpa mia, si è trattato di un errore amministrativo!»

«Sì, ma comunque avresti potuto lasciarmi andare con papà e tornare indietro con Oscar, invece di pretendere che tornassimo indietro tutti e quattro! Papà mi aveva promesso quel viaggio a New York da anni...»

«Ero esausta, Oscar era molto piccolo, non sapevo che fosse così importante per te, quel viaggio...»

«Non lo sapevi perché, quando Oscar è nato, mi hai lasciata da parte e ho smesso di esistere per te.»

«Cosa?»

«C'era spazio solo per lui, io non esistevo più per nessuno, né per te né per papà, anche il nonno e la nonna avevano occhi solo per lui. Lo capisco, sai, anch'io adoro Oscar, è la persona migliore di questa terra, ma avrei voluto che qualcuno si occupasse di me...»

Fanny fissò la figliastra per alcuni lunghi istanti. Aprì la bocca per spiegare che la sua gravidanza a rischio era stata molto stressante, che era difficile diventare madre, ancora di più con un padre che sa già tutto perché, per lui, non è la prima volta. Poi si ricordò che Lilou era solo una ragazzina, una ragazzina che aveva perso la mamma. Così si accontentò di rispondere con delicatezza: «Mi dispiace, Lilou. Dopo la nascita di Oscar ho fatto molta fatica a adattarmi alla mia nuova vita, non ho lasciato spazio a nessuno, né a te né a tuo padre, eppure non ho mai smesso di volervi bene. È stato solo un periodo, pensavo che le cose sarebbero tornate a posto dopo qualche mese, ma non mi hai mai perdonata».

«Tu non ti sei mai scusata.»

«Allora lascia che lo faccia ora: scusami, non ho capito che ti ero mancata.»

Lilou assunse un'espressione imbronciata.

«Non ho detto che mi sei mancata, me la cavo benissimo da sola. E poi, almeno adesso ho Oscar.»

Fanny continuò con molta dolcezza: «Tu invece a me manchi. E non è vero che non conti per nessuno. Anche se non si può sostituire una mamma, tuo padre e io saremo sempre qui per te. Anche se scrivi nel tuo diario che saresti felice se morissi, io continuo ad andare alle riunioni a scuola, a farti da mangiare la sera, a cambiarti le lenzuola, a preoccuparmi per te e per il tuo futuro...».

Lilou fece un sorrisetto.

«Non lo penso.»

«Cosa?»

«Che staremmo meglio senza di te, Oscar, papà e io... L'ho scritto perché mi ero accorta che leggevi, volevo solo darti fastidio.»

Fanny ricordò lo shock che aveva provato leggendo quelle righe e le lacrime che le erano scese sulle guance.

«Ha funzionato benissimo.»

«Ti chiedo scusa anch'io» disse Lilou. «Non volevo

farti del male, volevo solo che la smettessi di leggere il mio diario.»

Si avvicinò alla matrigna e le passò le braccia intorno al collo. Fanny la strinse goffamente a sé, respirando il profumo ancora infantile di ciliegia e vaniglia, e, per la prima volta, avvertì lo stesso senso di pace che provava quando teneva Oscar tra le braccia. Quindi posò le mani sulle spalle di Lilou e la supplicò, guardandola dritto negli occhi: «Per favore, puoi lasciar perdere questa indagine? Non voglio che ti accada qualcosa».

«Okay» mormorò l'adolescente controvoglia.

Porse a Fanny le foto, gli appunti e i disegni che aveva raccolto.

«Grazie.»

Lilou infilò la mano nella tasca posteriore dei jeans e tirò fuori un'ultima foto.

«C'è anche questa.»

Fanny la mise sopra la pila senza guardarla.

«Bene, adesso cambiati, sei zuppa. Andiamo a cena al ristorante, okay?»

«Okay» disse Lilou. «Possiamo mangiare *moules-frites*?»

«Ancora?»

«Sono buone, le cozze con le patatine, dovresti provarle!»

«Va bene...»

Fanny tornò nella sua camera e posò la pila di foto sul comodino. In via eccezionale, decise che non aveva voglia di truccarsi di nuovo e si infilò un paio di jeans e un maglione di lana. Al ristorante, lasciò che Lilou ordinasse per lei una birra e un piatto di *moules-frites* al Maroilles, e trascorsero insieme la serata, senza litigare neanche una volta.

Tornata nella sua stanza, Fanny chiamò Esteban e parlò con Oscar, che avrebbe dovuto essere a letto da un pezzo. Le mancavano quei due. Si fece una doccia calda e si infilò nel letto. Alla fine, quella giornata era andata bene. La faccenda era risolta. Nessuno si sarebbe più immischiato nella storia di Sarah Leroy. Tese la mano per prendere il libro dal comodino e senza farlo apposta sfiorò la pila di foto rubate da Lilou. Quella in cima cadde a terra. La raccolse e si fermò di colpo. Inforcò gli occhiali e mise la foto sotto l'abat-jour. Con le sopracciglia aggrottate, la esaminò a lungo. Ecco come Lilou aveva scoperto che Sarah si era tagliata i capelli poco prima di scomparire. Ma non era questo che aveva attirato l'attenzione di Fanny. Quei segni bianchi sul corpo di Sarah, come crema solare spalmata male, le dicevano qualcosa. Ma cosa? Non riusciva a ricordare. Mise giù la foto e si coricò. Un'ora dopo, il ricordo risalì a galla di colpo. Una mostra temporanea che aveva visitato con la sua classe alle superiori, secoli prima. Nulla a che vedere con Sarah, in apparenza. A meno che... Rimase con gli occhi spalancati nel buio, mentre un'idea le germogliava nella mente... Forse c'era una possibilità remota che Sarah Leroy fosse fuggita da Bouville senza mai uscirne, senza che nessuno la vedesse, senza prendere né il traghetto, né l'aereo, né il treno, una possibilità a cui nessuno avrebbe pensato tanto era assurda, inconcepibile, ridicola... Ma comunque una possibilità.

SARAH

Sento un rumore.

Lento, regolare, lontano.

In un altro universo, dall'altra parte delle acque nere che mi hanno inghiottita. Un metronomo. Un rubinetto che gocciola all'infinito. Ma più acuto, più irritante. Un suono che con la sua regolarità e la sua incrollabile perseveranza è riuscito ad attraversare le tenebre.

Bip.

Nell'abisso in cui sono caduta, è tutto ciò che percepisco. A volte, solo per qualche secondo.

Bip.

E poi sprofondo di nuovo.

LATO B
SARAH

SARAH

È incredibile quante scemenze sono state raccontate su di me. La gente ci tiene così tanto a incasellare le persone, le ragazze soprattutto, che io dovevo essere buona o cattiva, popolare o emarginata, bella o brutta, principessa o strega. Dovevo voler bene ad Angélique alla follia oppure essere la sua peggior nemica, dovevamo aver litigato per un ragazzo, un vestito o una questione di invidia, dovevamo esserci augurate la morte l'una dell'altra o aver bevuto mojito insieme fino alla fine dei nostri giorni, parlando di ragazzi al bar del porto, o persino, come ho letto su alcuni giornali, una di noi doveva essersi innamorata dell'altra, la quale le avrebbe spezzato il cuore. Doveva essere o tutto o niente. L'amicizia, quella vera, con ciò che comporta in termini di compromessi, litigi, sentimenti a volte complessi e contraddittori, a quanto pare era troppo complicata da capire per i giornalisti, i poliziotti o gli abitanti di Bouville-sur-Mer che ci hanno viste crescere. Di tutte le ipotesi formulate sulla mia vicenda (dico «mia» perché sono, sì, famosa, ma non al punto da parlare di me in terza persona), nessuna si è avvicinata alla verità. Mi è capitato di essere invidiosa di Angélique. Chi non lo sarebbe stato? Aveva quel tipo di bellezza che di solito si vede solo nei film o sulle riviste. E la cosa più impressionante era che se ne fregava. «Non sono qui per fare da decorazione.» Ecco cosa rispondeva, alzando con grazia le spalle, di fronte ai complimenti che riceveva come fossero coccarde, fino all'incidente del deposito delle barche. No. Non l'incidente, scusate. L'incidente... L'ho talmente sentito dire, talmente ripetuto. *L'incidente*. Si è impresso così nel mio cervello. Ma le parole hanno la loro importanza. Éric Chevalier, maggiorenne, che costringe Angélique, tredici anni, ad avere un rapporto sessuale con lui, quali che siano le circostanze, non è un *incidente*. Si chiama violenza su minore. In Francia è punibile con vent'anni di carcere. Prima dello stupro, dunque, Angélique aveva abbastanza fiducia in se stessa per dire cose simili ai ragazzi o agli adulti senza preoccuparsi un solo istante di cosa avrebbero pensato di lei. In fondo, questo era probabilmente ciò che le invidiavo di più, quella sicurezza che io non avevo, che nessuno mi aveva insegnato. Lei aveva tutto, almeno così credevo. Anche a scuola, non aveva bisogno di faticare per andare bene, e se era vero che sua madre non era presente, sua sorella maggiore invece era sempre disponibile. Penso che Angélique fosse troppo piccola per rendersi conto di quanto Fanny faceva per lei. Si è ricordata solo del suo abbandono, quando se n'è andata a studiare a Parigi.

Una volta, Iris, mentre sistemava un mazzo di fiori da perfetta padrona di casa qual era, mi ha detto come se nulla fosse: «Angélique è così bella che accanto a lei sei invisibile, il tuo essere insignificante la mette in risalto». Iris era capace di proferire quel tipo di commenti assassini con lo stesso tono con cui si fa un complimento. Sempre nel momento in cui meno me lo aspettavo. Quando passavo nel corridoio per andare in bagno al mattino, quando attraversavo l'ingresso con lo zaino già in spalla per andare a scuola... Vittoria per ko in un decimo di secondo. Avevo l'impressione che mi avesse trapassata con un lanciafiamme senza smettere di sorridere con gentilezza. A volte, quand'ero concentrata sui compiti, mi arrivava alle spalle e pizzicava un po' di pelle tra il pollice e l'indice, sul fianco o alla base del collo, sempre sotto la maglietta. Non dovevano rimanere segni. Pizzicava e girava al tempo stesso, ficcandomi nella carne le sue unghie rosso granata. A volte, di notte, sognavo di strappargliele una per una.

Un giorno ho provato a parlare a mio padre di Iris. Delle umiliazioni, dei pizzicotti, dei capelli tirati di nascosto e della sua abominevole cattiveria. Piangevo e lui si è infuriato.

«Ti rendi conto di cosa fa Iris per te? Sei molto fortunata ad avere una matrigna che si prende cura di te, considerato che non sei nemmeno sua figlia. Fai uno sforzo e non venire più a infastidirmi con queste sciocchezze.»

Quel giorno ho capito che ero sola. Non avevo scelta, perciò ho imparato a incassare, a convivere con Iris, a evitarla, a prevedere i suoi scatti di rabbia e a stringere i denti. Non ho mai più pianto. Piangere è da deboli. Tranne in acqua. Perché in acqua non si vede.

Che crepi.

Che crepino tutti.

Vi vedo. Lo so cosa state pensando. Non sapete nulla di quello che ho vissuto, non avete sopportato nulla di quello che ho sofferto. E già mi giudicate. Persino il diritto alla rabbia, dall'alto dei vostri privilegi, volete strapparmelo.

Tranne Angélique, la mia anima gemella, il mio angelo custode.

Angélique, che ho tradito.

OGGI
LILOU

«Svegliati!»

Lilou si girò, premendosi il cuscino sulla testa per sfuggire alla matrigna.

«Lasciami in pace, è ancora notte» mugugnò.

«Sono le sette! Forza, il mattino ha l'oro in bocca!»

Lilou spostò il cuscino e fissò Fanny con una voglia matta di strangolarla. Il giorno prima l'aveva quasi trovata simpatica, ed ecco che ora ricominciava a essere insopportabile.

«Ma sei fuori di testa! Ti sei scordata di prendere le pillole stamattina o cosa? Sto dormendo! Quando la gente ha gli occhi chiusi, nel buio, di notte, vuol dire che dorme! Anche questa è una convenzione sociale che non sei riuscita ad assimilare?»

«Dove hai trovato questa foto?»

Eccitata come una pulce sotto anfetamine, Fanny le agitava sotto il naso la foto di Sarah sulla spiaggia.

«Insieme alle altre, tra le cose di Angélique.»

«Vestiti!»

«No, voglio dormire.»

«Abbiamo un'indagine da portare avanti! Coraggio, alzati!»

Lilou si degnò di aprire un occhio curioso.

«Pensavo che non la volessi fare, questa indagine...»

«Forse ho un'idea... È folle, di sicuro mi sto facendo prendere troppo la mano, ma voglio verificare. Guarda!»

Cominciò a sparpagliare sul letto di Lilou, accanto alla foto di Sarah, alcuni scatti di Angélique, Jasmine e Morgane dell'estate 2001.

«Cosa?»

«Due cose! Innanzitutto, in un certo numero di foto ci sono tutte e tre. Chi le ha scattate? Non avevano mica i mezzi per permettersi una macchina fotografica con l'autoscatto, del resto basta guardare la risoluzione...»

«Va bene... ma che vuol dire? C'è una quarta Disincantata?»

«Esatto!»

«E la seconda cosa?»

«Forse possiamo scoprire chi era! Guarda, in diverse foto si intravede una grande borsa bianca. Qui, legata al portapacchi di Jasmine, in quest'altra foto sullo sfondo, sul lavello della cucina, e lì, per terra, in fondo al giardino. Sembra che ci siano un mucchio di queste borse bianche!»

«E allora?»

«Su una foto il logo è visibile: due pesci in un cerchio. È il logo del pescivendolo di Bouville, ma borse di questa dimensione non le danno ai clienti, forse le ragazze lavoravano per lui, facevano consegne per i ristoranti o i grossisti: sono le stesse borse che venivano usate all'epoca per consegnare la merce al ristorante di mia madre, me lo ricordo bene, io odiavo occuparmi della consegna del pescivendolo per via dell'odore... Insomma, andiamo a parlare con lui, forse si ricorderà qualcosa. Su, vestiti!»

«Va bene» sospirò Lilou.

SARAH

Da quando ho tredici anni porto il peso di una colpa che nessun bambino o adolescente dovrebbe mai portare. Lo porto al posto vostro, al posto di tutti gli adulti che non sono intervenuti, che hanno girato lo sguardo dall'altra parte, che hanno preferito astenersi dal fare domande e non sapere. Éric, il giorno del suo compleanno, mi ha chiesto di portare Angélique nel deposito delle barche perché, mi ha detto, voleva confessarle i suoi sentimenti. Ho accettato, felice di partecipare a quella dichiarazione d'amore che giudicavo terribilmente romantica. Quando mi ha ordinato di lasciarli soli, anche se Angélique barcollava tra le barche di legno, ho obbedito. L'ho abbandonata lì, in quella squallida rimessa, insieme a lui. Nemmeno per un istante ho pensato che fosse in pericolo. Ho persino fantasticato che, se si fosse messa con Éric, allora Benjamin avrebbe potuto uscire con me. E saremmo stati felici, tutti e quattro, fino alla fine dei tempi... Quando Benjamin, preoccupato tanto quanto innamorato, mi ha chiesto dov'era Angélique, gli ho detto che era tornata a casa, invidiosa com'ero dell'interesse che mostrava per lei. Oltre a tutto il resto, quella sera ho spezzato il cuore a entrambi. Sono responsabile di quel che è accaduto alla mia migliore amica.

L'indomani, Angélique, piangendo, mi ha raccontato cos'era successo, e io non le ho creduto. Ho risposto che Éric non avrebbe mai potuto farle del male: era innamorato di lei, me l'aveva confidato. Ma cosa andava a pensare? Tutte le ragazze sognavano di uscire con il mio fratellastro, perché ne faceva un dramma? Ho voluto che tacesse. Ho avuto paura delle conseguenze sulla mia famiglia, su di me, se quella storia fosse arrivata alle orecchie di Iris. Così ho mentito. Ho negato di averla lasciata sola con Éric. Le ho dato della bugiarda. E, siccome faceva comodo a tutti credermi, tutti mi hanno creduto. Da anni convivo con questo. Nessun terapeuta al mondo potrà guarirmi dalla mia colpa.

Quando, per la prima volta dopo anni, Angélique è venuta a casa dopo la nostra lite nel cortile della scuola, ho capito subito, nel momento in cui ho aperto la porta, che era lì per massacrarmi. Conoscere qualcuno fin dall'infanzia significa aver assistito alla nascita dei suoi sogni, alla loro realizzazione o al loro crollo, significa aver avuto accesso alle sue più grandi speranze e alle sue paure più intime, allo stato grezzo, prima che la domesticazione sociale avesse fatto il suo lavoro. Significa sapere chi c'è davvero dietro la nebbia protettiva delle convenzioni e delle regole a cui obbediscono gli adulti. Quel giorno, Angélique era furiosa. Quella rabbia che più o meno inconsciamente avevo cercato di provocare stava per esplodere e mostrarsi alla luce. Finalmente. Ero felice, perché me lo meritavo. Eppure, quando Éric è apparso dietro di me, la rabbia è svanita dagli occhi di Angélique. La tempesta ha lasciato spazio alla lucidità, d'improvviso, come se qualcuno avesse cambiato il canale televisivo delle sue emozioni. Credo sia bastato che i nostri sguardi si incrociassero perché capisse ciò che nascondevo a tutti da così tanto tempo.

Non mi ricordo le sue parole, solo il suo viso. La presenza di Éric aveva su di me un effetto anestetico. Lui appariva e io mi spegnevo, cervello in pausa, paralisi delle terminazioni nervose. Diventavo parte dell'arredo. Mi fondevo con la tappezzeria, col pavimento, col materasso, come gli animali che si mimetizzano di fronte al predatore. Era una cosa biologica, non potevo farci nulla. Abbandonavo il mio corpo, volavo via, altrove.

Hanno scambiato qualche parola e la porta si è richiusa su di lei, come se mi stessero richiudendo sopra la testa il coperchio di un pozzo.

«Che ci faceva qui?» ha chiesto Éric, diffidente. «Credevo che non vi poteste più vedere nemmeno dipinte.»

Ho fatto spallucce.

«Non ne ho idea. Ci siamo prese a botte a scuola, forse è venuta per provocarmi e ha avuto paura di te.»

Ha fissato il mio occhio nero, che non aveva ancora notato.

«È lei che ti ha conciata così?»

Ho annuito. La cosa lo ha fatto ridere. Era sollevato. Ha risalito le scale e, come ogni volta che mi trovavo da sola a casa con lui, ho preso la borsa della piscina e sono scappata via.

Il giorno dopo, Benjamin ha bussato alla porta della mia stanza. Era sempre gentile, ma facevo di tutto per allontanarlo. L'amore e l'ammirazione che provava per suo fratello costituivano un muro invalicabile tra noi. Non potevamo essere vicini. La verità lo avrebbe distrutto.

«È un po' strano...» ha mormorato. «Angélique mi ha dato questo per te.»

Mi ha teso un foglio strappato da un diario, piegato in due. L'ho aperto con cautela e ho letto le parole scribacchiate in fretta e furia nel cortile della scuola.

«Jafar, sono incastrato!»

La frase di *Aladdin* che usavamo per riconciliarci quando eravamo piccole. Benjamin mi fissava con apprensione.

«Non so cosa significhi, non sapevo se dartelo o no.»

Ho alzato gli occhi verso di lui.

«Hai fatto bene, ma non dirlo a nessuno, per favore.»

Ha annuito e gli ho chiuso la porta in faccia. Mi sono lasciata scivolare lungo la porta, con le mani tremanti. Ho riletto quella frase cento volte e ho lasciato affluire i ricordi accuratamente sepolti, le coreografie sulle canzoni delle Spice Girls, il Club Dorothée, i bagni in mare nell'acqua gelata, i viaggi in autobus...

Che cosa voleva Angélique da me? E perché ora, dopo tutti quegli anni di silenzio? Dopo tutto quello che le avevo fatto passare, era possibile che fosse sincera?

OGGI
LILOU

Lilou si era infilata un paio di jeans e una felpa col cappuccio e si avviava sbadigliando verso la macchina, dove Fanny era già seduta e le faceva dei gran segni affinché si sbrigasse. Per farla arrabbiare, Lilou rallentò ancora di più il passo, che era già al limite dello *slow motion*.

«Se penso che mi fai saltare la colazione...» sospirò mentre si allacciava la cintura. «Sei un'irresponsabile, non ti hanno mai detto che è il pasto più importante della giornata?»

Fanny accese il motore.

«Puoi fare una cosa per me? Vedi se riesci a trovare il meteo del giorno in cui Sarah è scomparsa, il 3 settembre 2001.»

«È davvero strana questa ossessione per il meteo, qui da voi. Voglio dire, a un certo punto bisogna accettare la realtà: qui piove sempre e fa buio alle due del pomeriggio...»

«Non d'estate... d'estate i giorni sono più lunghi nel Nord che nel Sud, figurati. E poi perché dici così? Io non parlo mai del tempo.»

Lilou aggrottò le sopracciglia, cercando di rammentare.

«È una cosa che mi ha detto il vecchio René, quando

l'ho intervistato, tipo che lui aspettava il bel tempo con Sarah. Non ricordo più bene, riascolterò l'intervista, se vuoi, l'ho registrata.»

Fanny si girò verso la figliastra con aria attonita e quasi sbandò.

«Hai intervistato il vecchio René?»

«Sì, ma tu guarda la strada! Se muoio durante lo stage, diventerò lo zimbello della scuola fino alla fine dei tempi.»

Lilou si mise le cuffie e cercò di trovare nello storico di Météo France la temperatura del 3 settembre 2001. Fanny parcheggiò davanti alla pescheria. Un uomo sui cinquant'anni stava sollevando proprio in quel momento la serranda di ferro.

«Buongiorno, signor Roubier, si ricorda di me? Sono Fanny Courtin... la figlia di Marie-Claire.»

«Oh, ciao. Certo, ti ho vista al funerale la settimana scorsa. Non sono riuscito a parlarti, ma ti faccio le mie condoglianze...»

«Grazie mille... Signor Roubier, posso farle qualche domanda? La mia figliastra sta preparando una presentazione sul liceo di Saint-Martin negli anni 2000, e dato che lei conosce tutti... Sta cercando di ricostruire l'estate del 2001 a partire da alcune vecchie foto.»

«Certo, entrate pure. Volete un caffè?»

«Volentieri.»

Seguirono l'uomo nella pescheria e lui le fece accomodare nel retrobottega.

«Vado a preparare il caffè. Volete dello zucchero?»

«Io sì» dichiarò Lilou.

«Non sei troppo giovane per bere caffè, tu?» sussurrò Fanny, con le sopracciglia aggrottate.

«Non dovevi farmi saltare la colazione! Con questo odore di pesce all'alba, non so tu, ma personalmente sto per morire. E poi, pensavo che non si dovesse mentire alle persone che si vogliono intervistare... Mi era parso di capire che era contrario all'etica del giornalismo... E usare la tua povera figliastra minorenne come copertura, per giunta! Non ti vergogni?»

Fanny arrossì.

«È un'emergenza... E poi questo non è giornalismo, non ho intenzione di utilizzare informazioni ottenute in modo scorretto nel mio articolo.»

«In ogni caso, la prossima volta che ti trovi in un'emergenza non giornalistica, ti consiglio di preparare meglio la tua bugia, perché quello che hai detto era del tutto incoerente... Sembravi una bambina di sei anni che cerca di recuperare la password dell'iPad di sua madre.»

Non ebbero modo di continuare, perché il signor Roubier tornò con tre tazze fumanti. Mise un cucchiaino e due zollette davanti a Lilou.

«Grazie, signore» disse lei con un sorriso educato, calandosi nel ruolo della studentessa diligente.

Fanny e Lilou gli sparpagliarono davanti le foto che avevano portato e gli mostrarono la borsa bianca con il suo logo.

«Queste borse sono della sua attività, vero?»

«Sì, era il nostro logo all'epoca...»

«Si ricorda quando sono venute le ragazze? Cosa volevano?»

«Angélique, tua sorella, ritirava spesso della merce per il ristorante, specialmente durante l'alta stagione, dev'essere per quello...»

«Non credo che fosse per il ristorante. Guardi, qui la

borsa è nella nostra cucina, non ci sarebbe stato motivo di portarla al piano di sopra, nel nostro appartamento. È sicuro di non ricordare nient'altro?»

Lui aggrottò le sopracciglia e riprese in mano le foto per esaminarle mentre sorseggiava il caffè. Il suo viso si illuminò.

«Non ci avevo fatto caso, questa è la piccola Jasmine! Era arrivata prima in tutto il dipartimento al concorso Kangourou e dava lezioni private a mio figlio. Un genietto della matematica, quella ragazza.»

«Sì, è lei, in effetti...»

«Sapete? In realtà, ora mi ricordo cosa c'era in quelle borse: ghiaccio. Era proprio l'estate del 2001, quella in cui la figlia del sindaco, Sarah Leroy, è stata uccisa dal fratello. Come dimenticare una cosa del genere? Jasmine Bensalah veniva due volte a settimana a dare lezioni di matematica a mio figlio per aiutarlo a recuperare, e ogni volta se ne andava con due o tre grosse borse di ghiaccio.»

Lilou spalancò gli occhi.

«Borse di ghiaccio?»

«Sì, ghiaccio tritato che uso per esporre i pesci sul banco. Mi diceva che organizzava delle serate con i suoi amici, serviva per tenere le birre in fresco o fare dei cocktail, credo. Era anche disposta a pagare, ma visto che aiutava mio figlio le davo volentieri quel ghiaccio.»

Fanny aggrottò le sopracciglia e posò la tazza che stava per portare alle labbra.

«Due o tre borse piene... è un bel po' di ghiaccio per tenere qualche birra in fresco, non pensa, signor Roubier?»

Lui fece spallucce.

«Non lo so... Vi confesso che non mi sono posto il problema, era una ragazza gentile, intelligente e beneducata... Perché tutte queste domande? Che legame c'è con il liceo Victor Hugo negli anni 2000?»

Fanny e Lilou si affrettarono a cambiare argomento e si congedarono poco dopo, non senza aver ringraziato l'uomo per il caffè. Quando furono sedute in macchina, Lilou esaminò di nuovo la foto di Sarah sulla spiaggia di Cap Gris-Nez, poi alzò lo sguardo verso Fanny.

«Mi puoi parlare della tua ipotesi, FC? Non ci capisco più niente. Cos'è questa storia delle borse di ghiaccio?»

«Di quelle non ne so nulla, ammetto che mi confonde un po'.»

«Diciamoci la verità, nessuno farebbe dei cocktail con ghiaccio tritato che puzza di pesce. Non voglio sembrare lugubre, ma l'unica spiegazione sensata che mi viene in mente è che Jasmine facesse scorta per conservare un cadavere. Che tipo era Jasmine?»

Fanny rifletté per qualche secondo.

«Era così discreta che era difficile capire la sua personalità. Morgane era molto ingombrante, parlava forte, esprimeva le sue opinioni, accanto a lei Jasmine si notava a malapena. Ma era la figlia della donna delle pulizie dei Leroy, forse conosceva Sarah...»

«Ma sì! In più, se sua madre aveva le chiavi di casa dei Leroy, Jasmine avrebbe potuto tranquillamente andare a nascondere la giacca di Sarah nel borsone di Éric Chevalier. Jasmine ha ucciso Sarah, l'ha fatta a pezzi e li ha tenuti nel ghiaccio fino a quando non ha potuto sbarazzarsi del corpo con discrezione, quando nessuno guardava più! Magari l'ha ficcata nei grossi freezer del ristorante di Angélique, anzi, forse è ancora lì! Brava, FC, hai risolto il mistero di Sarah Leroy! Anche se sarà difficile provare che tua sorella è innocente, se troviamo il cadavere di Sarah nel vostro congelatore vent'anni dopo la sua morte.»

Fanny si voltò verso Lilou con un'espressione inorridita.

«Ma stai bene a immaginare queste cose? Devi darci un taglio coi film horror!»

Lilou scoppiò a ridere.

«Okay, forse ho esagerato un po', ma come te lo spieghi tutto quel ghiaccio, altrimenti? Quale sarebbe la tua famosa ipotesi? La responsabile è la quarta Disincantata e le altre l'hanno coperta per solidarietà?»

«Il ghiaccio, per il momento, non me lo spiego, ma la mia ipotesi non ha niente a che vedere con le tue macabre congetture.»

Fanny avviò il motore. Lilou osservò per qualche secondo il profilo concentrato della matrigna. Questa si era infilata un paio di jeans e un maglione di lana, e aveva raccolto in fretta e furia i capelli in una coda di cavallo approssimativa, pronta a continuare l'indagine. L'adolescente cercò di ricordare l'ultima volta in cui non aveva visto la matrigna truccata e pettinata in modo impeccabile.

«Perché ti sta così a cuore proteggere Angélique?» chiese Lilou. «Sono anni che non vi parlate, pensi che possa essere colpevole di un crimine atroce e non vuoi più avere nulla a che fare con lei...»

Fanny alzò le spalle, gli occhi fissi sulla strada.

«Angélique era una bambina molto diversa dalla donna che è diventata. Spesso penso che se... se io non mi fossi trasferita a Parigi per studiare, forse non avrebbe preso una cattiva strada.»

«In che senso "cattiva strada"? Voglio dire, se riusciamo

a dimostrare che non ha trasformato la sua migliore amica in un surgelato Findus dopo averla assassinata, a oggi sembra piuttosto felice. Adora sua figlia e sua figlia la ricambia, si vedeva al funerale, e ha il suo ristorante, la sua vita... Non è che ha preso una "cattiva strada" solo perché non è diventata come te.»

«Avrebbe potuto fare di meglio... E poi aveva giurato che non avrebbe mai preso in mano il ristorante, che non sarebbe rimasta incastrata per tutta la vita con l'ansia dei conti che peggiorano ogni anno, come nostra madre. Sognava di viaggiare per il mondo, e guarda dov'è ora...»

«Cosa vuol dire "di meglio"? È stata una sua scelta, non sta a te giudicare o decidere cosa deve fare della sua vita.»

«Va bene, ora è adulta, ma ho sempre pensato che le fosse successo qualcosa da piccola, tanto tempo fa, poco dopo la mia partenza. Non ha solo litigato con Sarah, è capitato qualcosa che l'ha cambiata, che l'ha... rotta. E io non l'ho protetta, non sono riuscita a parlarle.»

«In effetti, è questo il tuo problema, FC. Devi capire che non puoi controllare tutto, non sei responsabile della gestione dell'universo, delle persone e delle sciocchezze che potrebbero commettere.»

«Ero la sua sorella maggiore...»

Lilou pensò a cosa sarebbe stata disposta a fare per Oscar, affinché realizzasse i suoi sogni e nessuno gli facesse mai del male, e le sembrò di capire meglio Fanny.

«È per questo che mi rompi le scatole in continuazione?» chiese con improvvisa lucidità.

«Cosa?»

«È per questo che vuoi sempre che faccia le cose per bene, che mi vesta come si deve, che mi impegni a scuola, e mi stai dietro perché vada dal ginecologo? Hai paura che diventi come Angélique.»

Fanny sorrise.

«Le assomigli sotto molti aspetti e, sì, vorrei evitare che tu finissi come lei, da grande, bloccata in una vita che non è la tua.»

Lilou annuì, stranamente commossa.

«Mi dispiace di averti chiamata FC» dichiarò in tono solenne. «Non avevo capito, d'ora in avanti ti chiamerò Fanny.»

«Come dici tu, sono le mie iniziali... Sai, mi ci sono abituata a questo soprannome; alla fine, non è così male.»

Lilou esitò.

«Vedo che non hai letto il mio diario fino in fondo. Non sono proprio le tue iniziali.»

«E cosa vogliono dire, se non sono le mie iniziali?» chiese Fanny, diffidente.

«In realtà... abbiamo letto quel libro in classe, *Vipera in pugno*, di Hervé Bazin.»

«L'ho letto un sacco di tempo fa. Ma che c'entra?»

«Lascia perdere, non importa.»

«Be', a questo punto voglio saperlo!»

Lilou si schiarì la gola.

«Okay, ma non farne un dramma, va bene? È solo una battuta... Nel romanzo, lui chiama sua madre, che lo picchia, lo umilia in continuazione ed è la peggior madre del mondo, "Folcoche", un misto di "folle" e "*cochonne*". Fa riferimento a una scrofa che divora i suoi piccoli. Per me, era quello il significato di FC.»

Fanny non rispose e la figliastra le lanciò uno sguardo preoccupato.

«Non era molto gentile... Ma errore confessato, mezzo perdonato?»

Con gli occhi fissi sulla strada, Fanny mantenne un'espressione impenetrabile. A disagio, Lilou esaminò per l'ennesima volta la foto di Sarah, per darsi un contegno.

«In ogni caso, non capisco perché questa foto di Sarah Leroy piena di crema solare al crepuscolo ti abbia fatto cambiare idea. Me la sono studiata per ore, ho persino ritrovato il luogo in cui è stata scattata e non ne ho cavato nulla di interessante...»

Dopo alcuni secondi di silenzio, come se Lilou non avesse appena ammesso di averla insultata in segreto per anni, Fanny rispose con voce perfettamente neutra: «Non è crema solare, è grasso; e non è il crepuscolo, è l'alba. Hai trovato qualcosa sulla questione del meteo?».

OGGI
JASMINE

Affascinata, Jasmine fissava lo schermo sul quale era appena apparso il suo bambino.

«Guardi, lì c'è il piede.»

Aggrottò le sopracciglia e cercò di distinguere la parte che il medico le indicava in quel magma in bianco e nero.

«Oh sì! Lo vedo!» esclamò, battendo le mani come una bambina.

Quel piedino, fugace e sfocato, era perfetto. La matematica, che spiegava tutto, poteva forse spiegare questo? Se le avessero posto la domanda, avrebbe risposto «certo che sì» con il tono tranquillo e sicuro che usava con i suoi investitori, i dipendenti della sua startup e tutti i suoi interlocutori nella vita professionale. Avrebbe parlato di biologia, di leggi della riproduzione, di sopravvivenza della specie. Tutto è matematico, scientifico, razionale. La musica, i fiori, le maree, il modo in cui un vetro si frantuma o la caduta dei granelli di sabbia in una clessidra... L'intero universo si basa su leggi matematiche. Ma quel piccolo cuore che batteva sullo schermo, doveva ammetterlo, era qualcosa di magico.

«Ecco un bambino molto dinamico che ci dà le spalle» commentò il ginecologo passando la sonda sul suo ventre ancora piatto.

Jasmine sentì la schiena rilassarsi.

«A questo stadio, quanto è alto il rischio di aborto spontaneo?»

«In genere si ritiene che a dodici settimane si possa annunciare la gravidanza senza rischi, e lei è a quindici.»

«Okay, ma quale percentuale di gravidanze arrivate a questo stadio si interrompe comunque prima della fine?»

Il medico sorrise.

«Va tutto bene, Jasmine, non è mai arrivata tanto avanti. Questa fecondazione è molto ben avviata.»

«Sì, ma statisticamente quale...»

«Non conosco il numero esatto» tagliò corto il ginecologo ridendo. «E se anche lo sapessi, poi lei mi chiederebbe da dove ho preso i miei dati, se i campioni erano rappresentativi e se lo studio tiene conto dei bias Paese per Paese... Il suo bambino è in perfetta salute e lei è uscita dal periodo a rischio. Ora, vuole sapere il sesso?»

Tornata in macchina, Jasmine esaminò di nuovo con attenzione l'ecografia. Era il suo terzo tentativo di fecondazione in vitro, i due precedenti si erano conclusi con un aborto spontaneo. Non doveva gioire troppo presto, doveva mantenere la calma, eppure non poteva fare a meno di sorridere beata, con una mano sul ventre e l'altra che accarezzava le immagini che aveva tirato fuori dalla busta azzurra. Chiamò sua madre, che rispose subito.

«Allora?» chiese Sofia Bensalah, febbrile.

«Sono appena uscita dall'ospedale, è tutto a posto.»

«Davvero? Va tutto bene?»

«Sì, a quanto pare va tutto bene.»

«Okay. Dovremo dirlo ai vicini e alla famiglia. Come glielo spiego, io?»

Jasmine scoppiò a ridere.

«Come nella canzone di Goldman, gli dici: mia figlia ha fatto un bambino tutta da sola.»

«Comunque, ai miei tempi, i bambini si facevano con un papà, ed era molto più semplice!»

Jasmine conosceva abbastanza sua madre da sapere che, malgrado quei commenti, nei dieci minuti successivi tutta la sua famiglia, l'intero palazzo e buona parte del quartiere sarebbero stati a conoscenza della sua gravidanza; allo stesso modo, Sofia informava chiunque incontrasse di ogni progresso, raccolta fondi e nuova assunzione nella startup che Jasmine aveva fondato qualche anno prima, mentre i suoi genitori speravano che diventasse un'insegnante di matematica. La vicina dei Bensalah, la signora Gaulupeau, settantasei anni, aveva sentito così tanto parlare dell'app di Jasmine che avrebbe potuto farsi assumere nella Silicon Valley.

«Mamma, ora devo andare, ma prima volevo dirtelo: è un maschio.»

«Oh... bene, un bambino, il mio nipotino... molto bene, molto bene...»

La voce di sua madre vibrava per l'emozione, come se quel dettaglio avesse di colpo reso la notizia molto più concreta.

«Ma tu devi andare, sei di fretta» tagliò corto per nascondere la commozione. «Sono orgogliosa di te, non vedo l'ora di conoscerlo, il mio nipotino. Penserò al nome: con tutto il lavoro che hai, tu non hai tempo.»

«Sì, fallo, mamma. Baci!» disse Jasmine con dolcezza prima di riagganciare.

Rimase per qualche secondo al riparo nell'abitacolo della sua auto prima di accendere il motore. Doveva andare a Bouville, ora. Angélique le aveva lasciato un messaggio quella mattina e, prima di pensare al futuro, bisognava affrontare il passato.

Mentre usciva dal parcheggio, Jasmine si rivide, vent'anni prima, qualche giorno dopo la scomparsa di Sarah. Avevano concordato che la sua giacca non poteva rimanere da Angélique, la quale era appena stata convocata per la seconda volta in commissariato. L'avevano lavata per rimuovere il loro DNA, ma le macchie di sangue ormai erano penetrate nel tessuto. Jasmine aveva detto a sua madre che non si sentiva bene e che voleva tornare a casa in macchina: l'avrebbe raggiunta a casa dei Leroy. Aveva arrotolato la giacca macchiata in un sacchetto di plastica. La cosa più semplice era rimetterla al suo posto, nell'armadio di Sarah. All'ingresso, però, Jasmine aveva incrociato Éric che stava uscendo per andare a giocare a calcio con i suoi amici. Lui aveva sorriso con noncuranza, come se fosse un giorno qualunque, e le aveva detto: «Hai cambiato pettinatura? Ti sta bene».

Poi aveva lasciato il suo borsone a terra, sotto l'attaccapanni, mentre andava a bere un bicchiere d'acqua in cucina canticchiando: «Come se non esistessi, è passata accanto a me, senza guardarmi, regina di Saba, ho detto Aïcha, prendi tutto, è per te...». Jasmine aveva pensato a tutta la sofferenza che non sarebbe mai stata riparata, a tutta quella violenza che non sarebbe mai stata punita. Aveva sentito la rabbia crescere dentro di sé come le onde che si sollevano prima di infrangersi sulle scogliere di granito. E, in quel momento, invece di andare a mettere la giacca nella camera di Sarah come previsto, aveva fatto scorrere la cerniera del borsone di Éric e, sotto la tuta lavata e stirata con cura ogni settimana da sua madre, aveva nascosto la giacca macchiata di sangue di Sarah Leroy.

SARAH

Dopo aver ricevuto il messaggio di Angélique, ci ho messo alcuni giorni prima di andare al cimitero. Innanzitutto, perché non ho subito capito che era lì che mi avrebbe aspettata. In secondo luogo, perché non volevo che ci vedessero parlare insieme a scuola. E, infine, perché, una volta passata l'euforia del primo momento, ho cominciato a trovare sospetta quella bandiera bianca uscita fuori dal nulla. Una parte di me, diffidente dopo la violenta lite che avevamo avuto nel cortile della scuola, temeva un agguato; avevo paura che mi aggredissero tutte e tre, Morgane, Jasmine e Angélique, per picchiarmi o umiliarmi, magari tirando fuori segreti del passato. Avrei sofferto molto se, per la prima volta, la nostra amicizia d'infanzia fosse stata macchiata da quell'odio. Fino a quel momento, non avevamo mai toccato il passato. I giuramenti, le confidenze di quel periodo non erano mai venuti fuori. Era come una regola non scritta: in guerra, tutti i colpi erano permessi, tranne la profanazione di quei ricordi. Avevamo mantenuto il desiderio comune di preservare gli unici anni di vera felicità che avessimo conosciuto: quelli della nostra amicizia.

Dopo alcuni giorni, però, non ho più resistito. Sono andata in piscina come sempre, ho fatto due vasche, il tempo di impregnarmi di cloro, di bagnare l'asciugamano e il costume in modo che Iris non mi chiedesse cosa avevo fatto per tutta la sera, e ho pedalato fino al cimitero sulla scogliera.

Angélique era lì, seduta su una tomba, vestita di nero. Portava il lutto di se stessa che noi, i Leroy, le avevamo inflitto anni prima. Ero sollevata nel vederla da sola. Ci siamo osservate per alcuni secondi, indecise. Nemmeno il piercing al naso e tutto quel nero informe riuscivano a nascondere la bellezza di Angélique. Io indossavo la giacca di camoscio chiaro che tutte le ragazze della classe mi invidiavano. Era bella, anche se me l'aveva regalata Iris, e tutto ciò che proveniva da lei mi disgustava.

«Ciao» ha detto Angélique.

«Ciao» ho detto io, sulla difensiva. «Cosa vuoi?»

Lei non ha risposto subito. Ha tirato fuori una sigaretta e un accendino. Ha dovuto tentare di accenderla più volte a causa del vento di ottobre che soffiava quella sera.

«Sono venuta da te perché volevo risolvere la questione. È troppo tempo che va avanti.»

Non ho replicato, lei mi guardava soffiando il fumo con una certa stanchezza, come se stesse esaminando un enigma insolubile.

«Ti ricordi cosa ci eravamo promesse?» ha continuato. «Che anche se non ci fossimo parlate per anni, sarebbe bastato che una di noi suonasse alla porta dell'altra per riprendere la conversazione da dove l'avevamo lasciata, come se ci fossimo viste il giorno prima. Quindi ti propongo di riprendere la conversazione dal giorno prima del compleanno di Éric e dimenticare tutto quello che è successo da allora.»

Non ho saputo cosa rispondere. Non perché non fossi tentata; quella proposta era il regalo più straordinario che mi avessero mai fatto, ma era troppo bello per essere vero. Eppure, nel profondo, lo sapevo da sempre. Per quanto avesse bruciato le sue icone di sante nel lavandino della cucina, fin da quando era piccola Angélique possedeva quell'umanità, l'umanità di coloro che sanno perdonare davvero.

Ci siamo fissate per alcuni lunghi istanti. Ho tirato fuori lentamente le mani dalle tasche e sono andata a sedermi accanto a lei, lasciando uno spazio tra noi.

«Posso fare un tiro?» ho chiesto.

«Pensavo che non fumassi.»

«Non fumo.»

Mi ha passato la sigaretta. Ho aspirato una boccata e subito ho cominciato a tossire. Non avevo mai fumato, avevo troppa paura che potesse danneggiarmi nel nuoto.

È calato il silenzio. Non un silenzio imbarazzato che ci sforzavamo di riempire, ma il silenzio naturale di chi si conosce così bene che non ha bisogno di parlare. Mi sono circondata le ginocchia con le braccia, ho chiuso gli occhi e ho detto tutto d'un fiato: «Mi dispiace».

Lei ha annuito, fissava il mare in lontananza. Il giorno stava iniziando a calare e le ombre invadevano il cimitero, avvolgendo nell'oscurità gli anfratti delle tombe. Era inutile specificare di cosa mi dispiaceva. Di non averle creduto, di non averla difesa. Di averla punita togliendole la mia amicizia.

«A mia discolpa posso dirti che, all'epoca, Benjamin ne ha parlato con Éric, che ha negato tutto. Io gli ho creduto. Non pensavo che fosse capace... insomma, capisci.»

«E adesso?»

«Adesso lo so.»

Mio malgrado mi è sfuggito un sospiro, un piccolo soffio di disperazione appena percettibile. Ho fatto scorrere lo sguardo sulle tombe allineate intorno a me, come se Éric potesse essere lì, nascosto nell'ombra a spiarci. Delle sue visite notturne nella mia stanza non avevo mai detto niente a nessuno. Nemmeno a me stessa. Era qualcosa che non mi riguardava, che riguardava eventualmente il mio corpo quando la mia anima non c'era più. Parlarne significava lanciarsi in un baratro. Eppure, se c'era una persona al mondo in grado di capire, era Angélique.

Avevo parlato così piano che mi sono chiesta se mi avesse sentito. E con quell'«adesso lo so», e tutto ciò che conteneva, ho avuto l'impressione che un peso si sollevasse dalle mie spalle per andare a posarsi sulle sue. Ho visto le sue mascelle contrarsi.

«Mi dispiace» ha detto con voce strozzata. «Mi dispiace così tanto...»

Non toccava a lei scusarsi per lui, però ha varcato lo spazio che avevo creato tra di noi sulla tomba e mi ha abbracciata, come il giorno del funerale di mia madre. Avrei dovuto sapere che una bambina che mi aveva prestato il suo walkman per attenuare il dolore con Axelle Red era per forza qualcuno su cui potevo contare. Erano anni che nessuno mi abbracciava così, con amore. Piangeva. Io sono rimasta rigida e silenziosa, impermeabile alle emozioni come le lapidi che ci circondavano.

«Non devi dire niente, lei mi ucciderà se viene a sapere che ne ho parlato.»

Angélique ha allentato la presa e io le ho allungato un pacchetto di fazzoletti di carta.

«"Lei" chi?» ha chiesto, soffiandosi il naso.

«Iris... Ti ricordi quando sono svenuta durante la partita di pallamano e il professore mi ha spedita in infermeria prima delle vacanze di Ognissanti?»

«Sì...»

«Ero incinta.»

Immediatamente, lo sguardo stupefatto di Angélique si è posato sul mio ventre.

«Ho abortito. Iris mi ha portata a Lille perché nessuno lo sapesse. Capisci bene che con la posizione di mio padre e tutti i suoi discorsi del cavolo sul rigore morale, la perdita dei valori familiari eccetera, avere una figlia che rimane incinta a quindici anni e abortisce di nascosto sarebbe stata una macchia.»

«E il padre era...»

«Sì, Éric.»

Angélique non diceva niente. Allora, senza guardarla, le ho raccontato tutto a voce bassa. La prima volta era successo all'inizio delle superiori. Lui era tornato per un fine settimana dalla sua *classe préparatoire*. Io mi ero svegliata nel cuore della notte e lui era lì... Mi sono interrotta e Angélique mi ha messo un braccio attorno alle spalle.

«Non sei costretta, se è troppo difficile...»

«No... io... ero paralizzata, non ho detto nulla, l'ho lasciato fare, mi sembrava di non riuscire a muovermi... Credo che non abbia capito, forse ha pensato che lo volessi anch'io, è colpa mia, io...»

«Non è colpa tua. Ha capito benissimo» ha tagliato corto Angélique con voce brusca. «È solo che se ne frega.»

Ha chiuso gli occhi, ho pensato che non volesse lasciar riaffiorare i ricordi del deposito delle barche. Ci aveva messo tanto tempo a seppellirli, tanto tempo a rialzarsi. E, nonostante tutto, ha sussurrato: «Continua».

«Poi se n'è andato. Non ne abbiamo mai riparlato, ho pensato che fosse stato solo un incidente, non so... Mi sei venuta in mente tu, forse avevi vissuto lo stesso... malinteso. Non ne ho parlato con nessuno. A volte mi chiedevo persino se non avessi sognato, ma mi svegliavo all'improvviso di notte, sudata e terrorizzata. E poi, quand'è tornato per le vacanze estive, è successo di nuovo. Ho cercato di dirgli che non volevo, tante volte, ma non mi ascoltava.»

Angélique ha abbassato gli occhi sulle sue mani. Aveva stretto i pugni così forte che le unghie avevano scavato cinque piccole lunette sanguinanti in ognuno dei palmi.

«L'infermiera ha capito subito che ero incinta. A dire il vero, quando mi ha chiesto se avevo il ciclo come al solito, avrei dovuto mentire, ma ci ho messo un po' a capire dove voleva andare a parare. Come dice Iris, non sono proprio un fulmine di guerra...»

«Al diavolo Iris» ha ribattuto Angélique. «Non l'ho mai potuta sopportare, quella stronza.»

«L'infermiera mi ha dato un test e io stupidamente l'ho fatto subito. Era positivo. Ero così impanicata che le ho detto del risultato. A quel punto, ero incastrata. Lei ha cercato di spiegarmi le possibilità che avevo, ha insistito sul fatto che avrei dovuto parlarne con qualcuno... E io... ho pensato a te, ma tu eri con le tue nuove amiche, e dopo tutto quello che era successo non ho osato... Penso che sia per questo che sono diventata così aggressiva con te, volevo attirare la tua attenzione. Il giorno dopo, ho detto all'infermiera che ne avevo parlato con la mia matrigna e che si sarebbe occupata lei di tutto. Pensavo che questo avrebbe risolto le cose. Naturalmente era una bugia, non avevo detto nulla a Iris. Solo che l'infermiera è una cliente affezionata del salone di bellezza e ha chiamato Iris per darle l'indirizzo di un ginecologo per il mio "problema".»

Ho ripreso la sigaretta dalle dita di Angélique e ho aspirato lentamente, chiudendo gli occhi.

«Iris mi ha urlato che non ero altro che una piccola cretina irresponsabile, la vergogna della famiglia, che avrei rovinato la carriera di mio padre, il futuro dei miei fratelli, che ero solo un peso per loro... Insomma, ti risparmio i dettagli. Ed era così ingiusto che ho cominciato anch'io a gridare, a urlare che era colpa di Éric, che mi costringeva e non avevo fatto sesso con nessun altro a parte lui, e a quel punto lei...»

Mi sono interrotta, ancora scioccata da quei ricordi.

«Lei cosa?»

«È scoppiata. Non l'avevo mai vista così, ha cominciato a picchiarmi. Non uno schiaffo, mi ha proprio presa a botte, sono caduta a terra, mi ha sferrato pugni e calci. Mi ha chiamata puttana, bugiarda, ha urlato che non valevo più di te o della troia che aveva fatto cacciare suo figlio dalla *classe préparatoire* con le sue calunnie, e che non voleva mai più sentire simili orrori.»

Angélique, inorridita, mi ha preso la mano e l'ha stretta nella sua.

«E tuo padre? Non potevi chiedere aiuto a lui?»

Visto come aveva reagito quando avevo cercato di parlargli di Iris, non avrei mai osato sollevare la questione di Éric davanti a mio padre. Dopo l'episodio del deposito delle barche, Benjamin aveva nominato Angélique una sera a tavola. Credeva a suo fratello, ma era convinto che ci fosse stato un malinteso. Era consapevole che quella storia era più una questione da adulti che un pettegolezzo da studenti, ma non aveva ancora capito che la stragrande maggioranza degli adulti è troppo codarda per intervenire davvero in questo tipo di situazioni. Era preoccupato per Angélique, perché non era più tornata a scuola dopo quella serata. Voleva che Iris e mio padre andassero a parlare con sua madre, per mettere tutto in chiaro e poter fare pace. «Smettila con queste scemenze!» lo aveva interrotto mio padre con una voce glaciale. «Non abbiamo nessuna intenzione di metterci a discutere della vita sessuale di tuo fratello, sono cose private. Vai in camera tua.» Poi si era riempito il piatto e aveva fatto i complimenti a Iris per il suo stufato di vitello. La settimana successiva, aveva dimenticato quella conversazione e l'esistenza di Angélique.

«Mio padre non vuole sapere. C'è stato un problema con una ragazza nella *classe préparatoire* di Éric. È per questo che l'hanno cacciato. Mio padre e Iris sono andati a prenderlo e quando sono tornati lui ha dato una pacca sulla spalla a Éric e gli ha detto: "Non preoccuparti, figliolo, sono cose che succedono, non è così grave...".»

«Sì, ma tu sei sua figlia, non è la stessa cosa...»

Ho scrollato le spalle.

«Lui considera Éric come un figlio, e poi Iris gli avrebbe fatto il lavaggio del cervello, non mi avrebbe mai creduta. Sarei stata la colpevole, quella che causa problemi, che distrugge la famiglia. Io e mio padre non abbiamo mai condiviso nulla, non avrei nemmeno trovato le parole per raccontargli una cosa del genere.»

Angélique ha annuito.

«Capisco... E dopo lo scoppio di rabbia di Iris?»

«È venuta nella mia camera il giorno dopo, molto calma, quasi dolce. Si è scusata per essersi lasciata prendere la mano. Mi ha portata dal medico. A lui hanno detto che ero caduta dalle scale. Ero piena di lividi, ma non avevo nulla di rotto. Poi mi ha portata a Lille per l'interruzione di gravidanza. Era così calma, era spaventoso.»

«E tu? Era quello che volevi? Abortire?»

«Sì, non l'avrei mai tenuto. Figurati, allevare il figlio di quel porco... mai. Ma ovviamente lei non ha chiesto il mio parere, per lei non è mai stata una decisione che spettava a me. Quando sono uscita dall'ospedale, mi ha fatto promettere che non avrei mai parlato di tutto questo con nessuno, era acqua passata. I panni sporchi si lavano in casa. Se avessi parlato, avrei distrutto la famiglia, e la famiglia era più importante di tutto il resto. Le ho risposto che era suo figlio che distruggeva la famiglia, io non avevo chiesto nulla. Mi ha mollato uno schiaffo.»

Con un brivido, ho rivisto lo sguardo sprezzante di Iris, quel giorno, ho ripensato al suo ragionamento contorto: io provocavo i ragazzi e poi mi stupivo delle conseguenze? E poi, tra una ragazzina brutta, l'ultima della classe, e suo figlio così bello, così brillante, adorato da tutti, a chi avrebbero creduto? Quali prove avevo delle mie affermazioni?

Era così sicura di sé, così certa di non correre alcun rischio, metteva paura. Mi sono ricordata del modo in cui mi aveva convinta che Angélique era pazza, all'epoca del deposito delle barche, che cercava di distruggerci perché era invidiosa, che aveva tentato di sedurre Benjamin e poi Éric, che era isterica. Le avevo creduto. Io, la migliore amica di Angélique, mi ero bevuta tutte le sue sciocchezze. Allora chi avrebbe creduto a me?

«Potrei ucciderla» ha mormorato Angélique.

«È brutto da dire, ma dopo l'aborto ero quasi sollevata. Mi dicevo che dopo tutta quella storia Éric non avrebbe più osato avvicinarsi a me. Nonostante tutto, pensavo che Iris gli avesse fatto una bella lavata di capo, almeno per evitare un dramma. Invece ha ricominciato, come se nulla fosse.»

«Non hai mai provato... a ribellarti?»

«Quando resisto è peggio. Preferisco aspettare che passi, il più in fretta possibile, pensando ad altro.»

«E Benjamin?» chiese Angélique. «Benjamin lo sa?»

Ho scosso la testa.

«No, e non voglio che lo sappia, è già abbastanza triste per averti persa, credo che questa cosa lo distruggerebbe.»

«Che farai?»

L'ho guardata senza capire.

«Che vuoi che faccia?»

«Non puoi continuare a subire tutto questo!»

«Credi che non ci abbia pensato? Oggi ho saltato un'ora di piscina per venire qui da te, ma Iris controlla tutti i miei movimenti, sa sempre dove sono. Se mi lamento con qualcuno, mi distruggerà, o Éric mi ucciderà, a questo punto non so chi sarebbe il più veloce. Con i contatti che ha mio padre nella polizia, se scappo di casa mi troverebbero subito, e lei me la farebbe pagare con gli interessi.»

«Non siamo tanto lontani dal Belgio... verrebbero a cercarti all'estero?»

«In Belgio, sì. A volte sogno di andarmene in Giappone o in Australia... Così lontano che non mi possano più trovare. Ma è impossibile, non puoi prendere l'aereo senza farti notare, quando sei minorenne, senza contare che non ho un posto dove andare e non ho un soldo... Insomma, aspetto di diventare maggiorenne, trovo un lavoro e mi trasferisco, a Lille o a Parigi. Devo solo tenere duro fino a quel momento.»

«Come fai a resistere quasi tre anni in queste condizioni?» ha sussurrato Angélique.

«Non ho scelta.»

Angélique fissava l'orizzonte che la notte aveva inghiottito, là dove le candide scogliere di Dover emergevano dalla bruma nei giorni di bel tempo. Ha scrollato la testa, ha schiacciato il mozzicone in un vaso di fiori e ha dichiarato con molta calma: «C'è sempre una scelta. Ti tireremo fuori da questa situazione».

OGGI
LILOU

Fanny parcheggiò davanti alla piscina comunale. Non aveva detto una parola durante tutto il tragitto e Lilou sentiva che quella storia del soprannome non era stata accolta molto bene.

«Ho trovato il modo di consultare lo storico del meteo» annunciò la ragazza. «È stato un po' un casino accedere agli archivi di Météo France, ma si possono scaricare i dati dal sito.»

«Dimmi che era bel tempo il 3 settembre 2001!»

Lilou lanciò uno sguardo sorpreso alla matrigna. Aveva ancora le mani serrate sul volante nonostante avesse appena spento il motore, come se la questione fosse assolutamente cruciale.

«Cielo sereno, vento debole, sole splendente, ventuno gradi» dichiarò Lilou.

«Lo sapevo!» esclamò Fanny trionfante.

Lilou osservò la matrigna con aria circospetta. Che cosa c'era di tanto importante in quella faccenda del meteo? Seguì Fanny che entrò con passo deciso nella piscina di Bouville. L'odore di cloro e il calore intenso contrastavano con la freschezza del negozio del pescivendolo.

«Buongiorno, ho telefonato stamattina, ho appuntamento con il signor Roussel.»

«Sì, il suo ufficio è al primo piano» indicò la ragazza alla reception.

Lilou seguì Fanny su per le scale.

«Puoi dirmi cosa ci facciamo qui?» brontolò.

«Tu che sei così intelligente, pensi che una scrofa come me confiderebbe una simile informazione alla figliastra?»

Lilou alzò gli occhi al cielo.

«Stai ancora pensando a quella storia? Va bene, era solo uno scherzo! La tua psicologa non ti ha mai detto di lavorare sulla tua suscettibilità?»

Senza rispondere, Fanny bussò alla porta aperta di un ufficio su cui c'era scritto «Adam Roussel».

«Signor Roussel? L'ho chiamata stamattina.»

«Ah sì, buongiorno, entrate. Volete un caffè?»

«Volentieri.»

A Lilou sembrava che quel susseguirsi di caffè non fosse raccomandabile, considerato lo stato di tensione e irritazione in cui già si trovava Fanny. Preferì rifiutare: una delle due doveva pur rimanere lucida.

L'ufficio dava sulla piscina. Una larga vetrata attutiva il rumore dell'acqua, delle grida dei bambini e dei fischi dell'istruttore di nuoto. Dalla sedia di plastica su cui era seduta, Lilou poteva vedere una classe di studenti che si esercitava nel tuffo e una donna incinta che faceva le vasche.

Il signor Roussel tornò con un bicchierino di caffè.

«Ditemi tutto.»

«La mia figliastra qui presente sogna di attraversare la

Manica a nuoto, ha quattordici anni, quasi quindici, e si allena molto. Ho cercato di convincerla che è impossibile, ma lei sa quanto sono cocciuti e fastidiosi a quell'età, soprattutto Lilou. Visto che tre anni fa lei ha allenato un nuotatore che ha fatto questa traversata, volevo un suo parere.»

Offesa da quella descrizione poco lusinghiera, Lilou lanciò uno sguardo furioso e stupefatto alla matrigna. Adam Roussel guardò Fanny con aria severa.

«È molto bello avere grandi obiettivi a questa età, e il sostegno dei propri cari è fondamentale per il successo di un progetto. Dovete pensare che ogni record sportivo è considerato impossibile fino a quando qualcuno, con una visione abbastanza ampia, non ha il coraggio di realizzarlo.»

«Okay, ma cosa implicherebbe questo progetto per Lilou? Sarebbe troppo giovane fisicamente?»

Lilou, che fino a quel momento si era chiesta se Fanny non avesse in corso un ictus, data l'incoerenza totale dei suoi discorsi, capì di colpo dove voleva arrivare. Fanny pensava che Sarah fosse scappata in Inghilterra attraversando la Manica a nuoto. Quell'avversario, che fissava con un misto di terrore e determinazione nella foto, non era un nemico nascosto, era il mare che si accingeva ad attraversare.

«Fisicamente è molto ambizioso, ma è possibile» rispose il signor Roussel rivolgendosi a Lilou con un sorriso. «Un ragazzo di undici anni l'ha attraversata nel 1986. Legalmente, Lilou, dovrai comunque aspettare di aver compiuto sedici anni, ma in ogni caso avresti bisogno di questo tempo per prepararti adeguatamente. È una vera impresa sportiva, che richiede disciplina, resistenza e un allenamento molto, molto intenso. Pochissime persone ci riescono.»

«In che senso "molto intenso"?»

«Ti servirebbero due o tre anni di allenamento, direi quattro volte a settimana, tra le due e le quattro ore, in piscina ma anche in acque libere, ovviamente. Dovresti lavorare sia sulla velocità sia sulla resistenza.»

«In acque libere?» chiese Lilou con curiosità.

La domanda da dilettante sembrò sorprendere un po' il signor Roussel. «Nel mare o in un lago, e non in piscina. Hai fatto delle ricerche su questa traversata? Si parla di quindici ore di sforzo continuo, in termini di resistenza è l'equivalente di tre maratone di fila, in un mare gelido.»

«Sì, certo. E cos'altro dovrei fare?»

«Be', è essenziale mantenere il corpo a trentasette gradi per evitare l'ipotermia. Quindi bisogna saper resistere al freddo: dovrai sviluppare uno strato protettivo di grasso con una dieta adeguata. A occhio e croce, direi che dovresti prendere almeno quindici chili e allenarti a sopportare temperature molto basse.»

«E come si fa?»

«Nuotando in acque molto fredde; l'uomo che ho allenato nuotava nella Manica tutto l'anno. Ho conosciuto un inglese che usava la cella frigorifera del cugino macellaio, alcuni nuotatori addirittura si immergono in bagni di ghiaccio e si allenano a rimanerci il più a lungo possibile.»

«Bagni di ghiaccio» ripeté Lilou, rivolta a Fanny. «Ecco perché il ghiaccio! E quindi, una volta pronta, come funziona? Mi sveglio una mattina e parto?»

«Certo che no! Innanzitutto, la traversata ora è vietata dalla Francia, quindi dovresti partire dall'Inghilterra. Poi dovresti iscriverti con un anno di anticipo, pagare tremila euro per noleggiare una barca che ti accompagni, a patto che le condizioni meteorologiche lo permettano...»

«E se volessi farlo da sola, senza barca, dalla Francia?»

Il signor Roussel scoppiò a ridere.

«È impossibile. Innanzitutto è illegale, e poi non avresti nessuna possibilità di farcela.»

«Perché? È più difficile?»

«È impossibile attraversare senza una barca, nessuno l'ha mai fatto.»

«Va bene, ma immaginiamo che io lo voglia fare comunque. Cosa succederebbe?»

Il signor Roussel aggrottò le sopracciglia e rifletté.

«Sarebbe un suicidio. Cioè, in teoria, se parti dalla Francia, forse avresti la possibilità di vedere le scogliere di Dover lungo tutto il percorso, a patto di attraversare di giorno e che il mare sia calmo, il che ti consentirebbe di orientarti senza una barca, ma mi sembra del tutto improbabile... E questo vuol dire che il tuo orario di partenza dipenderebbe dall'alba, non dalle maree, il che rappresenta un'ulteriore difficoltà... Per l'equipaggiamento, immagino che con uno di quei sacchi impermeabili che galleggiano potresti portarti il tuo rifornimento...»

«Quindi è molto improbabile... ma è possibile?»

«La Manica è uno dei canali più trafficati al mondo. Senza un'imbarcazione, il rischio di essere investiti da un traghetto, una portacontainer o una petroliera è estremamente alto. A questo si aggiungono i banchi di meduse, il freddo, eventuali edemi polmonari, i crampi, lo sfinimento... Detto fuori dai denti, moriresti lungo il tragitto.»

Lilou incrociò le braccia sul petto. «Credevo che il principio di un'impresa sportiva fosse che tutti la ritengono impossibile fino a quando qualcuno un po' più coraggioso e determinato degli altri non ci riesce, o no?»

SARAH

Qualche giorno dopo la nostra conversazione al cimitero, Angélique è venuta ad aspettarmi all'uscita della piscina. Non ne sono stata sorpresa, era il posto dove aveva più probabilità di incontrarmi senza farsi notare. Avevo ancora i capelli bagnati, e ricordo che faceva freddo, un freddo umido e penetrante. Iris non voleva che portassi il berretto, trovava che mi desse un'aria stupida.

«Forse ho un piano» ha annunciato Angélique senza nemmeno salutarmi.

«Un piano? Un piano per cosa?»

«Per farti sparire.»

Sono scoppiata a ridere. Angélique aveva quell'aria eccitata che le si dipingeva sulla faccia quando eravamo piccole e mi trascinava in un progetto un po' folle come scappare dalla finestra della sala di catechismo, nuotare fino a una caletta proibita o scalare il muro del nostro giardino per spiare il signor Soubingé, il vicino strano che si stendeva completamente nudo sulla sdraio.

Ho aperto la catena della bicicletta.

«Devo essere a casa tra venti minuti o Iris mi farà passare un brutto quarto d'ora... Se mi avessi avvisata, sarei uscita prima dall'acqua.»

«Ti accompagno, così possiamo parlare. Immagina di riuscire ad arrivare in Inghilterra senza usare un mezzo di trasporto che richiede di mostrare un documento d'identità. Pensi che ti cercherebbero fin lì, se non hai preso né il traghetto, né il treno, né l'aereo?»

L'ho fissata, perplessa.

«E come ci vado in Inghilterra, senza prendere né il traghetto, né il treno, né l'aereo?»

«Ti ricordi la prima volta che ci siamo parlate al cimitero, il giorno del funerale di tua mamma? Gertrude Caroline Ederle ti dice qualcosa?»

«Sì, la prima donna che ha attraversato la Manica a nuoto, mia madre mi parlava spesso di lei, ma non vedo il collegamento...»

Angélique ha sorriso.

«Non vedi il collegamento?»

Era davvero così pazza da suggerirmi di fuggire da Bouville attraversando la Manica a nuoto? Ho aperto la bocca, mi veniva da ridere, ma di fronte ai suoi occhi brillanti di determinazione non ho osato.

«Vuoi che nuoti fino in Inghilterra?»

«Sì!»

Angélique ha tirato fuori dallo zaino dei fogli stampati.

«Guarda, ho fatto delle ricerche in biblioteca. Ogni anno, quando eravamo piccole, c'erano dei nuotatori che facevano la traversata. Adesso è vietato partire dalla Francia, mentre continuano a farlo dall'Inghilterra. Ci vuole molto allenamento, ma nuotare è il tuo talento. Nessuno immaginerà che tu abbia potuto fare una cosa del genere, non verranno mai a cercarti laggiù.»

Ho sorriso, era tenera con le sue convinzioni da bambina, ma il suo progetto era assurdo.

«Non lo immagineranno perché è impossibile. E poi, ammettiamo anche che ci riesca, che cosa faccio dopo?»

«Ti trovi un lavoro, ti costruisci una vita.»

«A quindici anni? Senza soldi?»

«Puoi fingere di essere maggiorenne, e i soldi si trovano. In ogni caso, a quanto ho capito, non puoi attraversare prima dell'estate, l'acqua è troppo fredda, i giorni sono troppo corti. Abbiamo otto mesi per allenarti, trovare abbastanza soldi e organizzare tutto in modo intelligente.»

«"Abbiamo" chi? Con chi hai parlato dei miei problemi?»

«Con nessuno» mi ha rassicurata Angélique. «Ma penso che dovremmo informare Jasmine e Morgane. Jasmine la conosci, so che a volte chiacchieravi con lei quando veniva a casa tua...»

«Mi odiate tutte e tre, perché dovreste aiutarmi?»

Angélique ha tirato su la manica e ha mostrato il nastro rosa che aveva al polso.

«Perché siamo le Disincantate, ecco perché, e abbiamo giurato di rimanere solidali, in qualsiasi situazione, e di sostenerci e aiutarci sempre, quando possiamo.»

«Mi chiedevo che cosa fosse quel braccialetto, Jasmine non ha voluto spiegarmelo. In ogni caso, io non faccio parte del vostro gruppo, quindi perché dovreste essere solidali con me?»

«Lascia che ne parli con loro... Le conosco, sono sicura che accetteranno di accogliere la quarta Disincantata.»

OGGI
FANNY

Mentre usciva dalla piscina, il telefono di Fanny si mise a vibrare.

Con tutto quello che stava succedendo, si era persino dimenticata di aver inviato il dossier su Sarah Leroy alla sua capa il giorno prima.

«Pronto?»

«Fanny, che schifezza mi hai mandato?»

«Scusa?»

«Quella roba su Sarah Leroy!»

«Ah sì. Non ti è piaciuto?»

«Non mi è piaciuto? Mi chiede se non mi è piaciuto! Io non credo alle mie orecchie! Pensi che fare giornalismo significhi riassumere dieci articoli trovati a casaccio su Google? Non c'è un'emozione, non c'è un briciolo di suspense, è più noioso di un documentario di quattro ore sulla ricetta del *kouign-amann*!»

«Mi sembra un po' eccessivo, io...»

«Eccessivo? Questa è l'ultima volta che mi fai perdere tempo a leggere una roba del genere! Hai capito bene? Hai quarantotto ore per mandarmi qualcosa di serio o puoi dire addio alla tua promozione!»

Fanny non ebbe il tempo di replicare: Catherine aveva già riagganciato. Guardò lo schermo del cellulare.

«Ho appena ricevuto un messaggio da Angélique!»

«Cosa dice?» domandò Lilou.

«Dice che, se ho delle domande su Sarah, preferisce che chieda direttamente a lei, piuttosto che infilare Dio sa cosa nel mio articolo... Vuole che andiamo da lei.»

SARAH

Morgane e Jasmine hanno accettato di aiutarmi. Non tanto, credo, per solidarietà, ma perché era evidente che Angélique non avrebbe mollato il colpo. Sembrava che avesse trovato in quel piano di salvataggio una sorta di riparazione a quello che Éric ci aveva fatto passare. Come se tirarmi fuori dall'inferno che vivevo quotidianamente bastasse a rimediare a tutto: allo stupro nel deposito delle barche, alla nostra amicizia spezzata, alla mia adolescenza rovinata e alla perdita di Benjamin. Ho capito molto in fretta che Angélique non aveva mai smesso di amarlo. Mi chiedeva spesso di lui, come se non sapessi perché lo faceva. Le rispondevo sempre. Le sue domande mi rattristavano. Non provavo più nulla per Benjamin, ma dopo tutto quello che era successo, sinceramente non vedevo come si potesse pensare a una storia tra Angélique e il fratellino di Éric.

Conoscevo già Jasmine. Parlavo con lei di tanto in tanto in cucina, mentre aspettava che Sofia, sua madre, finisse di lavorare. Era una ragazza tranquilla, intelligente e discreta.

Qualche volta, visto che eravamo nella stessa classe, mi aveva aiutata con gli esercizi di matematica che non capivo. Mi aveva spiegato le cose, non come facevano gli altri, facendomi sentire stupida, ma con calma e chiarezza, riformulando quando vedeva che non la seguivo più.

Il mio rapporto con Morgane è stato più complicato. Senza conoscerla, l'avevo sempre un po' disprezzata. Ero convinta che l'unica cosa importante, quando hai quindici anni, fosse essere belle e piacere a più ragazzi possibile. Iris mi aveva trasmesso questa ossessione per l'aspetto fisico, per il corpo, il mio e quello degli altri. Quando invitavo delle amiche a casa, la mia matrigna faceva sempre una valutazione dei loro pregi estetici, come se fossimo a un maledetto concorso di Miss Francia: «Charlotte, carina, ma non si tiene; Mélissa, peccato, ha le gambe come due pali; Carène, non abbastanza seno; Marie, sedere grosso, invecchierà male; Laura, dovresti regalarle una crema per i brufoli». Faceva lo stesso con quelle che chiamava «le sue amiche»; non appena uscivano di casa, commentava con chiunque stesse a sentirla: «Non trovi che sia ingrassata? Invecchiata? Che idea mettere un vestito del genere quando hai le braccia flaccide...». Sembrava la sfilata delle vacche al Salone dell'agricoltura. Mai una volta mi ha chiesto degli interessi delle mie amiche, del lavoro che avevano in mente per il futuro o di come andavano a scuola. Contava solo il loro aspetto. Dovevi essere la più bella: era quello il vero successo per una donna. Era anche il motivo per cui aveva tanto incoraggiato la mia amicizia con Julie Durocher. Julie era una bambolina di porcellana, dai lineamenti armoniosi e dal corpo sottile e levigato. Era simpatica e andavamo d'accordo, devo ammetterlo, anche se non voleva mai venire a nuotare e una volta ha provato a baciarmi nei bagni dismessi in fondo al cortile della scuola, dopo avermi attirata lì col pretesto di confidarmi qualcosa di importante. È scappata sentendo un rumore. Se Iris avesse saputo che a Julie piacevano le ragazze, probabilmente l'avrebbe apprezzata molto meno, ma ho mantenuto il suo segreto. Julie era mia amica. Nella scala di valutazione delle ragazze che Iris mi aveva inculcato, anche se all'epoca non ero consapevole dell'entità della sua influenza sulla mia visione del mondo, Morgane era in fondo, all'ultimo gradino. Non era bella, si vestiva malissimo, si pettinava appena e non si truccava mai. Da qui la mia totale mancanza di rispetto per lei. Certo, era sempre la prima della classe, ne sapeva più dei professori, li correggeva regolarmente, e la cosa li irritava. Ma a lei non importava di piacere. Non faceva mai finta di trovare divertente una battuta solo per non offendere un ragazzo, non ha mai nascosto la sua intelligenza per confondersi nella massa. Ci è voluto del tempo perché riuscissi ad ammirare questa libertà e questa intelligenza così vivace, io che non avevo avuto in dono né bellezza né cervello, come piaceva ripetere a Iris. A Morgane io non piacevo. Non lo ha mai confessato apertamente, ma rappresentavo tutto ciò contro cui lottava attraverso le Disincantate. So anche da Jasmine che, quando hanno votato per decidere se aiutarmi o no, Morgane ha votato contro. Non si fidava di me, ha sostenuto che avrei causato solo problemi, cosa su cui non aveva del tutto torto. Ciononostante, si è arresa alla maggioranza senza protestare. E lei, che sarebbe stata capace di vendere scarponi da sci in mezzo al Sahara, è riuscita a far credere al professor Follet che voleva darmi lezioni private gratuite la sera. Il professore ha accettato di chiamare i miei per spiegare che sarebbe stato utile per me approfittare dell'aiuto di Morgane: avrebbe messo a disposizione un'aula e sarei tornata a casa verso le otto. Iris non ha osato rifiutare e quelle finte lezioni sono diventate preziose ore di allenamento.

Morgane ha divorato un numero infinito di articoli in inglese sul computer della biblioteca comunale, che godeva da qualche tempo di una connessione Internet illimitata. Ha chiamato a lungo e più volte la Channel Swimming Association, un'associazione inglese fondata nel 1927 che aiutava i nuotatori a organizzare la traversata. Una sera, poco dopo l'inizio del mio allenamento, è entrata nel salotto di Angélique dove ci riunivamo e ha dichiarato con fermezza: «Mi spiace, ho studiato la faccenda, questo progetto è una follia, è impossibile».

«Impossibile?» ha chiesto Angélique. «Perché?»

«Le persone che effettuano la traversata devono per forza essere accompagnate da una barca che indichi la rotta e che eviti loro di essere travolte da un cargo o da un traghetto... Non riuscirà mai a orientarsi da sola.»

Angélique ha alzato le spalle, come se Morgane avesse appena tirato fuori quisquilie senza alcun valore.

«Sarah è una nuotatrice eccezionale, la sua insegnante voleva che facesse agonismo.»

Morgane ha alzato gli occhi al cielo.

«Come tutti i nuotatori che hanno tentato la traversata. Eppure loro avevano una barca d'appoggio! Tra le correnti, le meduse, le portacontainer e il freddo, questa traversata la chiamano "l'Everest del nuoto", non è una cosa che si fa così per fare.»

«Ma lei non lo fa così per fare» ha ribattuto Angélique.

«Sono anni che nuota, e ha ancora davanti dei mesi per allenarsi!»

«Ascoltate, bisogna smetterla di fantasticare, è una sciocchezza! Basta che si tinga i capelli e prenda il traghetto con la mia carta d'identità!»

«La prima cosa che faranno in caso di fuga è controllare le liste dei passeggeri... Siamo tutte nella stessa scuola, faranno subito il collegamento!»

Morgane ha scosso la testa, arrabbiata. Di solito era persuasiva, ma nulla poteva smuovere le certezze di Angélique. La sua fiducia nelle mie capacità era infinita.

«È una follia, non ce la farà mai! Finirà per annegare e saremo tutte nei guai!»

Fino a quel momento, per quanto strano possa sembrare, ero l'unica a non aver espresso il proprio parere sul piano di Angélique. Fin dall'inizio, Angélique e Jasmine erano del tutto convinte, Morgane solo a metà. Io non dicevo niente. Le osservavo, mentre facevano di tutto per «salvarmi». Non sapevo nemmeno di poter essere «salvata». E mentre l'entusiasmo di Angélique mi dava il senso di conforto di una cioccolata calda in inverno, il «non ce la farà mai!» di Morgane, pronunciato con quel tono perentorio, come se io non fossi nemmeno presente, mi ha colpita come uno sputo in faccia. Per tutta la mia vita ero stata giudicata un'incapace. Il mare e la piscina erano gli unici luoghi dove non ero considerata un impiastro. Il nuoto era il mio talento. Un talento ridicolo e inutile secondo Iris, ma comunque il mio talento, la sola cosa in cui ero più dotata della media delle persone. Sentire Morgane, che non ne sapeva niente, affermare per l'ennesima volta che non ce l'avrei fatta ha sollevato in me un'ondata di rabbia. L'ho interrotta con tono secco: «Non spetta a voi decidere, spetta a me. Lo farò, con o senza di voi».

Un silenzio ha seguito la mia dichiarazione, come se fossero tutte sorprese che finalmente mi esprimessi sulla questione, quasi non fossi io l'attrice principale di quella storia.

Angélique ha sorriso e mi ha messo un braccio attorno alle spalle.

«Certo che ce la farai, sei di gran lunga la migliore nuotatrice che conosciamo, e lo sei sempre stata.»

«Ci lascerai le penne» ha ribattuto Morgane. «È un suicidio.»

«Sono già morta, preferisco annegare in mare aperto piuttosto che aspettare che mi finiscano qui.»

La mia dichiarazione ha provocato un nuovo silenzio. Morgane ha messo giù gli appunti che aveva preso durante la sua telefonata con la Channel Swimming Association. Ha riflettuto a lungo, fissandomi. Poi si è girata verso Angélique: «Non avresti dovuto metterle in testa questa idea. Se le succede qualcosa, saremo tutte responsabili».

«Non le accadrà niente» ha replicato Angélique. «Ci riuscirà.»

Morgane ha scosso la testa, rassegnata.

«Io rimango contraria. L'unica ragione per cui accetto di partecipare a questa follia è che sarà ancora più in pericolo se non do il mio contributo.»

Quell'affermazione poteva sembrare presuntuosa, ma era un dato di fatto e Morgane non perdeva tempo con la falsa modestia. Dopo quella discussione, si è messa a studiare le correnti e le maree con la passione di un oceanografo, per cercare di preparare nel miglior modo possibile la mia futura traversata. Dal canto mio, dovevo dedicare ogni istante libero all'allenamento. Angélique e Jasmine, invece, dovevano raccogliere più denaro possibile affinché potessi iniziare una nuova vita in Inghilterra.

Angélique ha trovato un lavoro al club nautico. All'epoca, il vecchio René ci lavorava da solo tutto l'inverno. Non aveva davvero bisogno di aiuto durante quella stagione morta, ma ha accettato di pagarla in nero in cambio di una mano nei fine settimana, perché gliel'ho chiesto io. Non mi diceva mai di no, mi voleva bene come alla figlia che aveva perso. Angélique noleggiava mute da sub e tavole da surf ai pochi incoscienti che sfidavano l'inverno, gestiva i catamarani e prendeva le iscrizioni per i corsi di vela che sarebbero ripartiti in primavera. Jasmine, forte del suo piazzamento al concorso Kangourou, si è messa a dare lezioni private di matematica a destra e a manca. Tutto il denaro guadagnato finiva in una grossa busta di carta kraft, nascosta sotto il materasso di Morgane. Io nuotavo. Ore intere, in piscina, in mare, persino a dicembre, quando la temperatura dell'acqua scendeva sotto i dieci gradi. C'era sempre una delle tre che mi aspettava sulla spiaggia, nel vento gelido, con un cronometro in una mano e un asciugamano nell'altra, per evitarmi l'ipotermia. Jasmine, che aveva un lato materno, mi portava persino un thermos di cioccolata calda per tirarmi su dopo lo sforzo.

Non meritavo la loro amicizia. Me lo ripetevo spesso, la sera nel mio letto, convinta che prima o poi mi avrebbero tradita. La vita mi aveva insegnato fin da piccola che l'unico modo per non restare delusi è aspettarsi sempre il peggio dalle persone che abbiamo attorno.

OGGI
FANNY

Lilou e Fanny suonarono alla porta di Angélique con la stessa impazienza e la testa piena di domande. Non fu Angélique ad aprire, ma una donna mora con un abito blu elettrico. I suoi ricci scuri erano raccolti in una pettinatura disordinata ed elegante, nella quale aveva piantato gli occhiali.

Fanny ebbe un sussulto di sorpresa.

«Jasmine? Che cosa ci fai qui?»

«Entrate» si limitò a rispondere lei.

Nel salotto, Angélique e una donna dall'aria austera in un severo tailleur nero attendevano in silenzio.

«Morgane...» confermò Fanny, questa volta senza stupore.

«Ciao, Fanny, e tu devi essere Lilou» continuò Morgane squadrando l'adolescente.

«Sì, sono io...» rispose Lilou, intimidita da quello sguardo penetrante.

«Ho una figlia della tua età» commentò Morgane.

«Oh, hai dei figli?» chiese Fanny.

«Sì, tre» rispose lei, divertita. «E sono sposata. Ma, correggimi se sbaglio, non sei qui per parlare dei miei bambini, della pioggia o del bel tempo.»

«In effetti no. Posso sedermi?»

Angélique indicò il divano con un gesto e Fanny obbedì, mentre Lilou si sedeva a gambe incrociate sul tappeto. Notò una pila di quaderni e taccuini di diverse dimensioni e colori posati sul tavolino del salotto.

«Se ho capito bene da quello che mi hai detto l'ultima volta che ci siamo viste» esordì Angélique, «tu pensi che, visto che avevo la giacca di Sarah il giorno della sua scomparsa, sia io la responsabile...»

«L'ho pensato» confermò Fanny, «o meglio, per tutti questi anni ho pensato che avessi qualcosa a che fare con questa faccenda. È il motivo per cui mi sono allontanata, credo... Ma ultimamente, grazie a Lilou, ho iniziato a considerare un'altra possibilità.»

Un silenzio incuriosito accolse quelle parole e Fanny spiegò la conclusione a cui erano arrivate: il ghiaccio, la fotografia di Sarah di fronte al mare e le domande al maestro di nuoto.

Angélique, Morgane e Jasmine si guardarono l'un l'altra a più riprese, ma non la interruppero.

«Quel che non capisco è perché Sarah voleva fuggire.»

«Ora ti spieghiamo» sospirò Angélique. «È una lunga storia.»

«Ma... c'è riuscita?» chiese Lilou piena di speranza. «Ce l'ha fatta ad attraversare la Manica?»

SARAH

Il giorno prima della mia partenza, ho voluto fare un ultimo bagno di ghiaccio per dimostrare ad Angélique che ero in grado di affrontare la traversata indossando un costume da bagno. Quella stessa mattina, avevo avuto una lite furibonda con lei, quando le avevo detto che non avrei indossato la muta che aveva sottratto per me al club nautico. Le traversate con la muta non sono ufficialmente riconosciute dalla Channel Swimming Association. Anche se nessuno sarebbe venuto a conoscenza della mia prodezza, volevo compierla in condizioni reali, volevo realizzare un'impresa almeno una volta nella mia vita.

Ma quando mi sono trovata nella vasca da bagno, a casa di Angélique, ho lasciato che il freddo prendesse il sopravvento. Sapevo che stavo perdendo conoscenza, ma non ho detto nulla, ho cercato di resistere. Forse sentivo, nel profondo di me stessa, che sarebbe stato più facile morire di freddo addormentandomi dolcemente in quel bagno di ghiaccio che non il giorno dopo, da sola in mezzo alle onde e alle meduse.

Morgane e Angélique mi hanno tirata fuori dalla vasca e i cubetti di ghiaccio si sono sparpagliati sul pavimento con il crepitio di una mitragliatrice. Jasmine, bianca come un cencio, aveva ancora il cronometro in mano. Angélique ha aperto l'armadietto e, con un solo gesto, mi ha rovesciato tutti gli asciugamani sul corpo.

«È tutta blu. Dovremmo metterla sotto l'acqua calda» ha bisbigliato Jasmine.

«Assolutamente no!» ha esclamato Morgane mentre mi avvolgeva negli asciugamani con gesti frenetici. «Lo shock termico potrebbe ucciderla!»

«Bisogna portarla a letto. Il pavimento è bagnato, aiutatemi» ha ordinato Angélique.

Hanno preso il mio corpo inerte per portarlo in camera da letto e infilarlo sotto le coperte. Con la fronte ho urtato l'angolo di un mobile o forse il telaio di una porta. Ho sentito un colpo alla tempia, ma nessun dolore. Le mie terminazioni nervose non rispondevano più.

«Merda! Le hai fracassato la testa!» ha urlato Jasmine.

«La tempia è un punto che sanguina sempre molto» ha ribattuto Morgane. «Non è niente, infilale la giacca sotto la testa, così non sporcheremo dappertutto.»

Ho sentito sotto il cranio la morbidezza familiare della mia giacca di camoscio e poi, sul corpo gelido, le coperte ammonticchiate sopra di me. Non so se ho ricostruito questo ricordo o se sono davvero uscita dal mio corpo, ma rammento di essermi vista distesa sul letto di Angélique nell'appartamento sopra al ristorante, con le labbra blu e i capelli irrigiditi dal ghiaccio sparsi su un cuscino a fiori.

«Dobbiamo scaldarla» ha bisbigliato Angélique, sdraiandosi accanto a me.

Mi ha abbracciata con tutta la sua forza. Morgane e Jasmine, in silenzio, sono venute ad abbracciarmi a loro volta. Ci siamo ritrovate tutte e quattro abbracciate su quel letto.

«Svegliati» sussurrava Angélique, in lacrime, vicino al mio orecchio. «Svegliati... puoi farcela, sei forte, sei una guerriera. Svegliati, ti supplico... te la caverai, ti tireremo fuori da qui, te lo giuro.»

Angélique, sempre più in preda al panico, mi toccava il viso e le mani irrigidite dal freddo, sperando di trasmettermi un po' del suo calore. Poi, disperata, mi ha schiaffeggiata e ha urlato: «Porca miseria, svegliati, Leroy! Non puoi mica morire! Ti proibisco di farmi questo scherzo!».

Ho aperto immediatamente gli occhi. Le altre due hanno lanciato un grido di gioia.

«Quanto ho fatto?» ho chiesto con voce roca, incapace di controllare il battito dei miei denti.

Jasmine si è affrettata a raccogliere il cronometro che aveva lasciato cadere a terra: «Dieci minuti e ventiquattro secondi. L'acqua era a otto gradi».

Ho sorriso, trionfante, e ho dichiarato: «Record battuto».

«Tu sei pazza!» si è arrabbiata Morgane. «Devi fare le cose per gradi, avresti potuto morire per ipotermia!»

«Non ho tempo di fare le cose per gradi» ho risposto, battendo i denti. «Mi ci vorranno tra le tredici e le quindici ore per attraversare la Manica, l'acqua sarà tra i dodici e i sedici gradi, non posso permettere al freddo di rallentarmi. Se cala la notte prima che io sia arrivata a Dover, sono spacciata.»

Morgane ha scosso la testa, più pallida del muro bianco

dietro di lei. Era contraria, è sempre stata contraria, e fino all'ultimo ha cercato di dissuadermi. Bisogna dargliene atto.

Quando finalmente sono riuscita a sedermi sul letto, ho notato che la fodera della giacca su cui poggiava la mia testa era sporca di sangue.

OGGI
FANNY

«È annegata» disse piano Angélique, rispondendo alla domanda di Lilou. «Non ha voluto mettersi la muta. È per questo che abbiamo litigato il giorno prima della sua partenza, sulla spiaggia. Voleva seguire le regole che vengono imposte ai nuotatori quando fanno la traversata per l'impresa sportiva.»

«È stato quello il litigio che è stato visto da un testimone e poi riportato alla polizia» continuò Morgane. «Era già un suicidio di per sé tentare la traversata senza barca, ma senza muta, con le meduse, il freddo... Sarah non aveva nessuna possibilità, ho cercato di impedirglielo, ma era lei che voleva partire in quelle condizioni.»

Lilou si rivolse ad Angélique, speranzosa: «Ma solo perché non avete più avuto sue notizie non vuol dire che abbia fallito, no? Magari è viva, da qualche parte... non pensi?».

Angélique posò una mano sulla spalla di Lilou, in un gesto confortante.

«Se ce l'avesse fatta, ci avrebbe avvertite.»

«Ed Éric Chevalier?» chiese Fanny. «Non vi pesa il fatto di aver mandato un uomo innocente in prigione?»

«Éric Chevalier non era un uomo innocente» tagliò corto Jasmine. «Ha violentato Angélique quando aveva tredici anni, mentre lui era già maggiorenne, e ha violentato Sarah più volte.»

«È per questo che Sarah voleva andarsene...» mormorò Lilou, scioccata. «Per scappare da lui.»

Fanny fissava sua sorella, con gli occhi pieni di lacrime.

«Mi dispiace... se avessi saputo, io...»

«Non potevi sapere» sussurrò Angélique.

«Dato che non possiamo riscrivere il passato» intervenne Morgane, «la domanda è: cosa volete fare della verità, ora che la conoscete?»

Fanny osservò Morgane, stordita. Il senso di colpa le aveva tolto il respiro. Come aveva fatto a non capire? Per tutti quegli anni, aveva pensato che ad Angélique fosse successo qualcosa, ma non era stata in grado di esserci davvero per lei... Senza riflettere, attraversò la stanza e andò ad abbracciare la sorella. Quest'ultima, stupefatta, impiegò alcuni secondi per ricambiare il suo abbraccio.

«Sto bene» disse con voce tremante di emozione. «Non preoccuparti, è stato tanto tempo fa. Non è colpa tua.»

«Il tuo articolo su Sarah Leroy...» insistette Morgane dopo un silenzio commosso. «Hai intenzione di pubblicare tutta questa storia?»

Travolta dagli eventi, Fanny aveva completamente dimenticato la rivista. Ovviamente, aveva tra le mani uno scoop. Catherine sarebbe stata entusiasta: non si trattava più di un semplice articolo sulla scomparsa di Sarah Leroy, ma di qualcosa tipo «La verità sulla scomparsa di Sarah

Leroy», la rivelazione dell'anno. Sarebbero state le migliori vendite del decennio...

«Non lo so...» rispose con onestà. «Cosa volete, voi?»

Jasmine alzò le spalle.

«Che resti un segreto, ovviamente.»

Morgane aggrottò le sopracciglia.

«Non necessariamente, per me. Sono stanca di vivere con il peso della condanna di Éric Chevalier sulla coscienza.»

Jasmine fece un gesto noncurante con la mano.

«Ha avuto ciò che meritava. Si chiama giustizia» disse.

«No, invece» ribatté Morgane scuotendo il capo. «Questo non ha nulla a che fare con la giustizia. Éric dovrebbe essere giudicato per i suoi crimini, non per un omicidio che non ha commesso.»

Jasmine alzò gli occhi al cielo.

«Non sarebbe mai stato condannato per i suoi veri crimini, lo sai benissimo. Non sei stata tu a dichiarare di recente in un'intervista che il novantotto per cento delle denunce di stupro finisce con un non luogo a procedere e che lo stupro è di fatto un crimine del tutto impunito in Francia?» disse Jasmine.

«Ho anche detto che non si può rinunciare alla presunzione di innocenza» sottolineò Morgane.

«La presunzione di innocenza per gli stupratori significa presumere che la vittima stia mentendo» ribatté irritata Jasmine. «Non serve aver studiato ad Harvard per capire che gli aggressori hanno molte più ragioni di mentire delle vittime!»

«Non ho detto che è un sistema ideale» replicò Morgane senza perdere la calma. «Ma è il nostro sistema, e non possiamo accettare che ognuno regoli i suoi conti da sé e poi chiamarla giustizia.»

«Be', adesso non mi sembra il momento di discutere del sistema giudiziario» s'intromise Fanny. «Forse è più importante metterci d'accordo... Angélique? Tu cosa ne pensi?»

Sua sorella giocherellava con l'accendino, lo sguardo perso nel vuoto.

«Non lo so» finì per rispondere. «Non ho mai avuto un parere netto sulla questione come Morgane o Jasmine.»

«In ogni caso, se decidi di raccontare la nostra storia» intervenne Morgane, «vorremmo almeno che lo facessi per bene.»

Si avvicinò al tavolino e prese la pila di taccuini.

«Ecco i nostri diari dell'epoca. Il professore di francese, il signor Follet, ci ha sempre incoraggiate a tenerne uno. All'interno troverai il racconto della nostra infanzia e molti dettagli su tutta questa storia. Abbiamo anche quello di Sarah...»

«Come mai?» chiese Lilou, sorpresa.

«L'estate della traversata, abbiamo condiviso i nostri diari, come gesto di fiducia reciproca.»

«Va bene» mormorò Fanny, prendendo i quaderni che Morgane le tendeva.

«Ma se non siete d'accordo tra di voi, come si fa?» chiese Lilou. «Toccherà a Fanny decidere se pubblicare o meno il suo articolo?»

Morgane sorrise a Jasmine, che scoppiò a ridere. Ogni traccia di irritazione era sparita dal suo viso.

«Ci metteremo d'accordo oppure voteremo, e la maggioranza avrà la meglio, perché siamo una cosa sola e, nella nostra storia, il "noi" ha sempre prevalso sull'"io".»

SARAH

L'estate prima della traversata, Iris e Benjamin sono andati nel Cantal dalla madre di lei, che ha avuto la brillante idea di rompersi il collo del femore cadendo dalle scale. Éric è partito per la Spagna con la sua fidanzata di allora. Le sue visite notturne si erano fatte meno frequenti da quando stava con lei, e io ho avuto l'impressione di tornare a respirare.

Ho ritrovato la libertà della mia infanzia e tutta la nostra energia si è concentrata su un unico obiettivo: fare in modo che io riuscissi nella mia impresa. Nuotavo tra le quattro e le sei ore al giorno, con qualunque tempo. Avevo la pelle e i capelli secchi e gli occhi sempre arrossati dal sale. Il mio corpo non era più che un ammasso di muscoli doloranti. Di sera crollavo per la stanchezza e dormivo dodici ore di fila. Per proteggermi dal freddo, ho messo su dodici chili in due mesi. Quell'aumento di peso non poteva avvenire prima, Iris non lo avrebbe sopportato. Dovevo ingrassare in fretta. Bevevo solo bevande zuccherate, al ritmo di tre o quattro litri al giorno. Angélique mi riforniva attingendo alle scorte del ristorante. Mangiavo cibo spazzatura e patatine tutto il giorno, avevo sempre del cibo con me. Persino di notte mettevo la sveglia per spararmi un pacchetto di biscotti Prince o BN alle tre del mattino. Ogni sera scendevo in cucina a bere olio d'oliva a canna dalla bottiglia, come un'alcolizzata.

Ho passato l'estate con Angélique, Morgane e Jasmine a pianificare la mia partenza. Non volevo che ci vedessero insieme. In una città piccola come Bouville, tutto si viene a sapere, tutto viene ripetuto, distorto e amplificato, e il salone di bellezza di Iris era il luogo di tutti i pettegolezzi per eccellenza. Non potevo permettere che la mia matrigna venisse a sapere che mi ero riconciliata con Angélique. A Julie Durocher, che non capiva perché non avessi più tempo per vederla, ho detto che avevo un ragazzo, di cui per il momento volevo mantenere segreta l'identità. Il giorno prima della partenza, ho provocato volontariamente una violenta lite con Éric, che era appena tornato dalla Spagna, nel bel mezzo del nostro giardino. Non perché fosse accusato del mio omicidio, nessuna di noi aveva previsto la piega che avrebbero preso gli eventi. Ma, dato che stavo per partire, volevo dirgli in faccia qualche verità, e poiché temevo che potesse diventare aggressivo, l'ho fatto all'aperto, sapendo che i vicini stavano preparando una grigliata dietro la siepe. Subito dopo il nostro diverbio, sono rientrata in casa sbattendo la porta e sono uscita dieci minuti dopo dalla porta sul retro, con il cappuccio di una felpa di Benjamin sulla testa, per andare da Jasmine. Nessuno mi ha notata. I suoi genitori erano in Algeria fino alla fine di settembre e suo fratello lavorava di notte. I vicini hanno sentito l'alterco con il mio fratellastro. Mi hanno vista rientrare in casa, ma mai uscire. Ufficialmente, quella è stata l'ultima volta che sono stata vista viva. Quando è stato interrogato, Éric all'inizio ha negato di aver litigato con me, poi lo ha ammesso. Ha affermato che non avevo dormito a casa (il che era vero), poi ha giurato il contrario. Il suo panico è stato interpretato come una prova di colpevolezza. Non avevamo mai considerato la possibilità del suo arresto, è stata la giacca di camoscio a decidere l'indagine.

Abbiamo passato tutte quante la notte da Jasmine, la vigilia della partenza. Pensavo di non riuscire a dormire, invece sono crollata alle nove in un sonno profondo. Il mio corpo sapeva cosa avrebbe dovuto affrontare, si stava preparando. Il giorno dopo siamo andate in spiaggia prima dell'alba. Annunciavano bel tempo da una settimana. Era la mia unica possibilità di vedere la costa inglese lungo tutto il tragitto. Morgane aveva insistito sul fatto che le onde sarebbero state troppo alte, che non avrei più visto niente dopo un chilometro, ma dovevo crederci, la fortuna e l'intuizione mi avrebbero portata nella giusta direzione se avessi perso l'orientamento, ne ero convinta.

Non abbiamo parlato molto. Non c'era più granché da dire. Mi sono coperta il corpo di grasso per proteggermi dal freddo. Angélique mi ha scattato una foto con la sua macchina usa e getta.

«Come ricordo... te la darò la prossima volta che ci vediamo.»

Mi sono infilata la cuffia e gli occhialini da nuoto. Jasmine mi ha legato alla vita la borsa galleggiante che aveva preparato. Ci aveva messo dentro due bottiglie di Coca-Cola sgasate e una zuppa ipercalorica a base di riso e patate in una bottiglia di plastica. Calorie liquide, è la regola. Tra il freddo e il sale, impossibile masticare. In una pochette impermeabile aveva infilato una confezione di paracetamolo e i miei documenti d'identità.

Poi ci siamo abbracciate tutte e quattro e ho ripensato a una cosa che il vecchio René mi aveva spiegato quando andavamo insieme a raccogliere le cozze con il cucchiaio. Una cozza, contrariamente a quanto si possa pensare, si muove. Non atterra sul suo scoglio per caso, lo sceglie. E si attacca sempre in un punto dove ci sono già altre cozze. Da sola, sa di non avere alcuna possibilità di sopravvivere ai predatori, alle correnti e alle intemperie. La cozza secerne piccoli filamenti appiccicosi che le consentono di attaccarsi alla roccia. Quando i molluschi sono stretti gli uni contro gli altri, tutti quei filamenti si intrecciano e formano una sorta di tela di ragno, il bisso, estremamente resistente, che permette loro di resistere per mesi, se non per anni, agli assalti delle onde, alle maree e alle peggiori tempeste senza muoversi di un millimetro. Le cozze sanno aggrapparsi l'una all'altra per sopravvivere. Sanno che insieme sono più forti, che possono affrontare qualsiasi pericolo. Non c'è salvezza se non nella solidarietà: era una delle prime cose che Angélique mi aveva spiegato.

Ero stata disperatamente sola per tutti quegli anni e non me n'ero nemmeno resa conto. L'ho capito in quel momento perché, improvvisamente, non lo ero più.

OGGI
FANNY

Fanny riempiva la valigia, mentre Lilou se ne stava sprofondata in poltrona con aria afflitta.

«Come hai fatto a capire che Sarah aveva cercato di attraversare la Manica?»

«Le tracce bianche sul suo corpo. Ero andata a vedere una mostra sulla storia della Manica, alle superiori, e c'era una foto di alcuni nuotatori prima della traversata, coperti di grasso per combattere il freddo...»

«Credi che ci sia anche solo una piccola possibilità che sia ancora viva, da qualche parte?»

«Hai sentito cosa ha detto l'insegnante di nuoto... È impossibile attraversare senza una barca» rispose Fanny. «E poi, perché non avrebbe mai dato sue notizie?»

Lilou sospirò. Con la coda dell'occhio, osservava la matrigna che sistemava i suoi vestiti rispondendole in modo laconico.

«Ce l'hai ancora con me per la storia del soprannome?»

Fanny posò l'abito che stava piegando e andò a sedersi sul letto di fronte a Lilou.

«No, sei solo una bambina, i bambini a volte dicono sciocchezze, e poi so di aver fatto degli errori anch'io. Però hai ragione, risolviamo questo problema una volta per tutte.»

«Quale problema?»

«Il problema tra te e me. Devi dirmi che ruolo vuoi che abbia nella tua vita, perché o sono troppo vicina e mi respingi, o sono troppo lontana e te la prendi.»

«Non lo so» borbottò Lilou. «È complicato.»

«Non è facile nemmeno per me, credimi.»

Poiché la ragazza non rispondeva, dopo un momento di silenzio Fanny continuò: «Posso farti una proposta?».

«Va bene...»

«Non sono tua madre, d'accordo. Ho capito che di mamma ce n'è una sola, e considerare qualcun altro allo stesso modo sarebbe come tradirla...»

Lilou annuì, attenta alle parole di Fanny.

«Ma di figli, invece, se ne può avere più di uno, e poi Oscar è tuo fratello, quindi, anche se non sono tua madre, penso che tu potresti essere mia figlia...»

Lilou aggrottò la fronte e rifletté qualche istante prima di rispondere con un sorrisetto: «Ma questo vuol dire che mi romperai le scatole tutto il tempo perché faccia le cose come vuoi tu?».

Fanny sorrise.

«Cercherò di fare uno sforzo, ma siamo onesti... sì, probabilmente un po'.»

«Okay» sospirò Lilou, «tanto sei già pesante di tuo.»

Fanny si alzò e la strinse tra le braccia per nascondere l'emozione. Non poteva certo mettersi a piangere davanti a lei.

«Guarda che così mi riempi la felpa di muco» protestò Lilou, che aveva capito benissimo, dandole delle leggere pacche sulla schiena.

«Mi spiace, è così brutta che l'ho presa per uno straccio» disse Fanny accettando il fazzoletto che le tendeva la figliastra. «Dai, vai a fare la tua valigia ora.»

Dieci minuti dopo, il tempo di affastellare tutti i vestiti e infilarli alla rinfusa nella valigia, Lilou era di nuovo nella stanza di Fanny. Quest'ultima, con le sopracciglia aggrottate, stava rovistando in tutti i cassetti.

«Cerchi qualcosa?»

«Il mio passaporto» brontolò Fanny.

«Perché prendi il passaporto per andare sulla Côte d'Opale? Non so se ne sei al corrente, ma non siamo all'estero.»

Fanny si chinò per controllare sotto il letto.

«L'ho già perso una volta, ed è stato un casino rifarlo, lo tengo sempre con me.»

«Tu, che sei una maniaca dell'organizzazione e dell'ordine, hai perso il passaporto?»

«È stato tanti anni fa e non ho mai capito come sia successo, di solito non perdo mai niente.»

Lilou si raddrizzò sulla poltrona, pallida in volto.

«Quando è successo?»

«Non ne ho idea, ero ancora una studentessa... Ah, eccolo!»

Fanny brandì trionfante il suo passaporto e lo ripose nella borsa.

«Bene, andiamo?»

Lilou annuì, pensierosa, e seguì Fanny nell'ascensore trascinandosi dietro la valigia.

«Hai spesso problemi col tuo passaporto, mi pare...»

«Perché?» chiese Fanny, distratta, mentre consultava le mail sul telefono.

«Il viaggio a New York, quando hai mandato all'aria le nostre vacanze col tuo passaporto scaduto, ad esempio...»

Fanny alzò le spalle, sempre china sul telefono.

«Te l'ho già spiegato, non era davvero scaduto, è stato un errore amministrativo. Sostenevano che fossi schedata come immigrata clandestina.»

Fanny uscì dall'ascensore, ma dopo pochi passi si accorse che Lilou era rimasta indietro e digitava freneticamente sullo smartphone.

«Vieni?»

«Sto controllando una cosa. Senti, nel 2001 avevi i capelli castani e a caschetto?»

Fanny corrugò la fronte.

«Probabilmente sì, è stata la pettinatura che ho avuto per anni...»

«Ah, ecco! Negli Stati Uniti, se sei un turista, puoi restare dodici settimane in territorio americano, è scritto qui. Oltre questo periodo, sei considerato un immigrato clandestino.»

«Non so come avrei potuto restare più di dodici settimane in un Paese dove non sono mai stata.»

«Tu magari non ci sei mai stata» disse Lilou sorridendo, «ma il tuo passaporto sì.»

Fanny fissò Lilou per alcuni lunghi secondi e si coprì la bocca con la mano.

«Vuoi dire che...»

«Penso che Angélique abbia rubato il tuo passaporto e lo abbia dato a Sarah perché potesse fingere di essere maggiorenne. Se è riuscita in qualche modo a raggiungere gli

Stati Uniti dall'Inghilterra, e ci è rimasta più di dodici settimane o ha lavorato illegalmente con la tua identità, questo spiegherebbe sia il fatto che il tuo passaporto è scomparso sia il fatto che sei considerata un'immigrata illegale negli Stati Uniti!»

SARAH

Niente, nella mia vita, è stato paragonabile all'orrore di quella traversata. Lungo tutto il percorso, ho pensato alle umiliazioni, alle torture di Iris, agli stupri di Éric, all'indifferenza di mio padre. Non avevo sopportato tutto quel calvario per morire da sola, in mezzo a quell'acqua gelida. La rabbia mi ha dato la forza di andare avanti. Dopo quelli che potevano essere circa dieci chilometri, non ne potevo più. Le esalazioni di petrolio mi facevano vomitare in continuazione, le onde si alzavano, immense, come barriere da superare, e mi toglievano la visibilità. Le condizioni non avevano nulla a che vedere con quelle del mio allenamento. Ci sono tre correnti durante la traversata. Quando si parte dalla Francia, la peggiore è la prima. Io l'ho chiamata Iris. Al livello della seconda, bisogna affrontare i banchi di meduse. Se fa bel tempo (e sapevo che sarebbe stato bello, perché la visibilità doveva essere perfetta il giorno della mia partenza), risalgono in superficie. È una delle ragioni per cui Angélique era così categorica sul fatto che sarebbe stato un suicidio nuotare in costume anziché con la muta. Ammetto che quando le ho viste apparire dietro gli occhialini e ho dovuto affrontare il loro lento balletto traslucido, ho maledetto lo stupido orgoglio che mi aveva fatto rifiutare la muta. «Guarda il lato positivo» aveva detto Jasmine, che aveva studiato la questione. «Quando le meduse appariranno, significherà che avrai coperto metà del tragitto. Non c'è modo di evitarle, passaci in mezzo come se non ci fossero.» Ho sentito i loro tentacoli sfiorarmi, ho continuato a nuotare.

E poi c'è stato l'ultimo terzo della traversata. Morgane mi aveva avvertita, le ultime ore erano spesso le peggiori, lo raccontavano tutte le testimonianze. Per tutta la vita mi ricorderò la solitudine e la sofferenza degli ultimi chilometri. Ricordo di aver pensato «ancora massimo trenta minuti» e di aver nuotato altre quattro ore prima di raggiungere la spiaggia. Quell'illusione mi ha salvata. Se in quel momento, dopo aver superato le correnti, le meduse, e aver vomitato nelle chiazze di petrolio sputate dalle navi da cui più volte ho rischiato di essere travolta, avessi saputo che mi restavano ancora quattro ore di nuoto, mi sarei lasciata affogare. Non avevo più energia, avevo esaurito la mia rabbia contro le onde e le correnti. Allora ho pensato a mia madre, alla sua dolcezza, alle canzoni che mi sussurrava all'orecchio la sera, alle sue braccia che mi proteggevano dal mondo. Non potevo rinunciare, mia madre voleva che avessi una bella vita. Dovevo riuscire. Senza di lei, non ce l'avrei fatta. È stato grazie all'amore che ho trovato la forza di arrivare fino in fondo: la rabbia, da sola, non permette di vincere tutte le battaglie.

Ho raggiunto la spiaggia al calare della sera, sarei potuta morire lì se una giovane coppia seduta sulla sabbia a guardare il tramonto non mi avesse aiutata. Hanno pensato che fossi andata a nuotare troppo al largo e che fossi quasi annegata. Mi hanno prestato un asciugamano e mi hanno offerto qualcosa da mangiare, ma io non riuscivo a ingoiare nulla. Avevo gli arti quasi paralizzati, parlavo a malapena perché la lingua era gonfia per il sale, non riuscivo a distendere le dita irrigidite dallo sforzo e dal freddo, che somigliavano agli artigli di un rapace. Non so come sia riuscita a convincerli, con le poche parole che ero in grado di pronunciare, a non portarmi in ospedale. Non hanno immaginato nemmeno per un istante che venissi dalla Francia. Ho raccontato loro che avevano rubato le mie cose e la ragazza mi ha prestato un paio di pantaloncini e una felpa.

Il piano era perfettamente organizzato, le ragazze avevano pensato a tutto. Una camera d'albergo, prenotata per telefono e pagata diverse settimane prima, mi aspettava a pochi minuti dalla spiaggia. Angélique aveva fatto recapitare lì un pacco a nome di Fanny Courtin, la mia nuova identità. Aveva avuto l'idea geniale di rubare il passaporto di sua sorella, quindi ero ufficialmente maggiorenne, il che mi avrebbe permesso di trovare lavoro con facilità. Ho chiesto alla coppia di accompagnarmi in auto fino all'hotel, dove ho fatto credere loro che i miei genitori mi stessero aspettando. Non sarei stata in grado di camminare, nemmeno per cinque minuti.

«Ti hanno divorato le meduse!» ha esclamato la ragazza, inorridita, quando mi sono seduta in macchina, sotto la luce gialla.

Ho seguito il suo sguardo, sorpresa. Le mie gambe e le mie braccia erano coperte di striature rosse e gonfie. Non avevo sentito nulla. Il mare mi aveva protetta.

Nella mia vita non ho avuto molti alleati, ma quel giorno ho capito che il mare lo era sempre stato. Non avrei mai dovuto avere paura di colui che, fin da quando ero piccola, mi aveva accolta, aveva cullato le estati della mia infanzia e mi aveva portata nelle sue braccia protettive fino alle rive della libertà.

SARAH

Il rumore si fa più insistente. Bip. *Non che abbia la minima nozione del tempo, o di qualsiasi altra cosa, del resto.* Bip. *Constato solo che questo suono dura da abbastanza tempo per provocare in me una reazione.* Bip. *Una minuscola scossa elettrica.* Bip. *Una sensazione.* Bip. *La prima da quando sono morta.*

Fastidio.

Voglio silenzio. So come fare. Basta evocare la voce di Iris. «Non combinerai mai niente. Sei la nostra vergogna. Non sai fare niente. Cosa faremo di te? Stai dritta, mangia di meno, pettinati. Sei una nullità. Sei grassa. Sei brutta. Sei stupida. Sei la vergogna di questa famiglia. Un fallimento. Una sconfitta. Non ce la farai mai.»

Dolcemente, sprofondo di nuovo. Il bip *diminuisce. L'intervallo tra l'uno e l'altro si fa più lungo. Il suono diventa continuo. Nella stanza d'ospedale, una stella cadente smette di rimbalzare su uno schermo nero. Una linea. Elettroencefalogramma piatto.*

Il silenzio.

La pace.

Le parole, come pesi legati alle mie caviglie, mi hanno riportata verso il fondo, là dove l'oscurità diventa luce, dove il freddo non esiste più. La sabbia mi accoglie. Le ultime bolle d'aria sfuggono dalle mie labbra socchiuse. E poi, un rumore secco.

Il bruciore di uno schiaffo sulla guancia, o meglio, il suo ricordo.

E una voce che riconoscerei tra mille, che urla così forte dal passato da far andare in frantumi il silenzio, il nulla e l'oscurità come un sasso contro un vetro: «Porca miseria, svegliati, Leroy! Non puoi mica morire! Ti proibisco di farmi questo scherzo!».

Sono anni che non sento questa voce, la voce di Angélique. Eppure, è chiarissima nel mio ricordo, come se non fossero trascorsi vent'anni.

Allora, mi ricordo che sei qui e che non posso abbandonarti.

Ricordo che sono la prima donna al mondo ad aver attraversato la Manica a nuoto, senza barca, senza squadra, senza muta, e che nessuno ha il diritto di giudicare cosa sono capace di fare.

Non sono sopravvissuta al peggio vent'anni fa per morire oggi.

Ricordalo bene, tutti i nuotatori lo sanno: a volte bisogna lasciarsi andare. Perché è solo quando tocchi il fondo che puoi dare la spinta che ti farà risalire in superficie.

Ed è esattamente quello che faccio.

OGGI
MATT

Da quando Matthew era seduto su quella sedia di plastica era invecchiato di due secoli. Aveva provato più volte a chiedere informazioni al personale che passava di corsa nei corridoi bianchi dell'ospedale Providence Saint Jude di Los Angeles. Nessuno gli rispondeva. Rileggeva senza capirlo il messaggio che appariva sullo schermo rotto del telefono di sua moglie e che era stato all'origine dell'incidente.

Matthew non parlava francese e da due ore e trentaquattro minuti si chiedeva se copiare il testo su Google Traduttore. In otto anni di convivenza, non aveva mai tradito la fiducia di Sarah. Non aveva mai letto un messaggio sul suo cellulare o ascoltato una conversazione telefonica. Poco dopo il loro primo incontro, le aveva chiesto da dove venisse il suo accento e Sarah gli aveva risposto: «La mia vita è iniziata a sedici anni, di quello che è successo prima non voglio parlare. Non ho famiglia, non ho infanzia, non ho un passato. Se vuoi vivere con me, lo devi accettare». All'inizio della loro relazione, quando si svegliava urlando nel cuore della notte, si limitava a stringerla tra le braccia;

quando aveva capito che soffriva di crisi d'ansia, le aveva trovato uno psicologo; quando sembrava altrove, con lo sguardo perso nelle onde dell'Oceano Pacifico, la lasciava sognare; quando gli aveva spiegato che non voleva uscire dal territorio americano, aveva annullato le vacanze in Messico; e quando, durante le serate alcoliche, si metteva a cantare una canzone in francese che nessuno conosceva, evitava di fare la minima domanda. Lui, che non aveva segreti per la moglie, aveva accettato i suoi e tutto ciò che lei era: i suoi demoni, le sue ombre, le sue luci e le sue stranezze, ad esempio il fatto che non mettesse mai un cappotto, nemmeno in pieno inverno, come se fosse stata immunizzata per sempre dal freddo. Perché la amava dal primo istante, come si ama solo una volta nella vita. Ma quel messaggio, sul telefono di Sarah, aveva avuto un tale impatto sulle loro vite che, per la prima volta, Matthew stava considerando di leggere un testo che non era destinato a lui.

Si erano dati appuntamento al Purple Beach, non lontano dalla piscina di Santa Monica dove Sarah dava lezioni di nuoto il sabato mattina. Dovevano pranzare insieme. Lui la aspettava davanti a quel locale che amavano tanto, protetto dal caldo del primo pomeriggio dall'ombra delle palme e da una leggera brezza proveniente dall'oceano. Aveva atteso invano di vederla arrivare, con i capelli ancora bagnati, il pancione messo in risalto dall'abito premaman. Non era mai sembrata così serena come da quando era incinta. Non era arrivata, non aveva chiamato. Invece, Matthew aveva ricevuto una telefonata dalla polizia: sua moglie era passata col rosso perché stava usando il telefono mentre era alla guida. Aveva urtato un altro veicolo e perso il controllo dell'auto. Era ricoverata in ospedale in condizioni critiche. L'altro conducente, invece, non si era fatto nulla.

Mentre l'infermiera gli ripeteva per la centesima volta che per il momento non aveva nessuna informazione, Matthew prese la decisione di tradurre il messaggio che forse gli era costato la sua bambina e sua moglie.

A. – 10.45
La polizia è venuta a interrogare René ieri.
Credo che stiano riaprendo l'indagine.
Chiamami appena puoi.

Rilesse la traduzione, cercando di capire. Chi era A.? Chi scriveva in francese a sua moglie? Sarah non aveva amici francesi. Sembrava persino evitare qualsiasi relazione con chi proveniva da quel Paese, come quella volta in cui si era inventata una scusa per rifiutarsi di far visitare Santa Monica a una giovane coppia di francesi che si era appena trasferita lì.

«Signor Ford?»

Sobbalzò. L'infermiera gli sorrise gentilmente.

«Sua figlia è nata con un cesareo un'ora fa, sta bene ed è nell'incubatrice. Vuole andare a vederla?»

La fissò senza capire. Sarah non doveva partorire prima del mese successivo. Cinque settimane di anticipo erano tante.

«E mia moglie?»

«Sua moglie ha perso molto sangue, signor Ford. Le sue condizioni sono stabili, ma non ha ancora ripreso conoscenza.»

«Cosa vuol dire?»

«Vuol dire che è in coma. Mi dispiace, ma non posso dirle di più al momento, è tutto ciò che so. Andiamo a vedere sua figlia?»

Matt seguì l'infermiera come un sonnambulo fino a una stanzetta dove un neonato minuscolo dormiva tranquillamente in una sorta di scatola di plastica. Sua figlia, perché era lei, indossava una cuffietta viola e un body troppo grande. Pensò al primo vestitino che Sarah aveva scelto con cura per l'arrivo del bebè, al fatto che lei odiasse il viola. All'idea che quell'abitino non sarebbe stato indossato, gli vennero le lacrime agli occhi. Lentamente, infilò una mano nell'apposito foro sul lato dell'incubatrice e la posò sulla minuscola fronte.

«Va tutto bene ora. La mamma verrà presto» mormorò. «Non preoccuparti.»

«Signor Ford» disse l'infermiera, che stava compilando un modulo. «Può scrivere qui il nome che avete scelto per vostra figlia?»

Lui alzò la testa, un po' smarrito, diviso tra ciò che di meraviglioso e ciò che di terribile c'era in quel momento. Uno dei più determinanti della sua vita.

Prese la penna che la donna in camice gli porgeva. Con mano tremante, scrisse il nome che Sarah aveva proposto non appena aveva saputo di aspettare una bambina. Lui lo aveva accettato, nonostante l'accento sulla «e» che gli americani non avrebbero mai capito, perché lo aveva trovato bello e perché aveva sentito che per sua moglie aveva un significato particolare.

OGGI
FANNY

«Vale la pena di passare da Angélique per darle la buona notizia, no?» esclamò Lilou, felice della sua scoperta.

Fanny spense il motore, si voltò verso la figliastra e sorrise con una dolcezza inaspettata. «No» rispose.

Lilou la guardò senza capire.

«Come no? Immagina come sarà felice di sapere che Sarah è viva! Non possiamo nasconderglielo!»

«Non è una buona idea.»

Lilou stava per protestare vivacemente quando qualcosa nell'espressione di Fanny la fermò.

«Lo sapevi già?» mormorò.

Fanny osservò a lungo la figliastra, esitando a condividere con lei un segreto che non era il suo. Era stata Lilou, però, a non abbandonare Sarah, ad andare fino in fondo a quell'indagine senza mai scoraggiarsi. Non poteva nasconderle la fine della storia.

«Non sapevo del mio passaporto, anche se la tua ipotesi è più che plausibile, ma sospettavo che Sarah fosse arrivata in Inghilterra.»

«Spiega...»

«Ho avuto un dubbio quando ieri Angélique ha confermato che Sarah era morta. Ho sentito che stava mentendo...»

«Ah sì? E perché?»

«È mia sorella... Ha mentito a nostra madre in continuazione, per tutta la nostra infanzia: per quanto brava possa essere, io me ne accorgo. Le persone con cui sei cresciuta le conosci davvero, lo capirai quando sarai grande.»

«È stata solo un'intuizione, allora?»

«No. Ho anche ripensato a quel numero dietro la foto di Sarah, ti ricordi?»

«Sì... "13-28", è vero, non siamo riuscite a spiegarcelo...»

«È un tempo cronometrato: tredici ore e ventotto minuti, il tempo che Sarah ha impiegato per attraversare la Manica a nuoto. È stata Angélique a scriverlo sul retro della foto, riconosco la sua calligrafia. C'è solo una persona che avrebbe potuto darle questa informazione, ed è Sarah.»

Lilou restò pensierosa per qualche secondo.

«Ammettiamo che sia così... E Morgane e Jasmine, pensi che lo sappiano anche loro?»

«È probabile... In ogni caso, è il loro segreto, la decisione è loro, non sta a noi divulgare la verità.»

«Ed Éric Chevalier? Anche se è il peggiore stronzo dell'universo, non ti crea problemi che sia in carcere per un omicidio che non ha commesso?»

Fanny contrasse la mascella e un lampo selvaggio le attraversò gli occhi scuri.

«Si è beccato vent'anni. È la pena che avrebbe dovuto scontare se fosse stato giudicato per le atrocità di cui si è macchiato. Per quanto mi riguarda, sono d'accordo con Jasmine.»

«Deduco che non scriverai quell'articolo rivelatore su Sarah Leroy...»

«Non penso.»

«E non avrai la tua promozione?»

«No. In realtà, vista l'ultima mail di Catherine, rischio piuttosto di essere retrocessa o licenziata.»

«Cacchio...»

«È la vita» rispose Fanny con filosofia, riaccendendo l'auto. «E nella vita bisogna scegliere le proprie battaglie.»

Lilou si mise a ridere.

«Ti diverte che io rovini la mia carriera?» chiese Fanny alzando un sopracciglio.

«No, sono orgogliosa di te. In fondo, visto che conosciamo il segreto e proteggiamo Sarah, siamo un po' delle Disincantate anche noi.»

Fanny lanciò un ultimo sguardo al mare blu che si allontanava nello specchietto retrovisore.

«Sì, è vero, possiamo dire di far parte delle Disincantate, ora. Su, adesso torniamo a casa.»

OGGI
SARAH

Ho gli occhi aperti. Tra la perdita di coscienza e questo risveglio, un istante, uno schiocco di dita, mille ricordi. Eppure, non mi trovo più nello stesso posto. Sopra la mia testa, sempre quei neon da ospedale. Mi metto le mani sul ventre. Sforzo immenso. Nulla. Un bendaggio. Vuoto. Un dolore indicibile. Due visi sopra il mio. Sfocati. Mi parlano. Non capisco niente. Chi se ne frega.

La mia voce, rauca, diversa.

«*Is my baby ok?*»

Tre volte.

Per tre volte chiedo se stai bene, tre volte mi rispondono qualcosa che non capisco. Troppo lungo. Troppo complicato. Poi, finalmente, una risposta si fa strada fino al mio cervello atrofizzato: «*Yes. Yes, Angélique is ok*».

Stai bene.

Se sanno il tuo nome, anche con questa pronuncia orribile, vuol dire che sei sopravvissuta.

OGGI
ANGÉLIQUE

Angélique non avrebbe mai pensato di tornare un giorno all'istituto Victor Hugo di Saint-Martin. E invece eccola lì, di fronte alla cancellata dove aveva passato tanto tempo a chiacchierare con Sarah, poi con Jasmine e Morgane, a scambiare pettegolezzi, a condividere sigarette e cuffie del walkman, a spiare i ragazzi con la coda dell'occhio.

Non c'era più tornata da quando aveva deciso di tenere Mia e lasciare la scuola. Una parte di lei a volte si chiedeva come sarebbe diventata se avesse continuato gli studi dopo il diploma, come una normale adolescente che va bene a scuola, e se non fosse diventata madre a diciassette anni. Ma scacciava subito quei pensieri sgraditi. Nessuno studio, nessun successo scolastico l'avrebbe salvata come l'aveva salvata Mia. Aveva trovato la felicità, non importava che strada avesse fatto per arrivarci.

Angélique sapeva però da anni di avere un debito nei confronti dell'adolescente dall'eyeliner sbavato che era stata. Tutto quel che era successo nelle ultime settimane, la morte di sua madre, la riconciliazione con Fanny, la storia di Sarah che era tornata a galla... tutto questo l'aveva convinta che non poteva più aspettare. Una cosa era mentire a se stessi, un'altra tradire il bambino che si era stati.

Si sentì trillare la campanella, gli adolescenti cominciarono a uscire dalla scuola. Meno sigarette e più telefoni cellulari rispetto ai suoi tempi, ma probabilmente le stesse discussioni, gli stessi dubbi e la stessa solitudine, a volte. Aspettò per un bel po', gli studenti si dispersero con degli «a domani» e dei cenni con la mano.

Riconobbe il suo passo ancora prima del suo viso e, lei che sorrideva così di rado, sentì gli angoli delle labbra stirarsi suo malgrado. Indossava una giacca di pelle e dei jeans un po' sbiaditi. Nel profondo di sé, aveva sempre saputo che anche alla soglia dei trentasette anni, anche con gli occhiali e con un posto da insegnante di musica all'istituto Victor Hugo, Benjamin Chevalier sarebbe rimasto un eterno ragazzo.

Dopo l'arresto di Éric, Bernard Leroy si era rapidamente allontanato dagli Chevalier. Forse aveva divorziato per questioni di immagine: un figliastro in prigione, per un sindaco rispettabile, non è l'ideale. Tuttavia, ad Angélique piaceva credere che Bernard Leroy avesse finalmente trovato il coraggio di guardare in faccia la verità e, sebbene fosse troppo tardi, avesse deciso di prendere le parti di sua figlia. Iris, che aveva perso il suo salone nel divorzio, era tornata a fare l'estetista a Lille. Si era risposata due anni dopo con l'avvocato che aveva assunto nella speranza di scagionare il suo amato figlio. Nonostante le impugnazioni e le richieste di libertà condizionale, Éric non aveva mai ottenuto nessuno sconto di pena. A Bouville, tutti sapevano che la madre andava a fargli visita in prigione ogni sabato. In vent'anni, Benjamin non l'aveva mai accompagnata nemmeno una volta.

Quando vide Angélique, Benjamin si fermò. Un po' sorpreso, ma non troppo, come se per tutti quegli anni avesse saputo che un giorno lei sarebbe stata lì.

«Ciao» disse avvicinandosi.

«Ciao.»

Non aveva pensato a truccarsi, non si era cambiata, non le era nemmeno venuto in mente di guardare il suo riflesso nello specchio di casa prima di uscire. Ora se ne pentiva. Le rughe appena accennate agli angoli degli occhi lo rendevano ancora più bello. Aveva voglia di passargli una mano tra i capelli, dove alcuni riflessi grigi avevano sostituito il gel effetto bagnato. Ma erano cose che non si facevano. Lui sembrò esitare.

«Aspetti qualcuno?»

Sì, te, da vent'anni, pensò lei.

«Non proprio, non so...»

Si fissarono per qualche lungo secondo e Angélique si rammaricò di trovarsi lì. Era ridicolo, lo stava mettendo a disagio. Di certo, per lui, lei non era altro che un ricordo spiacevole della tragedia che aveva segnato la sua adolescenza e fatto finire suo fratello in prigione. Che cosa si era immaginata? Benjamin si sistemò gli occhiali, si aggiustò la borsa sulla spalla e chiese: «Vuoi bere qualcosa? Conosco un posto molto carino...».

Angélique annuì. Le fece segno di seguirlo. Entrarono insieme nel cortile della scuola, attraversarono il portico, passarono davanti ai bagni un tempo in disuso e ora trasformati in laboratorio di fisica-chimica, entrarono nell'edificio principale e risalirono il corridoio fino ai distributori automatici.

«Un Ice Tea alla pesca e un'Orangina?» chiese lui, inserendo le monete nella fessura. «Mi dispiace, ma l'Oasis Tropical non c'è più.»

Le venne da ridere. Quando lui le porse la lattina, le loro mani si toccarono.

«Sono venuta a dirti che avevo ragione: sono passati vent'anni e, a differenza di Mickey 3D, Jean-Jacques Goldman passa ancora alla radio» si lanciò lei.

«Lo so» rispose Benjamin con aria seria. «L'anno scorso ho fatto imparare *Je te donne* ai miei ragazzi di prima media.»

«Non avevi del tutto torto, però, non mi piacciono più né gli Aqua né Britney Spears, ma ho ancora un certo affetto per le Spice Girls.»

«Tempo fa ho visto *Guardia del corpo* e ho frignato su *I Will Always Love You*.»

«Sarà che siamo invecchiati.»

Lui sorrise dolcemente.

«Tu no, non sei cambiata.»

Avevano molte cose da dirsi, alcune poco piacevoli da affrontare, ma in quel momento ad Angélique non importava niente. Non riusciva a smettere di sorridere. Aveva di nuovo dodici anni e si stava innamorando per la prima volta.

SARAH

Durante i pochi giorni che ho trascorso in quell'hotel di Dover, a dormire e a guardare la tv mentre mi riprendevo dal viaggio, hanno mandato in onda diversi episodi di *Friends*. Mi è tornato in mente il sogno, che condividevo con Angélique, di studiare a New York, e ho deciso che era un segno. Ho speso quasi tutti i soldi che Angélique, Jasmine e Morgane mi avevano dato con tanta generosità per un biglietto di sola andata Londra-New York, acquistato in contanti presso una misera agenzia di viaggi di Camden Town, a Londra. Sono arrivata negli Stati Uniti il 10 settembre 2001, il giorno prima degli attentati al World Trade Center.

Inutile dire che, dal giorno dopo, le compagnie aeree e le autorità di tutto il mondo avevano altro da fare che cercare un'adolescente in fuga.

Il primo anno, ho lavorato come donna delle pulizie e come cameriera nei bar più squallidi di New York, ho dormito in edifici occupati, nella metropolitana, per strada. Nonostante il mio passaporto intestato a Fanny Courtin, mi sono sempre fatta chiamare Sarah. Era tutto ciò che mi restava della mia infanzia e non potevo pensare di rinnegare il nome che mi aveva dato mia madre. Non avevo né un permesso di lavoro né un'assicurazione sanitaria. Ho accettato i salari da fame e le condizioni di lavoro estreme degli immigrati illegali.

Ogni tanto entravo in un Internet café e inviavo una mail ad Angélique, per darle mie notizie. Un giorno, Sam, un giovane collega del ristorante dove servivo l'acqua dalle sei di sera alle tre del mattino senza interruzioni, sette giorni su sette, mi ha offerto una stanza che si era appena liberata nel suo appartamento condiviso nel Bronx. Potevo pagare in contanti. Sam aveva ereditato l'appartamento dalla nonna e subaffittava la stanza. Mi conosceva e non gli servivano particolari garanzie. Forse ha semplicemente capito che avevo bisogno di aiuto. Sam era omosessuale, e la sua famiglia non lo accettava. Io ero clandestina. Ci siamo sposati per ottenere i documenti e ho preso il suo cognome. Abbiamo vissuto insieme per dieci anni, fino a quando, stufa di New York, ho deciso di trasferirmi in California e Sam, che aveva trovato l'amore della sua vita, mi ha proposto il divorzio per poter sposare l'uomo che amava. Mi mancava troppo il mare. Grazie a Sam, a quel punto avevo un permesso di lavoro e un conto in banca, ma non ho mai osato chiedere ufficialmente la cittadinanza americana. Non potevo certo richiedere una copia dell'atto di nascita al comune di Bouville-sur-Mer, dove mio padre ancora viveva.

Ci sono quattro persone al mondo che sanno che sono viva: Angélique, Morgane, Jasmine e il vecchio René, che conosceva tutto, o quasi, della mia situazione e che si è sempre comportato con me come un padre. Aveva già perso una figlia, non potevo infliggergli un secondo lutto. Non mi hanno mai tradita. Nemmeno quando la polizia ha interrogato tutti gli studenti della classe, nemmeno quando hanno accusato René, a cui avevo dato la mia medaglietta come ricordo prima di partire, nemmeno quando Éric è stato arrestato e poi condannato. Nemmeno quando questo significava andare contro tutte le loro convinzioni e il loro concetto di giustizia, come nel caso di Morgane. Mi hanno protetta. In nome della solidarietà, le Disincantate mi hanno dedicato tutto il loro tempo, la loro energia e il loro denaro, anche se non mi dovevano nulla. Ho avuto pochi contatti con Morgane, Jasmine e René dopo quella storia, ma sarò loro grata in eterno. Mi hanno salvato la vita e mi hanno ridato fiducia nell'umanità.

Mi dispiace per il dolore che ho causato a quanti hanno sofferto per la mia scomparsa e hanno dovuto portare il mio lutto: mio padre, nonostante tutto, la mia amica Julie Durocher, e soprattutto mio fratello Benjamin. Ma essere considerata morta significava essere libera, era il modo migliore per evitare che qualcuno mi cercasse. Avevo previsto di contattare Benjamin, una volta al sicuro negli Stati Uniti. Ma non cercherò di sembrare migliore di quella che sono: quando Éric è stato arrestato, e ho capito che avevo l'opportunità di distruggere la sua vita e quella di Iris come loro avevano distrutto la mia, l'ho colta senza esitare nemmeno un attimo. Ho sacrificato Benjamin perché ero certa che, se avesse saputo che ero viva, non avrebbe lasciato che Éric finisse in prigione.

In un'intervista che ho trovato di recente su Internet, Morgane spiega che il fallimento della giustizia non consiste solo nel fatto che dei colpevoli vengano rilasciati per mancanza di prove, ma che degli innocenti siano condannati ingiustamente. Non sono d'accordo. Per me, il fallimento della giustizia è l'impunità dei colpevoli. Il nostro mondo è popolato da criminali in libertà che non metteranno mai piede in un tribunale, che vivranno felici e sereni, e le cui tombe saranno onorate con fiori e discorsi lusinghieri una volta giunto il loro momento, quando invece magari hanno distrutto vite di bambini. La sola idea mi fa impazzire. Mi fa venir voglia di incendiare tutto. L'impunità si nutre dei nostri silenzi, dei segreti carichi di vergogna delle nostre famiglie, dei «non mi riguarda», degli sguardi che decidiamo di girare dall'altra parte per vigliaccheria o per paura delle conseguenze, delle denunce mai sporte perché queste cose si regolano tra parenti. Com'è possibile, quando tutta la scuola ne era al corrente, che nessun adulto abbia cercato di capire cos'era successo a quella ragazzina di tredici anni che affermava di essere stata violentata da un ragazzo più grande durante una festa? Com'è possibile, quando sono rimasta incinta a quindici anni, senza aver mai avuto nemmeno un fidanzatino, che nessun adulto abbia insistito per sapere attraverso quale miracolo quel bambino era atterrato nel mio utero?

Se l'intera Francia non mi avesse creduta morta, Éric avrebbe vissuto una bella vita senza mai avere un solo fastidio. Quest'idea mi era intollerabile. Non tanto per una questione di vendetta personale, ma per ciò che questo rivela sul mondo in cui accettiamo di vivere.

Mi dispiace di aver inflitto a mio fratello Benjamin, che amavo tanto, la sofferenza di una tragedia che non è quella realmente accaduta. Me ne rammarico ancora, ma se tornassi indietro mentirei di nuovo, senza un'ombra di esitazione.

Perché anche vent'anni dopo preferisco morire sul serio che vedere Éric Chevalier riabilitato.

OGGI
FANNY

Fanny si fermò davanti a Le Comptoir du Fort e spense il motore.

«Siamo arrivati, mamma?» chiese Oscar, col viso appiccicato al vetro.

«Sì, tesoro» rispose Esteban aprendo la portiera.

Fanny ed Esteban uscirono dall'auto e aprirono il baule per tirare fuori i bagagli, mentre Lilou recuperava la chiave dal vaso di fiori.

«Come facevi a sapere che era lì?» sussurrò Oscar, con gli occhi spalancati.

«Perché io so tutto» dichiarò Lilou placida, aprendo la porta che conduceva all'appartamento di Angélique.

«Questo è vero» ammise Oscar, con l'ammirazione stupita che dimostrava da sempre per la sorella maggiore.

Era fine ottobre, l'autunno si era portato via gli ultimi turisti insieme ai raggi del sole. Esteban e Fanny avevano deciso di trascorrere le vacanze di Ognissanti a Bouville-sur-Mer. Kim, la migliore amica di Lilou, li avrebbe raggiunti il giorno seguente in treno. Angélique, alla fine, non aveva voluto separarsi dal ristorante, ma aveva deciso di chiuderlo per due mesi durante l'inverno. Aveva affidato Obi-Wan al vecchio René e, per la prima volta nella sua vita, la settimana precedente aveva preso l'aereo. Per il suo primo viaggio aveva scelto gli Stati Uniti. Quando lo aveva annunciato a Fanny, lei le aveva detto, divertita: «Mi racconterai. Per quanto mi riguarda, non oso più andarci negli Stati Uniti, pensa che l'ultima volta hanno sostenuto che il mio passaporto apparteneva a un'immigrata clandestina...».

«Ma davvero?» aveva commentato Angélique con finto stupore.

«Saluta Sarah da parte mia» aveva detto Fanny.

Angélique non aveva risposto, ma dall'altro capo del filo aveva percepito che stava sorridendo.

Fanny entrò nel piccolo appartamento della sua infanzia.

«Qui c'era la mia stanza» spiegò a Esteban, «lì quella di Angélique. Facevamo colazione sul balcone della cucina, di fronte al mare...»

Sul televisore, bene in vista, una busta bianca. Sopra, con la sua calligrafia nervosa, Angélique aveva scritto «Per Fanny e Lilou». Fanny prese la busta, mentre Esteban portava le valigie in camera.

«Andiamo a vedere il mare?» chiese Oscar, per niente spaventato dai dodici gradi dell'esterno.

Fanny aprì la busta. Dentro, nessun biglietto, solo due piccoli nastri rosa su cui era scritta con la biro la parola «Disincantate». Fanny sorrise.

«Lilou, vieni a vedere!» chiamò.

La ragazza fece capolino dalla porta. Non aveva più i capelli rosa. Ora erano verdi, il che era pure peggio. D'altra parte, Lilou, con dei banali capelli castani, non sarebbe stata Lilou.

«Cosa?»

«Angélique ha lasciato questo per te.»

Fanny annodò il nastro intorno al polso di Lilou e lei legò l'altro al polso della matrigna.

«Cosa sono quei braccialetti?» domandò Esteban, incuriosito, di fronte all'espressione radiosa della figlia.

«No, niente» rispose Lilou con un sorriso misterioso. «Vieni, Oscar, andiamo a vedere il mare, ho trovato un aquilone! E poi ti presento al vecchio René, ha promesso di portarci a raccogliere le cozze!»

«È un segreto tra matrigna e figliastra?» scherzò Esteban.

«Tra matrigna e figlia» gridò Lilou un attimo prima di sbattere la porta, seguita a ruota dal fratello.

Esteban prese Fanny tra le braccia.

«Andiamo con loro?»

«Vai tu, io vorrei lavorare un po'.»

«Okay.»

Le diede un bacio sulle labbra e andò a raggiungere i figli. Fanny tirò fuori dalla valigia il mucchio di quaderni che Morgane le aveva affidato alcuni mesi prima. Si era rifiutata categoricamente di modificare anche solo una parola del dossier che aveva inviato a Catherine. La promozione che desiderava da tanto tempo le era sfumata sotto il naso e aveva rassegnato le dimissioni. Aveva deciso di lavorare come giornalista indipendente, per poter scegliere lei gli argomenti e scrivere quel che voleva, come voleva. Non era forse il motivo per cui aveva scelto quella professione, all'inizio?

Nel frattempo, basandosi sui diari che le Disincantate le

avevano affidato, aveva deciso di scrivere la loro storia, quella vera. Angélique, Jasmine e Morgane ne avrebbero fatto ciò che volevano, in seguito. Non spettava a lei decidere al posto loro, ma la verità doveva esistere da qualche parte.

Fanny aveva letto i diari delle Disincantate da cima a fondo, aveva preso appunti, aveva contrassegnato alcuni passaggi con dei Post-it colorati. Aveva tirato giù dalla soffitta i suoi diari: anche lei aveva avuto il professor Follet come insegnante di francese, qualche anno prima delle altre.

Posò il computer sulla tovaglia cerata della cucina dove aveva preparato tante volte la colazione ad Angélique. Lo accese e iniziò a scrivere:

Documento di lavoro
Caso Sarah Leroy – anno 1992

Abbiamo tutte una parte di responsabilità in quello che è successo a Sarah Leroy. Anch'io vi ho partecipato, sebbene ci siano voluti vent'anni per capire e accettare il ruolo che ho avuto in questa storia...

OGGI
SARAH

Esco dall'autostrada, sul sedile posteriore mia figlia dorme tranquilla nel suo seggiolino. Quando appaiono le tre lettere giganti «LAX» che indicano l'ingresso dell'aeroporto internazionale di Los Angeles, non posso fare a meno di provare una leggera apprensione.

Io non ho mai voluto correre il rischio di uscire dagli Stati Uniti. Angélique non ha mai voluto prendere l'aereo. I nostri contatti col passare degli anni si sono diradati. Sua figlia e il ristorante occupavano tutte le sue giornate. Le proponevo di venire, ma non aveva né i soldi né il tempo. Credo soprattutto che avesse paura di salire su un aereo, ma era troppo orgogliosa per ammetterlo. Quando mi ha scritto, il giorno dell'incidente, non ci sentivamo da più di tre anni. Quel silenzio non cambiava nulla nella nostra amicizia. Uscita dall'ospedale, ho richiamato Angélique, dopo tutto quel tempo, per capire il suo messaggio. Mi ha spiegato che si trattava di un falso allarme, l'indagine non era stata riaperta. Le ho annunciato che avevo appena avuto una bambina e che le avevo dato il suo nome. Sembrava molto commossa e mi ha chiesto: «Posso venire a vederla?».

Ho risposto: «Certo», senza credere nemmeno per un secondo che sarebbe venuta davvero. E invece, qualche settimana dopo, mi ha inviato date e orari dei voli.

Ecco perché mi ritrovo, in un sabato di sole, con la mia bambina nel marsupio, ad aspettare nell'atrio degli arrivi del LAX la mia amica d'infanzia che non vedo da vent'anni. Come farò a riconoscerla, visto che né lei né io, per motivi diversi, ci siamo mai iscritte a un social network? La gente si accalca o cammina, trascinando bambini e valigie verso destinazioni sconosciute. I passeggeri del volo proveniente da Parigi Charles de Gaulle sono già sbarcati. Tempo di passare il controllo documenti e di ritirare i bagagli e Angélique sarà qui. Scruto i volti. Cosa potremo dirci? Il nostro incontro sarà terribilmente imbarazzante. È quella bionda con gli occhiali da sole? La bruna al telefono, con la borsa a tracolla?

No, la prima mi oltrepassa senza nemmeno guardarmi. La seconda si getta tra le braccia di un uomo brizzolato che aspettava proprio accanto a me.

E poi, improvvisamente, la vedo.

Certo che l'avrei riconosciuta.

Anche senza quella maglietta sbiadita dei Power Rangers assolutamente ridicola che indossa con infinita eleganza. Anche a ottant'anni, in una folla di centomila persone, senza parola d'ordine, senza foto. Anche se non vedo più niente a causa di queste stupide lacrime che mi hanno riempito gli occhi senza preavviso.

Lei sorride, corre verso di me, ci abbraccia, me e mia figlia. Ho otto anni. Non indossa più il suo impermeabile giallo, ma sento ancora il profumo del mare e della cioccolata calda.

L'avrei riconosciuta ovunque. Non si spiega, è così e basta.

Perché un giorno, quando tutti i rompiscatole saranno morti, ci ritroveremo nella stessa casa di riposo e gli altri si chiederanno chi sono quelle due vecchiette che si contorcono dalle risate dalla mattina alla sera e barano in tutti i tornei di bridge.

Perché tra lei e me sarà sempre come se ci fossimo salutate il giorno prima. Basterà riprendere la conversazione da dove l'avevamo lasciata.

Perché ci conosciamo come possono conoscersi solo coloro che si sono conosciuti da bambini, e vent'anni e novemila chilometri, di fronte a ciò che ci lega, sono una goccia nell'oceano della nostra amicizia.

Perché Montaigne e La Boétie.

Perché era lei, perché ero io...

Ringraziamenti

(Se fate parte di quei lettori che leggono i ringraziamenti prima di leggere il resto, sappiate che questi svelano lo svolgimento dell'intrigo...)

GRAZIE...

Alle mie figlie e a mio marito che, ogni anno durante le fasi di scrittura, sopportano con infinita pazienza la mia stanchezza cronica, le lamentele, l'incapacità di ascoltare, le imprevedibili montagne russe delle mie emozioni e le scorribande in pigiama o in tuta, con i capelli sporchi e lo sguardo perso nel vuoto. Non ho sostegno più prezioso nella scrittura di coloro che mi sorreggono nella vita di tutti i giorni.

Ai miei genitori, per il loro costante appoggio e il loro entusiasmo nel corso degli anni, per i loro feedback sempre onesti e benevoli, spesso i più preziosi per migliorare i miei manoscritti, e per la loro fiducia nelle mia capacità, che mi mette le ali fin da quando ero piccola.

Ai miei fratelli, Olivier, Clément e Paul, i migliori fratelli del mondo, i più simpatici, i più gentili, i più tutto (ho fatto ricerche, è ufficiale), che trovano il tempo di leggermi, anche quando non ne hanno.

E naturalmente, per questo romanzo sulla sorellanza, alle mie sorelle (adottive): a Camille Vareille, che riesce in tutto, non ha paura di niente e mi fa venir voglia di fare sempre meglio e sempre di più, invece di stare a guardare Netflix sul divano; a Inès Vareille, la cui gentilezza e generosità sono pari solo alla forza di persuasione con cui costringe ogni persona che incontra a leggere tutti i miei romanzi, e per essere stata una delle prime persone a leggere e commentare questo libro; e, naturalmente, a Olivia Vareille che, nella notte tra il 13 e il 14 settembre 2020, ha attraversato la Manica a nuoto in 13 ore e 28 minuti (del tutto legalmente, con una barca, nella giusta direzione, ma senza muta) e che non solo ha ispirato questa storia, ma ha risposto con molti dettagli a tutte le mie domande da principiante sull'argomento.

Un grandissimo grazie a tutta la squadra delle edizioni Charleston che sostiene i miei romanzi con entusiasmo e altrettanto talento: a Karine Bailly de Robien e Pierre-Benoît de Veron, per il modo in cui mi rinnovano la loro fiducia a ogni libro.

A Laury-Anne Frut, per le sue osservazioni sempre acute, intelligenti e sincere dal 2015 (e grazie per aver lasciato in vita il povero Esteban; ti conosco, lo so che è stato a un passo dal lasciarci le penne...).

A Danaé Tourrand-Viciana, per il suo entusiasmo quando ha letto i primi capitoli di questo romanzo, per i suoi consigli e la sua visione a lungo termine.

Ad Alice Bercker, che svolge il faticoso lavoro degli ultimi ritocchi e degli ultimi andirivieni con una pazienza e un'attenzione ai dettagli davvero ammirevoli.

A Caroline Obringer per il suo buon umore e la sua formidabile efficienza, a Christine Cameau per il suo lavoro di editing, a Virginie Lancia, Laure Paradis, Émeline Loysier e Stefania Zuin per tutto il lavoro di promozione.

A Sophie Rouvier e Tonie Behar, per i loro feedback che hanno contribuito a rendere migliore questo testo, e per essere la miglior squadra di scrittura che ci sia. Non sono sicura che sarei riuscita a finire questo romanzo in tempo senza il nostro Boot Camp WhatsApp!

A Carène Ponte, Isabelle Lagarrigue, Cynthia Kafka e Mélusine Huguet, per i commenti costruttivi e benevoli che mi hanno permesso di migliorare notevolmente le prime versioni del testo.

Ai miei cugini del Pas-de-Calais, Patrice e Marie-Josée Covens-Lemaire, che mi hanno fatto scoprire con disponibilità e gentilezza Cap Gris-Nez, Audresselles e Ambleteuse, durante un'assolata e appassionante giornata di visita che mi ha permesso di impregnarmi dell'atmosfera della bellissima Côte d'Opale.

A tutti coloro che supportano da vicino o da lontano le mie storie e i miei personaggi, a coloro che mi scrivono e mi motivano ogni giorno: librai appassionati, giornalisti, influencer, amici e parenti più o meno stretti che raccomandano o regalano i miei romanzi ai loro cari.

E, infine, grazie a te, caro lettore, cara lettrice, per aver trascorso queste ore con me e per aver avuto la pazienza e l'entusiasmo di leggermi fino alla fine di questi ringraziamenti.

Grazie per avermi letta fin qui!
Spero che abbiate passato dei bei momenti con questa storia, seguitemi e fatemi avere il vostro parere sui social media:

Instagram:
@Marie_Vareille

Facebook:
facebook.com/vareille.marie

Il mio sito:
marievareille.com

Finito di stampare nel mese di dicembre 2024 su carta HOLMEN
con fibra vergine proveniente da foreste sostenibili holmen.com/paper
presso Elcograf S.p.A. – stabilimento di Cles (TN)

Printed in Italy